KB111304

독소 소설

毒笑 小說

DOKUSHO SHOSETSU by Keigo Higashino

Copyright © 1996 Keigo Higashino
All rights reserved.
First published in Japan in 1996 by SHUEISHA Inc., Tokyo.
Korean translation rights in Korea arranged by SHUEISHA Inc., Tokyo
in care of Tuttle-Mori Agency, Inc., Tokyo through EntersKorea Co., Ltd., Seoul.

이 책의 한국어판 저작권은 ㈜엔터스코리아를 통해 저작권자와 독점 계약한
도서출판 재인에 있습니다.
저작권법에 의해 한국 내에서 보호를 받는 저작물이므로 무단 전재와 무단 복제를 금합니다.

독소 소설

초판 1쇄 펴낸 날 2020년 4월 30일
지은이 히가시노 게이고 **옮긴이** 이혁재 **펴낸이** 박설림 **펴낸곳** 도서출판 재인 **디자인** 오필민디자인
등록 2003. 7. 2. 제300-2003-119 **주소** 서울시 강남구 언주로 30길 13 대림아크로텔 1812호
전화 02-571-6858 **팩스** 02-571-6857

ISBN 978-89-90982-88-9 03830 Copyright © 재인, 2020 Printed in Korea.

책값은 뒤표지에 표시되어 있습니다. 잘못된 책은 바꿔 드립니다.

독소 소설

히가시노 게이고

이혁재 옮김

재인

차례

유괴 천국

1

다카라부네 만타로는 자리에 앉자마자 두 사람의 얼굴을 번갈아 바라보았다.

"그 많던 친구가 다 가 버리고 이제 우리만 남은 거야?"

"어쩌겠나, 사는 게 다 그런 것을."

제니바코 다이키치가 쓸쓸한 표정으로 말했다.

"나는 올해는 안 모일 거라고 예상했어. 그런데 자네가 그만 만나자는 말을 하지 않으니, 그럼 우리 셋이라도 만날까 하고 온 거야. 그렇잖나, 이 마작 대회라는 게 1년에 한 번 맛보는 즐거움인데 말이지."

"어쩔까 망설이긴 했어. 그런데 또 누가 뒈지기라도 하면 진짜 끝장이란 생각이 들더란 말이지. 그래서 모이자고 한 거야. 그리고 간사이 지방에서는 3인 마작이 대세라던데."

"난 셋이 해 본 적은 없어."

"나는 오래전에 한 번 해 봤네. 금세 익숙해져."

"후쿠토미, 자네는 어떤가?"

제니바코가 아까부터 말이 없는 후쿠토미 호사쿠에게
물었다.

"응, 뭐라고?"

후쿠토미는 딴생각을 하고 있었는지, 70대 중반인데
도 여전히 아이처럼 동그란 눈을 되록되록 굴리며 되물
었다.

"뭐야, 안 듣고 있었어? 왜 그리 멍하니 있어?"

"미안하네. 킨지루시 생각을 했어."

후쿠토미가 차분하게 대답했다.

"작년 이맘때는 그렇게 건강했는데, 느닷없이 뇌경색
으로 가 버리다니."

"킨지루시는 여든이 넘었잖아. 그 나이 때는 한 해 한
해가 승부야."

다카라부네가 말했다.

"하긴 우리도 머지않아 그런 날이 오겠지."

"그래. 이젠 우리도 각오를 해야 해."

후쿠토미가 한숨을 지었다. 그러자 제니바코가 코웃
음을 쳤다.

"각오는 무슨 각오? 죽을 때가 되면 죽는 거지. 나는 세상에 별 미련도 없어."

"그래, 나도 미련은 없어."

다카라부네가 고개를 끄덕였다.

"하고 싶은 일은 웬만큼 해 봤으니까. 요즘은 산다는 게 지겹기 짝이 없어. 남아도는 시간이랑 돈을 주체하지 못할 지경이라니까."

"후쿠토미, 자네는 혹시 못 해 봐서 아쉬운 일이 있나?"

"뭐, 특별히 그런 건 없는데……,"

후쿠토미가 흰 머리카락이 듬성듬성한 머리를 긁적거렸다.

"다만 지금 죽으면 한 가지는 아쉬울 것 같아."

"호오, 그게 뭔데?"

다카라부네가 몸을 앞으로 기울였다.

"그 나이에 아직도 아쉬운 일이 있다니, 부럽구먼."

"아니, 별일은 아니고,"

후쿠토미가 헛기침을 한 번 했다.

"손자가 좀……."

"그래, 자네 손자 본 지 5년 됐잖아."

제니바코는 나이에 비해 기억력이 좋았다.

"첫 손주치고는 늦었지. 나는 맨 위 손주가 벌써 대학생이야. 이젠 귀엽지도 않아. 자네 손자야 한창 귀여울 때지만 말이야."

"응, 그렇긴 한데……."

후쿠토미가 주저하며 말을 이었다.

"실은 그 손자랑 제대로 놀아 준 적이 없어. 그게 마음에 걸려."

"놀아 주면 되지."

다카라부네가 별 쓸데없는 고민도 다 한다는 듯이 쏘아붙였다.

"그게 그렇게 간단하지 않아."

후쿠토미가 눈썹을 여덟팔자로 늘어뜨리고 한 말은 딸 부부의 치맛바람이 여간 심한 게 아니어서, 아직 다섯 살밖에 안 된 손자가 학원이다 가정교사다 해서 공부에 치여 산다는 것이었다. 그래서 후쿠토미는 손자 얼굴도 보기 힘들다고 했다.

"그래? 그럼 자네가 따끔하게 한마디 하지 그러나. 가끔은 놀리기도 해야 한다고 말이야."

다카라부네의 말에 후쿠토미는 힘없이 고개를 저었다.

"그게 말이지, 딸내미가 죽은 마누라를 닮아서 언변이

이만저만 좋아야 말이지. 후쿠토미 재단을 이어받으려면 지금부터 제대로 가르쳐야 한다면서 끼어들 틈도 없이 따발총처럼 퍼부어 댄다니까. 거기에 한번 걸려들면 머리가 깨질 것 같아서 물러날 수밖에 없어."

"사위는 뭐라는데?"

"그 녀석은 딸내미한테 꼼짝도 못 해."

"자네랑 똑같구먼! 집안 내력이야, 내력."

제니바코가 껄껄 웃었다.

"사정은 알겠네. 도와주고는 싶지만, 우리가 감 놔라 배 놔라 하기는 좀 뭐한데?"

다카라부네가 고개를 갸웃했다.

"손자를 어디 멀리로 데려가 버리면 어떨까? 한 2, 3주 외국에라도 데려가서 실컷 놀다 오면 어떻겠냐 이 말이지. 내 요트를 빌려줌세. 마침 이번에 30인승짜리를 하나 새로 장만했거든. 손자랑 둘이서 세계 일주라도 한 번 다녀와."

제니바코의 제안에 후쿠토미는 "말은 고맙지만 나중에 딸내미가 퍼부을 걸 생각하면……." 하고 시무룩한 표정을 지었다.

"딸한테는 비밀로 하면 되지."

"큰일 날 소리. 그건 유괴잖아."

"역시 안 될까?"

제니바코가 호탕하게 웃어 댔다.

"아니, 잠깐만. 그거 굿 아이디어인데."

다카라부네가 진지하게 말했다.

"유괴하면 돼."

"자네까지 놀리기야?"

"놀리는 게 아니야. 유괴당한 걸로 하면 딸한테 싫은 소리를 들을 일도 없잖아. 유괴범인 척하고 딸한테 가끔 손자가 무사하다고 연락해 주면 딸로서도 아이가 행방불명되어서 아무런 소식이 없는 것보다는 한결 나을 테고 말이지. 맞아, 그게 좋겠어. 이거 재미있겠는걸."

"그래, 재미있겠다."

"이봐, 왜들 이래?"

후쿠토미가 당황스러운 표정으로 두 친구를 번갈아 바라보았다.

"그런 짓을 했다가 경찰에게 잡히기라도 하면 어떡하라고?"

제니바코가 흥, 콧방귀를 뀌었다.

"경찰이 대수야? 입 다물고 있으라고 미리 손을 써 두면 되지.”

“자네들, 지금 진심으로 하는 말이야?”

“그럼, 진심이지.”

제니바코가 팔짱을 끼었다.

“안 그래도 지루하던 참인데 잘됐어. 아까 자네가 못 해 봐서 아쉬운 일이 있느냐고 물었지? 생각해 보니까 유괴를 해 본 적이 없어. 옳지, 그걸 한번 해 봐야겠군.”

“오케이.”

제니바코가 손뼉을 쳤다.

“살면서 이런저런 나쁜 짓을 해 봤지만 유괴는 처음이 야. 몸값도 받아 내야겠지? 좋아, 이거 설레는데. 하자!”

“이봐, 후쿠토미. 그러면 자네도 여한 없이 손자랑 놀 수 있어. 나쁠 게 없잖아.”

“흠.”

후쿠토미가 잠시 생각에 잠겼다가 고개를 들었다.

“하지만 겐타가 무서워할 것 같은데…….”

“손자 이름이 겐타구먼. 괜찮아, 무섭지 않게 하면 되 지. 유괴한 뒤에 신나게 놀 만한 곳에 격리해 두자고. 어 디가 좋을까?”

다카라부네가 제니바코에게 아이디어를 구했다.

"여긴 안 되겠나?"

제니바코가 실내를 둘러보며 물었다. 천장에 거대한 상들리에가 매달려 있고, 벽에는 세계적인 화가들의 작품이 걸려 있었다. 크기는 100제곱미터쯤 될까. 집기도 최고급품들이다.

"여기는 애들이 좋아할 만한 곳이 아니야. 1년에 한 번 마작 대회장으로 쓰려고 우리가 돈을 모아서 세운 별장이니까."

"알맞은 장소가 있어. 경영난에 빠져서 매물로 내놓은 좀 특이한 놀이동산이 있는데, 그걸 사면 돼. 숙박 시설도 있으니까 잠도 거기서 자면 되고."

"그렇게 허름한 데서 겐타를 재운단 말이야?"

후쿠토미가 불만을 드러냈다.

"걱정하지 마. 내가 책임지고 멋지게 리모델링을 해 놓을 테니까."

"그럼 그렇게 하지."

다카라부네의 말에 제니바코가 "나는 찬성." 하고 말했다. 후쿠토미가 불안한 기색을 내비치면서도 고개를 끄덕였다.

2

후쿠토미 마사코는 후쿠토미 재단의 젊은 후계자이지만 외아들을 유치원에 데려가고 데려오는 일은 되도록 자신이 하려고 한다. 캐딜락 뒷자리에 앉아 업무 관련 서류를 들여다보며 집과 유치원 사이를 오가는 일이 그녀의 즐거움 중 하나다.

이날도 평소처럼, 건설 예정인 레저 랜드의 계획서를 읽으며 긴만칸 유치원으로 가서 겐타를 태우고 집으로 향했다.

"오늘은 뭘 배웠어?"

"음, 프랑스의 식사 예법."

"그렇구나. 잘 되던?"

"응."

"응이 아니라 네, 라고 해야지."

"네……."

"마침 잘됐네. 오늘 불어 선생님이 오시니까 배운 내용을 확인해 보자."

"네."

"그다음은 바이올린이지? 지난번 그 곡, 제대로 연주

할 수 있어?"

"아직 좀……."

"그럼 안 돼요. 좀 더 연습해야겠네."

엄마와 아들이 대화를 나누고 있을 때였다. 그들이 탄 캐딜락이 터널로 들어선 순간 출구 쪽이 갑자기 캄캄해졌다.

"아니."

운전기사가 당황해하며 브레이크를 밟았다. 그 바람에 마사코와 겐타가 앞으로 푹 고꾸라졌다.

"무슨 일이에요?"

질책하는 말투로 그녀가 물었다.

"죄송합니다. 아무래도 출구가 막힌 것 같은데요."

"출구가요? 어떻게 그런 일이 있을 수 있죠?"

"저도 잘 모르겠습니다."

"그럼 되돌아 나가요."

네, 하고 대답한 운전기사가 캐딜락을 후진시키려고 했다. 그런데 그때 쿵, 소리가 들리더니 터널 입구마저 막혀 버렸다.

"으아."

겐타가 소리를 질렀다.

"어떻게 된 거예요? 대체 무슨 일이죠?"

마사코가 신경질적으로 외쳤다.

그 직후 슈, 슈, 하는 소리와 함께 자동차 주위에서 흰 가스가 뿜어져 나왔다. 마사코는 또다시 소스라치게 놀랐지만 이번에는 소리를 지르지 않았다. 그러기 전에 이미 의식을 잃었기 때문이다.

3

"놀라게 하지 않겠다고 했잖아."

후쿠토미 호사쿠가 입술을 비죽 내밀며 항의했다.

"그 정도는 어쩔 수 없잖아. 다치지도 않았고, 그 최면 가스는 부작용도 없단 말이야."

다카라부네 만타로가 대답했다.

"운전기사랑 마사코는 어떻게 했지?"

"캐딜락 채로 트레일러에 실어서 집 근처에 내려놓으라고 직원에게 지시해 뒀어. 지금쯤이면 눈을 떴을지도 모르지."

제니바코 다이키치가 황금색으로 번쩍번쩍 빛나는 손

목시계를 보며 말했다.

"증거는 남기지 않았겠지?"

다카라부네가 제니바코에게 물었다.

"물론이지. 터널에 설치해 놓았던 장치랑 앞뒤 차들을 우회시키는 안내판도 전부 치웠어."

"트레일러를 본 사람이 있지 않을까?"

"그야 그럴지도 모르지. 워낙 크니까 말이야."

그러고서 잠시 생각에 잠겼던 제니바코가 "그럼 그건 해체 공장으로 가져가서 조용히 처리하지."라고 제안했다.

"여하튼 첫 단계는 돌파했군."

다카라부네가 안절부절못하는 후쿠토미에게 쓴웃음을 지으며 말했다.

"손자가 보고 싶으면 갔다 오지 그러나?"

"아니, 그것보다, 이젠 뭘 해야 하지?"

"아이를 채 왔으니 몸값을 요구해야지."

"응, 맞아, 맞아."

"돈을 달라고 하란 말이야?"

"물론이지. 세상에 돈을 요구하지 않는 유괴범이 어딨어."

다카라부네가 히죽거리며 후쿠토미를 바라봤다.

"걱정하지 말게. 돈은 도로 돌려줄 테니까."

"아니, 이렇게 고생을 시켰으니 그건 괜찮은데……, 대체 얼마를 요구해야 할까?"

"그게 문젠데, 이런 일에는 일반적인 통념이라는 것이 있으니 일단 거기에 맞춰야지."

"그게 얼만데?"

제니바코가 물었다.

"내가 알아본 바로는 이런 사건의 경우 어림잡아 1억 정도래."

"그래? 1억이란 말이지."

제니바코가 고개를 끄덕였다.

"역시 그 정도는 요구해야겠지."

"1억이라……, 음."

후쿠토미가 신음 같은 소리를 냈다.

"1억이라면 돌려받긴 해야겠군. 고생을 시켜서 미안하긴 하지만."

"그런데 말이야,"

다카라부네가 미심쩍다는 듯이 물었다.

"그 돈, 단위가 뭐지?"

"어? 그야 달러겠지."

제니바코가 말했다.

"아닌가? 그럼 마르크?"

"아니, 그게 말이지, 나도 설마 했는데, 엔인가 봐."

"엔이라고? 일본 돈 말이야?"

제니바코가 눈을 휘둥그렇게 떴다. 후쿠토미도 설마, 하는 표정을 지었다.

"그렇다네."

"말도 안 돼."

제니바코가 목소리를 높였다.

"겨우 1억 엔이란 말이야, 몸값이?"

"그렇다니까."

"지금 농담하나? 사람 목숨 값이 겨우 1억 엔이라니."

"그것도 겐타의 목숨 값이야."

후쿠토미가 분노에 찬 목소리로 말했다.

"겐타의 목숨이 1억 엔밖에 안 된다는 말이야? 1억 엔으로 도대체 뭘 살 수 있지? 전에는 골프 회원권 중에 그 정도 하는 게 있긴 있었지. 싸구려 아파트라도 방 하나짜리나 간신히 살 만한 돈이야. 그거랑 겐타의 목숨 값이 같단 말인가? 그런 어처구니없는 소리가 어딨어. 지금 싸구려 과자 가게에서 사탕을 사자는 게 아니잖아."

침이 사방으로 튀었다.

"이봐, 다카라부네. 1억 엔은 너무 적어. 후쿠토미가 화를 내는 것도 당연하지. 물론 세간에서는 그 정도 헐값에 사람 목숨이 거래되는지도 모르지. 하지만 우리가 그걸 흉내 낼 필요는 없잖아. 역시 50억이나 100억 정도는 돼야 체면이 서지 않겠나?"

"100억도 적어."

후쿠토미는 아직 분이 덜 풀린 듯했다.

"자네 기분은 알겠는데, 이러면 곤란해."

다카라부네가 말했다.

"이번 유괴 사건이 우리 작품이란 걸 들키지 않으려면 세간의 상식에서 크게 벗어나지 않는 게 좋아. 몸값의 시세가 1억 엔 정도라면 그렇게 부를 수밖에 없지 않겠나?"

그 말에 후쿠토미의 안색이 변했다.

"다카라부네, 자네 지금 제정신으로 하는 말이야?"

"지금 중요한 건 금액이 아니잖아. 최대한 평범한 유괴 사건으로 보이도록 하는 게 중요하지."

"아니, 잠깐. 그러면 유괴범들이 그런 푼돈 때문에 골치 아프게 사람을 납치한다는 말이야?"

제니바코가 손가락으로 관자놀이를 누르며 물었다.

"그렇다는군."

"이런."

제니바코가 고개를 절레절레 저었다.

"바보들 아니야? 그런 배짱과 지혜를 다른 곳에 썼다면 1억 엔 정도는 쉽게 벌었을 텐데."

"그런 놈들의 생각은 도무지 알 수가 없다니까."

음, 하고 제니바코가 신음했다.

"아, 그리고,"

다카라부네가 후쿠토미를 보며 말했다.

"그 정도 푼돈이라면 자네 딸 부부도 경찰에 신고하지 않겠지?"

"당연하지. 1억 엔이 아까워서 경찰에 신고한다면 부녀간의 연을 끊어 버릴 거야."

"그럼 그렇게 하기로 하지. 1억 엔이라면 부피가 크지 않으니 주고받기도 편할 거야. 이봐, 후쿠토미. 뒷일은 우리에게 맡기고 자네는 겐타랑 즐거운 시간이나 보내게. 그럼 되겠지?"

"응, 뭐. 내가 이렇게 자네들한테 수고를 끼치는데 딴소리를 할 생각은 없네만……, 1억 엔이라니. 겐타가……. 이해가 안 가."

"일단 그렇게 결론을 내리자고. 그럼 1억 엔으로 하는 거야. 그다음은 전화를 거는 게 문제인데."

"그보다 먼저 지금 자네 집 상황을 살펴봐야 하지 않겠어?"

제니바코의 제안에 다카라부네가 "그것도 그러네. 한번 살펴보자고."라고 말하며 테이블 아래에 있는 여러 스위치 중 하나를 눌렀다. 그러자 벽 일부가 윙, 하는 소리와 함께 열리더니 거대한 화면이 나타났다.

"우리 집을 살펴볼 수 있단 말이지?"

후쿠토미가 두 사람에게 물었다.

"맞은편 집과 뒷집에 카메라를 설치했어."

다카라부네가 대답했다.

"그 집 사람들은 어떡하고?"

"양쪽 다 해외여행 중이야."

제니바코가 빙글거리며 말했다.

"전화 퀴즈를 빙자해서 해외여행 상품에 당첨됐다고 했어. 지금쯤이면 가족끼리 에게해 크루즈를 하고 있을 걸세."

그러고서 다카라부네가 또 다른 스위치를 누르자 화면에 후쿠토미의 저택이 비쳤다. 하얀 담장이 주위를 둘러싼 일본식 저택이다. 그 거대한 대문이 지금은 열려 있고, 거기로 경찰차들이 줄지어 들어가고 있었다.

"뭐야, 벌써 경찰이 왔어?"

제니바코가 놀란 듯이 말했다.

"아뿔싸! 한발 늦었군. 이쪽에서 연락이 없으니까 서둘러 경찰에 연락한 모양이야."

다카라부네가 올백으로 빗어 넘긴, 실은 가발인 머리에 손을 얹었다.

"그럼 어쩌지?"

후쿠토미가 불안한 듯 물었다.

"현경 본부장한테 전화해야겠어."

제니바코가 휴대 전화를 꺼냈다.

"우리가 장난으로 한 짓이니까 가만 놔두라고 말이야."

"아니, 잠깐. 그건 곤란해."

다카라부네가 그를 말렸다.

"본부장급으로는 안 될까? 그럼 경찰청장한테 연락하지, 뭐. 그 말라깽이 녀석이 내 말이라면 고분고분 잘 듣거든."

"그게 아니라, 어렵사리 유괴했으니 경찰에 압력을 넣지는 말자는 얘기야. 그러면 재미가 없잖아. 이왕 할 거면 철저히 즐기세."

"하하, 경찰이랑 머리싸움을 하잔 말이야?"

제니바코가 휴대 전화를 도로 넣으며 눈을 반짝였다.

"일이 점점 재미있어지는군."

"과연 우리가 1억 엔을 무사히 받아 낼 수 있을까? 이거 마작보다 훨씬 재미있는걸!"

"나는 성공한다에 한 표. 후쿠토미는?"

"나는 이래도 그만 저래도 그만이야. 겐타랑 즐겁게 지낼 수만 있다면 말이지."

"그럼 그렇게 하는 거야. 이제 전화를 걸어야 하는데. 제니바코, 그거 준비했지?"

"물론이지."

제니바코가 자기 앞에 놓인 스위치를 눌렀다. 그러자 테이블 한가운데가 천천히 열리며 컴퓨터 모니터와 키보드, 전화기가 나타났다.

후쿠토미가 몸을 뒤로 휙 젖혔다.

"뭔가, 이게?"

제니바코가 빙긋이 웃었다.

"전직 CIA 스파이에게 사들인 장난감일세. 음성을 변조해서 다른 사람의 목소리처럼 들리게 해 주는 장치지.

게다가 세계 여러 곳의 네트워크를 거쳐서 전화가 가니까 발신지를 추적당할 염려도 전혀 없어."

"흠, 대단한데."

"자, 빨리 전화를 걸어 봐."

다카라부네의 말에 제니바코가 "알았어." 하고 주름투성이 손가락으로 키보드를 두드리기 시작했다.

4

후쿠토미의 저택에는 관할 서의 서장은 물론이고 현경 본부에서 본부장을 비롯해 형사부장, 수사 1과장 등이 달려왔다. 상황으로 짐작건대 후쿠토미 겐타가 누군가에게 납치된 것이 확실하며, 그런 어린아이를 납치했다면 돈을 노린 유괴 사건으로 봐야 한다는 것이 그들의 일치된 견해였다.

그런 추측을 뒷받침하는 전화가 걸려 온 것은 저택 내의 모든 전화와 팩스에 발신 번호 추적 장치가 설치된 직후의 일이었다. 범인은 대담하게도 경찰 수뇌부가 모여 있는 응접실로 전화를 걸었다.

후쿠토미 마사코가 긴장한 표정으로 수화기를 들었다.

"여보세요, 후쿠토미입니다."

"아이고, 안녕하십니까."

이것이 상대의 제일성이었다. 젊은 남자 목소리였다. 모니터를 통해 주위 사람들에게도 목소리가 전해졌다. 그러자 전화기에 달려들기라도 할 것처럼 바짝 다가섰던 경찰 관계자들이 일시에 긴장을 늦췄다. 말투가 너무 느긋해서 범인이 아니라고 여긴 것이다. 그런데 남자가 이렇게 말했다.

"저는 유괴범입니다만."

모두가 경악했다.

"아니, 저, 유괴범이라고요?"

마사코가 더듬거리며 물었다.

"그렇다니까요. 댁의 귀여운 아드님을 유괴한 사람입니다."

"거기가 어딘가요? 겐타는 어디에 있죠? 빨리 돌려보내세요."

"물론 돌려보내지요. 하지만 그냥 돌려보낼 거면 애초에 유괴를 하지 않았겠죠. 당연히 뭔가 보답이 있어야 하지 않겠습니까?"

"얼마면 되겠어요? 얼마를 주면 아이를 돌려보낼 건가요?"

"거참, 성질 급하시네. 그렇게 다짜고짜 금액을 말하라고 하시면 밑천이 다 드러나잖아요."

범인이 여전히 능글거리며 말했다.

"어디 보자, 이번에는 특별 서비스 차원에서 1억 정도면 어떨까요?"

"1억……."

마사코가 침을 삼켰다.

두 사람의 대화를 듣고 있던 현경 본부장 노다가 입을 꾹 다물었다. 예상대로 범인이 높은 액수를 몸값으로 요구하는구나 하고 생각했다. 1억 엔이라는 말에 후쿠토미 마사코 역시 당황한 것처럼 보였다.

그때 마사코가 물었다.

"저, 프랑으로 말씀인가요, 아니면 위안인가요?"

노다가 눈을 휘둥그렇게 떴다. 다른 경찰들도 놀란 표정으로 그녀를 응시했다.

"하하하, 역시 그렇게 생각하시는군. 그렇겠지. 하지만 프랑도 위안도 아니야. 마르크도 아니고."

"그래요? 그럼 달러로군요."

그녀가 입술을 깨물었다.

"알았어요. 어떻게든 준비해 보죠."

노다는 어안이 벙벙했다. 1억 달러라면 약 100억 엔이다.

"뭐, 사랑하는 아들을 위해서라면 그 정도 돈이야 당연하겠지."

범인이 담담하게 말했다. 통화가 길어지는 건 발신 번호 추적에 유리한 일이다.

"하지만 달러도 아니야. 물론 길더도 아니고 발보아도 아니지. 엔이야. 1억 엔이면 충분해."

"1억 엔요? 그럼 그 외에 뭔가 다른 걸……?"

"아니야. 1억 엔이 전부야. 그것만 준비하고 다음 지시를 기다려. 알았지?"

"저……."

마사코가 다시 말을 꺼냈다.

"1억 엔 정도라면 지금 당장이라도 준비할 수 있어요."

그녀는 송화구를 손으로 막더니, 걱정스러운 표정으로 바라보는 남편 요시오에게 작은 소리로 말했다.

"여보, 금고에서 1억 엔만 꺼내 와요."

"응? 그래그래."

요시오가 튀어 오르듯이 일어나 응접실을 나갔다.

전화 속 남자가 말했다.

"우리도 그 정도는 알아. 서랍을 뒤져서 잔돈만 모아도 1억 엔은 되겠지. 하지만 이쪽도 여러 가지로 준비해야 할 것이 있으니까 좀 기다려 줘야겠어. 그럼 다시 연락하지."

"아, 잠깐만요! 겐타 목소리를 들려주세요."

"응? 아아, 그래. 목소리를 듣고 싶겠지. 그런데 아이가 지금 여기 없어. 이따가 전화해서 들려줄게."

"아니, 저……."

"미안해. 이쪽도 익숙하지 않은 일들이 많아서 말이지. 그럼 그렇게 알도록."

상대가 전화를 끊었다.

마사코가 수화기를 내려놓고 10초 정도 지났을 때에야 형사부장이 정신을 차리고 말했다.

"이봐, 테이프를 돌려 봐. 목소리 분석 작업도 시작하고."

"아, 알겠습니다."

부하가 서둘러 테이프 리코더를 조작했다.

"부인, 방금 그 남자 목소리를 혹시 들은 기억이 있습니까?"

수사 1과장이 물었다. 하지만 마사코는 말없이 허공의 한 점을 응시할 뿐이었다.

그때 남편 요시오가 돌아왔다.

"1억 엔, 꺼내 왔어."

그가 반투명 비닐봉지에 든 돈다발을 대리석 테이블에 올려놨다.

무표정하게 그 봉투를 내려다보던 마사코의 얼굴이 점점 무섭게 일그러졌다. 그리고 모두에게 들릴 정도로 빠득빠득 이를 갈았다. 요시오가 머리를 양손으로 감싸며 몸을 굽혔다.

"도대체 이게 무슨 일이에요!"

그녀의 목소리가 80제곱미터가 넘는 응접실에 메아리쳤다.

"1억 엔이라고? 고작 그런 푼돈이나 받아 내려고 내게 목숨보다 소중한 겐타를 납치한 거야? 어떻게 그런 말도 안 되는 일이 있을 수 있어? 1억 엔이라니, 그게 뭐야. 짐 싣는 말이라도 그보다는 비싸겠다. 겨우 1억 엔?"

그녀가 발을 동동 구르며 분해했다.

"그 정도 돈이라면 겐타를 납치하기 전에 내게 와서 달라고 할 것이지!"

마사코의 말에 그 자리에 있던 형사 몇 명이 뭔가 말을 꺼내려다가 그녀의 험악한 표정에 그대로 고개를 숙였다.

"노다 씨!"

마사코가 현경 본부장 앞으로 걸어갔다.

"이런 푼돈을 노리고 후쿠토미가의 종손을 유괴한 자가 나왔다는 건 치안이 엉망이라는 증거예요. 명예 회복을 위해서라도 범인을 반드시 체포해야 합니다."

"네, 그야 물론입니다."

노다가 자리에서 일어나 차렷 자세로 말했다.

그때 다시 전화벨이 울렸다. 하지만 이번에는 수사 팀이 사용하는 전화였다. 젊은 형사가 수화기를 들고 메모를 한 뒤 상사들을 바라봤다.

"일단 발신지가 밝혀졌습니다."

노다의 표정이 밝아졌다.

"어디래?"

"그게 말입니다……;"

형사가 머리를 긁적였다.

"야운데라고 합니다."

"야운데라니, 그게 어딘데?"

"카메룬 공화국의 수도입니다."

"뭐야?"

5

후쿠토미 호사쿠는 손자 겐타와 회전목마를 타고 있었다. 세계에서도 유례를 찾기 힘든 2층짜리 회전목마다. 회전목마 외에도 거대한 제트코스터와 관람차를 비롯해서 제니바코가 사치를 부릴 대로 부린 각종 놀이 기구가 이 놀이동산에는 가득했다.

회전목마의 움직임이 멈추자 음악도 그쳤다.

"겐타, 한 번 더 탈까?"

"아니, 이제 됐어."

"그래? 그럼 이번엔 뭘 탈까?"

"이제 좀 힘든데."

"뭐야, 벌써 지쳤어? 아직 얼마 놀지도 않았으면서."

후쿠토미는 겐타와 함께 옆에 세워져 있던 전기 자동차에 올라탔다. 그 차에는 컬러풀한 그림이 그려져 있고, 인기 만화 주인공의 모습을 한 인형이 운전석에 앉혀져 있었다. 후쿠토미가 인형에게 말했다.

"레스토랑으로 가지."

그러자 자동차가 조용히 움직이기 시작했다. 음성 인식 시스템과 퍼지 제어를 통해 사람의 명령대로 움직이도록 되어 있는 것이다.

"나, 정말 놀랐어, 할아버지. 눈을 떠 보니까 이런 엄청난 놀이동산에 있는 거야. 꿈인 줄 알았어."

레스토랑에서 특제 어린이용 런치를 먹으며 젠타가 말했다. 이 식당은 남녀 종업원과 주방장이 모두 가면을 쓰고 있다. 젠타가 그들의 얼굴을 기억하지 못하도록 취한 조치다.

"하하하, 놀라게 해서 미안하구나. 하지만 잊지 마라. 이건 우리끼리의 비밀이란다."

"응, 알아요. 엄마한테는 어떤 조그만 방에 있었다고 말하면 되잖아요."

"그렇지. 훌륭해."

"약속할게요."

그리고 젠타가 계속해서 물었다.

"있잖아요, 할아버지. 공부는 언제 해요?"

"공부?"

"네. 왜 그러냐면,"

겐타가 가느다란 팔목에 찬 손목시계를 보았다.

"이제 공부할 시간이거든요."

"괜찮아. 여기서는 공부는 잊어버려도 된다. 마음껏 놀려무나."

"네……."

겐타가 어쩐지 떨떠름한 표정을 지으며 대답했다.

그때 원숭이류의 가면을 쓴 사람 둘이 다가왔다. 다카라부네와 제니바코였다.

"야, 원숭이다!"

겐타가 두 사람을 가리켰다.

"이봐, 꼬마. 신나게 놀고 있나?"

고릴라 가면을 쓴 제니바코가 물었다.

"응."

"뭐야, 왜 이렇게 힘이 없어?"

오랑우탄 가면을 쓴 다카라부네가 말했다.

"어디가 아프기라도 한 거야?"

다카라부네가 후쿠토미와 겐타를 번갈아 보며 물었다.

"공부를 하지 않아도 되는지 걱정스러운 모양이야. 이 어린것이 안쓰럽게도 말이지."

후쿠토미가 한숨을 내쉬었다.

"꼬마야, 그건 걱정하지 않아도 된단다."

고릴라가 겐타의 머리에 손을 얹었다.

"응. 하지만 친구들은 모두 놀고 싶은 걸 참고 공부하고 있을 텐데 나만 놀아도 괜찮을까?"

겐타의 말에 세 노인이 서로 눈을 마주쳤다. 오랫동안 친구로 지내 온 덕분에 눈빛만으로도 각자의 생각이 읽혔다.

오랑우탄 가면의 다카라부네가 물었다.

"그럼 그 친구들도 여기 데려오면 어떨까?"

푸딩을 먹던 겐타가 고개를 들고 눈을 빛냈다.

"정말?"

"정말이지. 그러면 같이 놀 수 있잖니."

"앗싸!"

겐타의 얼굴에 기쁨이 넘쳤다. 이곳에 온 뒤로 처음 보인 웃음이었다.

고릴라 제니바코가 웃옷에서 수첩을 꺼냈다.

"그럼 친구들의 이름을 가르쳐 주겠니?"

"응, 좋아. 그러니까 우선 쓰키야마. 그리고 또……."

겐타가 손가락을 하나하나 꼽았다.

6

현경 본부장인 노다는 후쿠토미 저택의 응접실에서 팔짱을 끼고 앉아 있었다. 범인에게서는 아직 연락이 없었다. 겐타가 유괴된 지 세 시간이 지난 시점이다.

"범인 녀석은 도대체 뭘 하고 있는 거야. 겐타 군의 목소리를 들려주겠다더니."

어색한 침묵을 견디다 못해 그가 중얼거렸다. 바로 옆자리에서는 후쿠토미 마사코 여사가 고참 형사는 저리가라 할 만큼 날카로운 눈빛으로 전화기를 노려보고 있다.

그때 수사 1과장이 달려 들어왔다.

"본부장님, 큰일 났습니다! 유괴 사건이 또 일어났습니다."

"뭐야?"

노다가 오만상을 찌푸리며 부하를 바라보았다.

"자세히 얘기해 봐."

"그러니까, 먼저 토나리초에서 쓰키야마 씨의 장남이 유괴됐습니다. 다섯 살이라고 합니다."

"네? 쓰키야마 씨네 이치로가요?"

마사코가 맨 먼저 반응했다.

"아는 아이입니까?"

노다의 질문에 마사코는 "겐타와 같은 유치원에 다니는 아이예요. 반도 같고요."라고 대답했다.

"이런 우연이……."

노다가 고개를 갸웃거렸다.

"그런데 자네 표현이 묘하군. 먼저 토나리초라니, 먼저라는 게 무슨 뜻이지? 그 외에 또 있단 말인가?"

그가 수사 1과장에게 물었다. 과장이 머리를 긁적였다.

"네, 실은 유괴 사건이 한 건 더……."

"뭐라고?"

"이건 조금 떨어진 곳이기는 하지만 역시 같은 현내입니다. 히무라 씨네 집에서도 딸이 납치됐습니다. 그 아이도 다섯 살이고요."

"어머! 히무라 아야일 거예요."

마사코가 말했다.

"그 아이도 겐타와 같은 반이에요."

"으음, 이게 어떻게 된 일이지."

노다가 신음 소리를 냈다.

"유괴된 게 확실해? 단순한 행방불명이 아니고?"

"틀림없습니다. 범인에게서 전화가 걸려 왔으니까요."

"뭐라고 했대?"

"그게 좀 이상합니다. 자세한 내용은 후쿠토미 씨네 집에 물어보라고 했다는군요."

"그렇다면 동일범이라는 얘기로군. 몸값은?"

"몸값에 관해서는 아무 말도 하지 않았답니다."

"아니, 그게 무슨 소리야. 그럼 범인은 대체 뭘 노리는 거지?"

그때 테이블 위에 있는 전화기의 벨이 울렸다. 후쿠토미 마사코가 무서운 기세로 달려들어 수화기를 집었다.

"후쿠토미입니다."

"그래, 나야. 유괴범이야."

저쪽에서 아까와 마찬가지로 능글거리며 자신을 밝혔다.

"약속한 대로 아드님 목소리를 들려드릴까 해서 말이지."

"들려주세요, 빨리요!"

몇 초쯤 지난 뒤 소년의 목소리가 들렸다.

"여보세요, 저예요."

"겐타, 겐타 맞지? 엄마야. 엄마 목소리 알겠어?"

"응, 알아요."

"너, 지금 어디니? 거기가 어디지?"

"모르겠어요. 눈을 떠 보니까 여기 있었거든요."

"그럼…… 어떤 장소지?"

"그게, 어둡고 좁은 방이에요."

"아아, 불쌍해라. 몸은 괜찮니? 어디 다친 데는 없어?"

"응, 괜찮아요."

"밥은 먹었니?"

"어린이 런치 먹었어. 맛있었어요. 아, 잠깐만. 이제 전화 바꿔야 해요."

"얘, 겐타!"

다시 수화기를 건네는 소리가 들리고, 아까 그 남자가 전화를 받았다.

"어때, 별일 없는 것 같지?"

"뭐, 일단은……. 그보다, 겐타를 언제쯤 풀어 돌려보낼 거죠?"

"그야 물론 거래를 무사히 마친 다음이지."

"1억 엔은 준비해 놓았어요. 거래할 생각이면 빨리했으면 좋겠어요."

"이봐, 그렇게 서두를 거 없잖아. 모처럼 겐타 친구들도 모였는데 천천히 하지 그래."

"아니, 그럼!"

마사코가 소리를 질렀다.

"역시 쓰키야마 씨랑 히무라 씨네 아이들을 유괴한 사람도……."

"뭐, 그렇게 됐어. 그런데 일일이 전화하기도 번거롭고 해서 그쪽이랑 한꺼번에 거래하기로 했어. 괜찮겠지?"

"그건 괜찮지만, 왜 셋씩이나 유괴를 했죠? 돈이 목적이라면 겐타 하나로도 충분할 텐데요."

그러자 수화기 저쪽에서 남자가 킥킥 웃었다.

"세 명이 아니야. 곧 알게 될 테지만 말이지."

"뭐라고요?"

"뭐, 됐어. 하여간 이쪽도 이쪽대로 사정이 있어. 그런데 거기 노다라는 현경 본부장이 있을 텐데, 폐가 되지 않는다면 잠깐 바꿔 주겠나?"

"네? 아, 네."

마사코가 의아하다는 얼굴로 수화기를 노다에게 건넸다. 갑작스러운 지명에 노다 역시 당황스러워했다.

"노다이네만."

상대에게 얕보일 수 없다는 듯 최대한 위엄이 깃든 목소리로 대답했다.

"아, 수고가 많군."

"헉!"

별말씀을요, 라는 말이 튀어나오려는 것을 노다는 간신히 속으로 삼켰다. 범인이 목소리는 젊지만 그 독특한 말투를 어디선가 들어 본 기억이 있어 하마터면 알랑거리는 태도를 취할 뻔했던 것이다.

그가 헛기침을 했다.

"내게 용건이라도 있나?"

"이봐, 그렇게 딱딱하게 굴 필요 없어."

"딱딱하다니, 당신 뭐야? 태도가 건방지잖아. 유괴범 주제에."

"호호."

나지막한 웃음소리가 전화선을 타고 흘러나왔다.

"그쪽이야말로 너무 위세를 떠는걸. 내 태도가 마음에 들지 않으면 거래는 없었던 얘기로 하지."

두 사람의 대화를 듣고 있던 후쿠토미 마사코가 다급히 고개를 저었다. 분노의 말을 쏟아 내려던 노다가 마음을 가라앉혔다.

"내게 할 얘기가 있다고 했지? 무슨 말인지 해 보게나."

"응, 실은 자네한테 부탁할 일이 있어. 경찰차를 스무

대 정도 준비해 줘. 그래서 그걸 후쿠토미 저택 안에 대기시키는 거야. 알겠지?"

"경찰차를 스무 대나? 어디에 사용하게?"

"거래에 필요해서 그래. 자세한 얘기는 나중으로 미룸세."

"언제까지 준비해야 하지?"

"최대한 빨리. 내 또 연락하지. 그럼 그렇게 알고 있게."

"어, 잠깐만!"

노다가 다급히 외쳤지만 전화는 이미 끊겨 있었다. 그가 부하들을 돌아보며 말했다.

"이렇게 길게 통화했으니 이번에야말로 제대로 발신자 번호를 추적했겠지?"

"그럴 겁니다."

그때 다시 전화가 걸려 왔다. 부하가 즉시 수화기를 집어 들었다.

"여보세요. 아, 추적에 성공했습니까? 네, 네. 아니, 뭐라고요?"

부하의 얼굴이 묘하게 일그러졌다.

"그래요, 알겠습니다……."

부하가 떨떠름한 표정으로 메모를 했다.

"어디래?"

통화가 끝나자마자 노다가 부하를 다그쳤다.

"네, 그게 말입니다,"

부하가 메모를 보며 말했다.

"범인이 각국의 컴퓨터에 침입하는 고도의 전송 기술을 사용한 듯합니다. 일단 보고드릴 수 있는 내용은 이번 전화가 테헤란에서 시작되었다는 것입니다."

"테헤란에서? 그러니까 이란에서 카메룬으로 연결되었다는 건가. 그럼 이란 이전은 알 수 없는 거야?"

"아닙니다. 요즘은 탐지 기술이 좋아져서 어느 정도는 발신지를 알아낼 수 있습니다."

"그렇다면 문제가 없잖아?"

"그게 말이죠, 전화가 산토도밍고에서 테헤란으로 전송되었답니다. 산토도밍고는 도미니카 공화국의 수도입니다. 그런데 그 전에 콩고의 브라자빌, 또 그 전에는 수리남 공화국의 파라마리보. 유감스럽게도 추적은 거기까지가 한계라고 합니다."

"알았어. 이제 됐어!"

노다가 짜증 난다는 듯이 손을 내저었다.

"전화 추적은 포기하도록 해. 그보다……."

그가 후쿠토미 마사코에게 고개를 돌렸다.

"몸값 문제로 잠깐 상의드릴 일이 있는데요."

"뭐죠?"

"그러니까, 범인이 겐타 말고 다른 아이들도 유괴한 것 같습니다. 그렇다면 당연히 그 아이들의 몸값도 요구할 텐데요, 다른 집들은 이 댁처럼 1억 엔이라는 큰돈을 쉽게 준비할 수 있을 것 같지 않거든요. 그래서 말인데, 범인의 요구에 신속히 대처하기 위해 이 댁의 힘을 좀 빌렸으면 합니다."

"알겠어요. 몸값은 일단 저희가 대신 내주겠습니다."

딱 잘라 말하고 나서 뭔가 생각하는 표정을 짓던 마사코가 다시 입을 열었다.

"아니, 일단 내주는 것이 아니라 저희가 전액을 부담하죠."

"네? 전액을 말입니까?"

노다가 놀라서 물었다.

"네. 그 대신,"

마사코가 예리한 눈매로 현경 본부장을 바라봤다.

"이 사건을 언론에 발표할 때는 제가 부담한 금액이 모두 겐타 한 명의 몸값이라고 말씀해 주세요."

"아하, 그게 조건이란 말이죠. 하지만 그러면 다른 아이들 몸값은 공짜인 셈이 되는데요."

"안 되나요?"

"아니, 안 된다는 말은 아닙니다. 알겠습니다. 어떻게든 해 보겠습니다."

이 정도 부자라면 자식의 몸값을 놓고도 허세를 부리고 싶은 모양이군, 하고 노다는 생각했다.

"그러면 얼마를 준비해야 할까요? 만약 한 명당 1억 엔이라면……."

"글쎄요, 범인의 말투로 봐서는 두세 명만 납치한 것 같지 않으니 적어도 5, 6억은 준비해야 하지 않을까 싶습니다."

"그 정도는 금고에 있을 것 같은데. 그렇죠?"

마사코가 존재감이 희미한 남편을 돌아보았다.

"그럴 거야. 한번 확인해 보지."

후쿠토미 요시오가 일어섰을 때 형사 몇 명이 앞을 다투듯이 뛰어 들어왔다.

"큰일 났습니다. 유괴 사건이 또 발생했습니다. 두 명이 더 납치됐습니다."

"저도 보고드리겠습니다. 남자아이가 납치됐습니다."

"저희 쪽은 세 명이 한꺼번에……."

"뭐라고!"

노다의 눈에 핏발이 섰다.

"그럼 모두 합해서……."

그가 손가락을 꼽았다.

"아홉 명인가."

그러는데 또 다른 형사들이 뛰어들었다. 그들도 숨을 거칠게 내쉬며 앞선 형사들과 같은 내용을 각자 보고했다.

7

"자, 이제 우리 쪽은 준비가 끝났어."

전화를 끊은 다카라부네가 말했다.

"제니바코, 자네가 맡은 일은 어떻게 됐나?"

"이쪽도 완벽해. 오늘 밤 안으로 전 지역에 장치가 설치될 거야."

컴퓨터 모니터를 들여다보며 제니바코가 대답했다. 모니터에는 지도가 나타나 있고, 그 지도의 몇몇 지점이 반짝반짝 점멸하고 있었다.

"드디어 돈을 건네받게 되겠군."

후쿠토미가 말했다.

"잘돼야 할 텐데."

"잘못될 리 없지, 우리가 하는 일인데."

다카라부네가 자신 있게 말했다.

"그렇지, 제니바코?"

"그럼. 다카라부네의 지혜와 내 기술이면 호랑이 등에 날개를 단 것과 마찬가지야."

"거기다 우리 셋의 재력이 더해지니!"

"그건 알지만, 소설이나 드라마에서 자주 나오는 말이 있잖아. 유괴에서는 몸값을 받아 내는 일이 가장 어렵다고 말이야."

후쿠토미는 여전히 걱정되는 모양이었다.

"그걸 거꾸로 생각하면, 돈을 받아 내는 일이 가장 드라마틱하고 재밌다는 뜻이야. 유괴범으로서는 실력을 한껏 발휘할 수 있는 지점이라는 거지. 그 부분이 없으면 김 빠진 맥주나 마찬가지야. 아무 재미가 없단 말일세."

다카라부네의 말에 제니바코가 "내일이 벌써 기다려지는군. 우히히." 하고 음흉하게 웃었다.

"자, 그럼 아이들이 잘 있는지 한번 보러 갈까."

다카라부네가 일어서자 나머지 두 사람도 에구구, 소리를 내며 엉덩이를 들었다. 그리고 지난번에 놀이동산에서 썼던 것과 똑같은 가면을 썼다. 이번에는 후쿠토미도 침팬지 가면을 썼다. 겐타 외의 아이들에게 얼굴이 알려져서는 안 되기 때문이다. 겐타에게는 침팬지 가면의 정체가 할아버지라는 사실을 다른 아이들에게 말하지 말라고 못을 박아 놓았다. 또한 아이들에게는 엄마 아빠가 이삼 일 동안 이 놀이동산에서 너희들을 돌봐 달라고 부탁했다고 설명해 두었다.

각각 오랑우탄, 고릴라, 침팬지 가면을 쓴 노인 셋은 건물을 나와 놀이동산으로 들어갔다. 그리고 미키마우스가 운전하는 전기 자동차를 타고 놀이동산 내부를 둘러봤다.

"아, 저기들 있네."

고릴라 가면을 쓴 제니바코가 앞쪽을 가리켰다.

남자아이 세 명이 따분한 표정으로 벤치에 나란히 앉아 있었다. 노인들이 아이들 앞에 자동차를 세웠다.

"왜 놀지 않고 가만히 앉아 있지?"

다카라부네가 말을 걸었다. 아이들이 서로 얼굴을 마주 보았다. 그러나 아무도 대답을 하지 않는다.

"놀이동산이 싫어?"

이번에는 제니바코가 물었다.

오른쪽 끝에 앉은 아이가 고개를 저었다.

"좋아하는 거 맞지?"

아이 셋이 모두 고개를 끄덕였다.

"그런데 왜 놀지 않지? 탈것도 많은데, 한번 타 보면 어떻겠니?"

그러나 이번에도 세 아이는 서로 얼굴을 바라볼 뿐 말이 없었다. 이윽고 가운데 앉은 소년이 주저하며 입을 열었다.

"뭘 타야 할지 모르겠어요."

"뭐든 좋을 대로 타렴. 고민할 필요가 없어요. 회전목마를 타도 좋고."

"그럼 그럴게요."

가운데 앉은 아이가 일어서자 나머지 두 아이도 따라 일어섰다.

"아니, 꼭 회전목마가 아니어도 괜찮다. 빙글빙글 도는 커피 컵을 타도 괜찮아."

제니바코의 말에 아이들이 일제히 걸음을 멈췄다.

"그럼 커피 컵을 탈게요."

가운데 앉아 있던 아이가 말하자 세 명 모두 그쪽으로 걸어갔다.

"아니, 애들아, 잠깐만."

제니바코가 세 아이를 불러 세웠다.

"내가 시키는 대로 할 필요가 없어요. 너희는 뭐가 타고 싶으냐?"

질문을 받은 아이들이 다시 서로를 바라보더니 울 것 같은 표정을 지었다.

"어, 어, 왜 그러는 거야? 왜 울려고 하지?"

제니바코가 당황스러운 표정을 지었다.

"알았다, 알았어. 자, 자, 울지들 말고."

다카라부네가 나섰다.

"그럼 이렇게 하자. 먼저 커피 컵을 타고, 그다음은 회전목마를 타거라. 그러고 나서 이름순으로 놀이 기구를 타는 거야. 그러면 어떻겠니?"

그러자 신기하게도 아이들이 울음을 멈추더니 고개를 끄덕거리고 커피 컵을 향해 성큼성큼 걸어갔다.

"뭐야, 어떻게 된 일이지?"

제니바코가 아이들을 바라보며 중얼거렸다.

"지시를 기다리는 거야."

다카라부네가 말했다.

"뭘 하건 부모나 교사의 지시를 따라야 한다고 교육을 받다 보니 지시 없이는 아무것도 못하게 된 거지."

"요즘 월급쟁이들이랑 똑같군."

제니바코가 한탄했다.

"원인이야 똑같지. 수험 지옥을 겪는 나이가 점점 낮아지니까 증상도 빨리 나타나게 된 거야."

"이거 말세군, 말세야."

두 사람이 나누는 대화가 후쿠토미에게는 남의 얘기로 여겨지지 않았다. 손자인 겐타는 이곳에 와서도 내내 공부 걱정을 하고 있다. 그 모습은 요즘 월급쟁이들이 일 중독에 빠진 것과 다르지 않았다.

노인들은 계속해서 다른 아이들도 살펴봤다. 한 여자아이는 옷을 더럽히면 엄마한테 혼난다면서 놀이 기구는 물론이고 벤치에도 앉으려 하지 않고 내내 한곳에 가만히 서 있었다. 또 어느 남자아이는 사격 게임을 열중해서 바라보기만 할 뿐 결코 스스로 하려고 하지 않았다. 왜 하지 않느냐고 물었더니 "나, 잘 못해요."라고 대답했다. 무엇이든 최고가 되지 않으면 안 된다는 강박 관념에 사로잡혀 있는 것이다.

"이게 대체 어떻게 된 일인지. 아이다운 아이가 하나도 없구먼."

놀이동산을 한 바퀴 둘러본 제니바코가 한숨 섞인 목소리로 말했다.

"아이들이 마치 인생살이에 지친 중년들 같아."

"세상이 미쳐 돌아가는군."

다카라부네가 내뱉듯이 말했다.

"저렇게 어린 아이들을 공부에만 묶어 놔서 좋을 일이 뭐가 있다고. 우리가 납치하기 전에 저 아이들은 이미 학력 사회라는 괴물에 유괴당했다는 사실을 부모들은 모르고 있어."

8

다음 날 아침, 경찰차들이 후쿠토미 저택의 정문을 차례로 통과했다. 노다의 호출로 집결한 것이다. 그중 몇 대에는 현금 수송차를 호위하는 임무가 주어졌다. 현금 수송차에는 20억 엔이 실려 있다. 다시 말해서 유괴된 아이의 수가 후쿠토미 겐타를 포함해 딱 스무 명이라는 얘기다. 그리고 그 숫자는 겐타의 유치원 같은 반 친구의 수와 일치했다.

겐타를 제외한 열아홉 명의 아이 부모들도 후쿠토미 저택에 모여 있었다. 그 외에 친척들과 후쿠토미 그룹 관련 기업의 사장과 중역들, 저명한 문화계 인사 등의 얼굴도 보였다. 응접실은 너무 비좁아서 파티용으로 마련된 홀에서 전원이 대기했다. 하지만 범인이 연락을 하지 않으니 달리 할 일이 없어 다들 그저 손 놓고 기다릴 뿐이었다. 손님들이 지루해하는 것을 그냥 두고 볼 수 없었던 마사코는 이래서는 안 되겠다며 급히 필하모니를 불러 미니 콘서트를 열었다. 시장기를 느끼는 사람들을 위해서는 유명 레스토랑에서 요리사들을 불러와 스탠딩 뷔페를 마련했다. 파티나 다름없는 장면이 연출된 것이다.

"오늘, 우리 겐타의 유괴 사건 때문에 이렇게 와 주셔서 진심으로 감사드립니다."

마사코의 인사말이 시작되었다.

"이토록 많은 분이 응원해 주시니 반드시 무사히 구출될 거라고 믿습니다. 저희는 범인의 요구에 따라 겐타의 몸값으로 20억 엔을 준비했습니다."

금액을 말할 때 그녀는 살짝 가슴을 펴고 목소리를 한

톤 높였다. 홀에 모인 손님들 사이에서 호오, 하는 소리가 흘러나왔다.

유괴된 다른 아이들의 부모는 마사코의 발언에 아무런 이의를 제기하지 않았다. 마사코가 아이들의 몸값을 전액 대신 부담했으니 불평을 말할 처지가 아닌 것이다.

"그러면 이번에는 오늘 큰 활약을 해 주실 분께 인사 말씀을 부탁드리겠습니다. 우리의 치안을 책임지고 계시는 노다 현경 본부장님입니다."

괴로운 마음으로 손님들의 모습을 바라보고 있던 노다는 마사코가 느닷없이 자신을 지명하자 화들짝 놀랐다.

"아니, 그, 저는 좀……."

"자, 경찰의 결의가 얼마나 굳은지 들려주세요."

노다는 할 수 없이 단상에 올랐다.

"에에, 현경에서 나온 노다입니다. 오늘은 어떻게 해서든 그 가증스러운 범인을 잡고야 말겠습니다. 기필코 여러분의 기대에 부응할 것입니다."

노다의 말에 "좋아!" "최고예요!" "멋집니다!" 따위의 함성이 터져 나왔다.

그가 식은땀을 흘리며 단상에서 내려왔을 때 부하가 달려왔다.

"본부장님, 범인이 뭔가를 보내왔습니다."

"뭐? 정말이야?"

"그렇습니다."

"범인이 보낸 물건인지 어떻게 알지? 열어 봤어?"

"아니요, 아직⋯⋯. 하지만 보시면 압니다. 물건은 만일의 사태에 대비해 뒤쪽 정원에 가져다 놓았습니다."

만일의 사태에 대비한다는 말은 물건이 폭탄일 가능성이 있다는 뜻이다.

"좋아."

노다는 후쿠토미 마사코에게 상황을 설명한 후 그녀와 함께 뒤쪽 정원으로 향했다.

그곳에는 종이 상자가 여러 개 쌓여 있었다. 헤아려 보니 모두 20개다.

"이걸 전부 범인이 보냈단 말인가?"

"그런 것 같습니다."

노다는 먼저 보낸 사람의 이름을 확인했다. 유괴범, 이라고 적혀 있었다. 범인이 보낸 물건이라는 점은 확실해진 셈이다.

"이거, 우리를 놀리는 거야 뭐야. 어쨌든 상자를 열어봐!"

노다의 지시에 폭발물 처리반원이 원격 조작 장치를 사용해 신중하게 상자 하나를 열었다. 다른 사람들은 멀찍이 떨어져 그 모습을 지켜보았다. 이윽고 상자가 열렸다. 하지만 폭발은 없었다. 안에서 나온 물건은 파라볼라 안테나와 통신 장비 같은 것들이었다.

"뭐지, 이건?"

상자 안을 들여다보던 노다가 고개를 갸웃했다. 이어서 다른 상자들도 전부 열었지만 내용물은 똑같았다. 다만 안테나에는 각각 1부터 20까지의 숫자가 붙어 있었다.

그때 후쿠토미 저택의 집사가 달려왔다.

"본부장님께 전화가 왔습니다."

"어디서 온 거죠?"

"그게 말이죠……."

집사가 뺨을 긁적였다.

"범인이라고 주장하는데요."

노다가 응접실로 달려가 수화기를 들었다.

"노다다."

"그래. 물건은 잘 도착한 것 같더군. 상자를 열어 봤나?"

"그래, 열어 봤어. 그게 대체 뭐지?"

"별거 아니야. 단순한 통신기일 뿐이지. 통신 위성을

사용하도록 되어 있어. 설명서가 들어 있을 테니 그걸 자세히 읽어 본 후 사용하기 바란다. 파라볼라 안테나는 자동차 지붕에 붙이도록 되어 있어."

범인의 당당한 태도와 말투에 부아가 치민 노다가 버럭하며 물었다.

"대체 어디에 사용하라는 거야?"

"우선, 준비한 돈을 경찰차 스무 대에 나누어 싣도록."

"1억 엔씩 실으라는 말이군."

"호오, 20억 엔이나 준비했나?"

"왜 아니야. 한 명에 1억 엔이니까 20억 엔이잖아."

"그렇군. 그것도 좋은 생각이야. 돈을 실은 후에는 그 통신기를 경찰차에 설치하도록. 전원은 시가 잭에 꽂으면 돼. 그런데 안테나에 숫자가 붙어 있다는 건 알지?"

"그래."

"그 숫자가 우리가 호출할 경찰차 번호니까 차에 타는 경찰들에게 그 사실을 알려 줘. 그리고 1호 차에는 자네가 타도록. 책임자가 없으면 골치 아픈 일이 생길 수도 있으니까 말이지."

"알았어. 어차피 나도 탈 생각이었어."

"각오가 대단하군. 좋아, 좋아. 지시는 우리가 무선으로 내릴 거야. 스무 대 모두 주파수가 각각 다르니까 그 점도 알아 둬."

"그래서 통신기를 군이 저렇게 많이 준비했군."

"맞아. 어쩔 도리가 없었어. 자네들이 좀 멀리 가야 하니까 말이지. 경찰 무선 호출기나 휴대 전화 따위로는 전파가 닿지 않을지 몰라 불안하더군."

대체 어디로 데려갈 속셈일까 하고 노다는 궁금해졌다.

"이상의 준비를 마친 후 저녁 6시까지 경찰들을 차에 태워 언제라도 출발할 수 있게 해 줘. 자, 질문 있나?"

"아이들은 언제 돌려보낼 작정이지?"

"그 얘기는 거래가 성립된 다음에 하기로 하지. 그럼 6시에."

범인과 통화를 마친 노다는 부하에게 지시를 내린 후 곧장 수사 1과장 등과 회의에 들어갔다.

"돈을 경찰차 스무 대에 나눠 실으라는 건 무슨 이유일까?"

노다가 우선 궁금한 점을 말했다.

"20억 엔을 경찰차 한 대로 운반하기는 힘들 거라고 생각한 것 아닐까요?"

형사 하나가 말했다.

"아무리 그래도 한 대에 1억 엔씩 싣는다는 건 아무래도 낭비인 것 같은데……."

수사 1과장이 반론했다.

"수사에 혼선을 주려고 그런 것 같습니다. 경비하는 입장에서 보면 대상이 스무 대나 된다는 게 보통 일이 아니거든요."

"일리가 있어."

노다가 말했다.

"그렇다면 범인은 경찰차 한 대 한 대에 대한 경비가 느슨해지길 기대하는 건가?"

"다른 이유는 생각하기 힘듭니다."

"좋아. 그럼 일단 이 주변 현경에 협조를 요청하도록. 범인이 어디까지 이동하라고 지시할지 모르니까. 그리고 서둘러 휴대 전화를 20개 준비해서 각 경찰차 탑승자에게 나눠 줘. 뿔뿔이 흩어질 경우를 대비해서 말이야."

그리고 마침내 6시가 되었다.

"노다 본부장 있나?"

노다가 1호 차 조수석에 앉아서 기다리고 있자니 통신기 스피커에서 목소리가 흘러나왔다.

노다가 마이크를 들었다.

"그래, 여기 있어."

"좋아, 그럼 출발하지. 우선 국도를 따라 남쪽으로 내려가서 도메이 고속도로로 들어가도록. 그리고 제한 속도를 지키며 하행선을 달려."

"어디까지 가야 하지?"

"그건 몰라도 돼. 일단 출발해."

그러고서 통신이 끊겼다. 노다는 하는 수 없이 다른 경찰차들에도 출발을 지시했다.

9

벽에 걸린 거대한 스크린에 지도가 비치고, 그 위를 20개의 점이 이동하고 있다. 각 점에는 1에서 20까지의 숫자가 붙어 있었다.

"잠시 후에 분기점이 나올 거야."

제니바코가 말했다. 화면 위의 점 20개가 지금은 줄을 똑바로 맞춘 채 고속도로를 서쪽으로 달리고 있다.

"지시를 내릴 때가 된 것 같아."

"그런가? 좋아."

다카라부네가 마이크를 잡았다.

"노다 나와라, 오버."

"노다다."

불쾌한 듯한 목소리가 모니터에서 흘러나왔다. 제니바코가 웃음이 터져 나올 듯한 얼굴로 말한다.

"다음 분기점에서 1호 차부터 10호 차까지는 고속도로를 빠져나간다. 11호 차부터 20호 차까지는 그대로 고속도로를 달릴 것. 알겠나?"

"왜 둘로 나누는 거야?"

"그건 자네가 곰곰이 생각해 봐. 자, 지시한 대로 실시."

"알았어. 다음 분기점에서 10호 차까지 고속도로를 빠져나가면 되는 거지?"

"자네가 부하들에게 그렇게 지시하기 바라네."

"고속도로를 빠져나간 뒤에는 어떻게 해야 하지?"

"나가자마자 T자 도로와 맞닥뜨릴 거야. 거기서 우회전한 뒤 직진해."

거기까지 말하고서 다카라부네는 통신을 끊었다. 그리고 지도를 보았다.

"다음 분기점까지 30분 정도 남았군."

지정된 분기점에서 고속도로를 빠져나간 1호 차는 범인이 시킨 대로 T자 도로에서 우회전했다. 2호 차부터 10호 차까지 차례차례 1호 차를 뒤따랐다. 또 다른 경찰차와 왜건, 경찰 오토바이 등의 경비 차량이 그 뒤를 이었다. 고속도로에서도 이 수상쩍은 차량 행렬에 다른 차 운전자들이 겁을 먹었는데 일반 도로에서는 더욱더 두드러져 보이는 느낌이었다. 뭔가 큰 사건이라도 났나 싶어 길을 가던 사람들이 경찰 차량들이 나아가는 방향으로 눈길을 주었다.

"범인 놈들, 역시 우리를 흩어 놓으려고 이러는 거야."

노다의 말투에 분노가 깃들어 있었다. 경찰차들이 두 갈래로 나뉜 탓에 경비 차량도 반씩 나뉘게 된 것이다.

휴대 전화가 울렸다. 노다가 잽싸게 전화기를 집어 들었다. 11호 차에 탄 수사 1과장이었다.

"방금 범인이 지시를 내렸습니다."

"어떤 지시지?"

"다음 분기점에서 11호 차부터 15호 차까지는 고속도로를 빠져나가서 다시 상행선을 타고 왔던 길로 돌아가라는 내용이었습니다."

"뭐야, 차량을 또 나누겠다는 말인가?"

"어떻게 할까요?"

"하는 수 없지. 지시에 따르도록. 경비 차량도 둘로 나누고."

"알겠습니다."

전화를 끊은 노다는 신음했다. 범인의 의도가 대체 뭐란 말인가.

통신기에서 목소리가 흘러나왔다.

"이봐, 노다. 날세."

"이번엔 또 뭐야?"

노다가 분노에 찬 목소리로 물었다.

"왜 그러나, 자네. 기분이 상당히 안 좋은 것 같은데? 벌써 그러면 안 되지."

"시끄러워! 그리고, 자네라니. 말조심해!"

"자, 자, 그렇게 흥분하지 말고. 조금 있으면 자네들 앞에 후지 5호(후지산 근처에 있는 5개의 호수-옮긴이)로 가는 길이 나올 거야. 그 길로 들어선 다음 가와구치 호수까지 가게. 그리고 거기서 중앙 자동차 도로로 들어서. 알겠지?"

"그런 다음에는?"

"그건 또 연락하지. 그럼."

통신이 일방적으로 끊겼다.

노다 일행의 차가 중앙 자동차 도로로 들어서자 다시 지시가 떨어졌다.

"오쓰기 분기점에서 1호 차부터 5호 차까지는 하행선으로, 나머지는 상행선으로 들어서도록."

"잠깐만. 최종 목적지를 가르쳐 줘."

"자네가 그걸 알아서 무슨 소용 있겠나. 신경 쓰지 말고 내가 시키는 대로만 가면 돼."

그리고 범인은 노다의 대답도 기다리지 않은 채 통신을 끊어 버렸다.

"제기랄! 이거 완전히 놈들의 페이스에 말려들었군."

노다는 이를 갈았지만, 지금으로서는 범인의 지시에 따르는 수밖에 없었다.

잠시 후 오쓰기 분기점이 나타나자 노다 등이 탄 경찰차 다섯 대는 하행선으로, 나머지는 상행선으로 갈라졌다. 경비 차량도 다시 절반으로 줄었다.

"이런 식으로 경비를 허술하게 만드는 것이 목적이군. 과연 그게 너희들 생각대로 될까."

노다는 휴대 전화를 꺼내 들고 수사 1과장이 탄 11호 차로 전화를 걸었다.

"여기는 11호 차."

"어, 노다다. 그쪽 상황은 어떤가?"

"현재 수도 고속도로를 달리고 있습니다. 그리고 잠시 후면 두 팀으로 갈라집니다."

"갈라져? 어떤 식으로?"

"11호부터 13호까지는 네리마를 경유해 칸에쓰 자동차 도로로 진입합니다. 14호와 15호는 도호쿠 자동차 도로로 진입할 모양입니다."

"경비는?"

"눈에 띄게 허술해졌습니다."

수사 1과장이 떨떠름한 목소리로 대답했다.

"진행 방향의 경찰서에 연락해서 협조를 부탁하게."

"알겠습니다."

"다른 차량에도 그렇게 지시하고. 이런 식으로 나뉘다가는 스무 대가 한 대 한 대 뿔뿔이 흩어지고 말겠어."

"네, 알겠습니다."

수사 1과장과의 통화를 마친 노다는 다른 그룹에도 전화해 똑같은 지시를 내렸다. 도메이 고속도로를 서쪽으로 달리고 있는 16~20호 차는 아직 분리되지 않았지만, 나고야를 지나면 곳곳에 분기점이 있으니 틀림없이 여러 곳으로 나뉠 터였다.

대원들과 한바탕 연락을 주고받은 뒤 전화를 끊자 마치 기다리기라도 했다는 듯이 통신기에서 범인의 목소리가 들렸다.

"곧 오카야 분기점이 나올 거야. 자네들은 그대로 서쪽으로 가게. 4호 차와 5호 차에는 오카야 분기점에서 마쓰모토 쪽으로 향하라고 내가 지시하지."

"이렇게 뿔뿔이 흩어 놔서 어쩔 셈인데? 당신도 몸값을 회수하러 돌아다니려면 고생스럽지 않겠어?"

"걱정해 줘서 고마워. 하지만 말이지, 우리는 움직일 필요가 없어요. 움직이는 쪽은 자네들뿐이지. 그럼 이만."

10

새벽 2시가 지나고 있었다. 다카라부네 만타로는 입을 쩍 벌리고 하품을 했다.

"늘 이 시간이면 잠이 쏟아진단 말이야. 옛날에는 날이 밝을 때까지 마셔도 멀쩡했는데."

"밤의 황제라고 불리던 사나이도 세월을 이길 순 없나

보군."

제니바코가 히죽거리며 말했다.

"자, 하지만 조금만 더 힘을 냅시다."

"그래, 알았어. 이제 다들 정해진 위치에 가까워 가니까."

다카라부네가 벽에 있는 화면을 바라보았다.

20개의 점이 이제는 혼슈 전역에 흩어져 있었다. 서쪽 끝은 오카야마현, 맨 북쪽은 이와테현이다. 둘 다 시가지에 있지 않다. 지금쯤이면 산속 깊숙이 들어가 있을 것이다. 나머지 열여덟 대도 비슷한 상황일 것이다.

"저런 벽지로 보내도 정말 괜찮을까."

후쿠토미가 걱정스러운 듯이 물었다.

"좀 더 지켜보지, 뭐. 이제 각각의 경찰차에 한 번씩만 지시를 내리면 돼. 그래도 다 합하면 스무 번이니 그것도 쉬운 노릇은 아니지만."

다카라부네가 통신기 스위치를 켰다.

노다는 몸서리를 치며 전방의 어둠을 바라보고 있다. 그가 탄 1호 차는 이시카와현과 기후현의 경계 부근을 달리고 있다. 주위가 온통 숲으로 둘러싸인 데다 한밤중이어서 지금 자신들이 어디로 가고 있는지 노다도 운전하는 경찰관도 정확히 알지 못했다.

통신기에서 다시 목소리가 들렸다.

"이거 고생이 많군."

범인의 느긋한 목소리에 노다는 살의를 느꼈다. 피로감이 그런 감정을 한층 부추겼다.

"대관절 우리를 어디로 보낼 작정이야?"

그가 날카로운 목소리로 물었다.

"이제 얼마 남지 않았어. 그대로 1킬로미터쯤 더 가면 오른쪽으로 굽어지는 좁은 길이 나와. 그 길로 가다 보면 길이 끝나는 지점에 오래된 사당이 있지. 그 사당 안에 커다란 종이 상자가 있으니 그걸 사당 밖으로 꺼낸 다음 열어 봐. 그다음 지시가 그 안에 들어 있네. 그럼 조심들 하도록."

"돈은 어떻게 하고?"

노다가 물었을 때는 통신이 이미 끊겨 있었다.

노다는 하는 수 없이 운전하는 경찰관에게 범인이 말한 대로 지시를 내렸다. 조금 더 가자 범인 말대로 옆길이 나 있었다. 경찰차가 그 길로 접어들었다.

잠시 후 막다른 길이 끝나고 금방이라도 무너질 듯한 사당이 나왔다. 노다는 경찰차에서 내려 기지개를 쭉 켠 다음 사당 안으로 다가갔다.

문을 열자 종이 상자가 보였다. 운전 담당 경찰관과 둘이서 상자를 사당 밖으로 꺼낸 다음 땅바닥에 내려놓고 뚜껑을 열었다. 안에는 빨간 비닐 시트를 접어 놓은 듯한 것과 네모난 검은 상자가 들어 있었다. 상자에는 뚜껑이 있고 그 위에 편지가 놓여 있었다.

'검은 상자의 뚜껑을 열고 500만 엔을 넣을 것. 뚜껑을 닫은 뒤 상자 옆에 있는 스위치를 누르고 종이 상자에서 떨어지시오. 이상.'

"500만 엔이라니 이상하네요."

경찰관이 말했다.

"1억 엔이나 가져왔는데 말이죠."

"하여간 편지에 적힌 대로 하게."

경찰관이 차에서 돈을 가져와 100만 엔씩 묶인 돈다발을 상자 안에 넣었다. 상자는 돈다발 다섯 개가 빼곡히 들어가는 크기였다.

노다는 뚜껑을 닫고서 다시 한 번 상자 전체를 살펴본 뒤 상자 옆에 있는 스위치를 눌렀다.

그러자 엄청난 기세로 상자 안에서 비닐 시트가 튀어나왔다. 노다는 소스라치게 놀라며 엉덩방아를 찧었다.

자세히 보니 비닐 시트가 튀어나온 것이 아니라, 비닐 시트 안에 들어 있던 기체가 팽창하고 있었다. 잠시 후 비닐 시트는 지름 2미터 정도로 부풀어 올랐다. 비닐 시트 안에 들어 있는 기체가 헬륨 가스라는 사실은 그것이 하늘로 둥실 떠오르는 모습을 보고 알아차렸다. 풍선은 검은 상자와 연결되어 있었다. 노다 일행이 지켜보는 가운데 500만 엔이 든 상자가 하늘로 떠오르기 시작했다.

"저걸 쫓아가!"

노다가 경찰관에게 명령하며 경찰차에 올라탔다.

하지만 추격이 불가능하다는 사실은 차에 시동을 걸었을 때 이미 명확해졌다. 풍선이 하늘 높이 날아올라 밤의 어둠 속으로 사라져 버린 것이다.

"안 되겠습니다. 찾기 힘들 것 같습니다."

운전석의 경찰관이 하늘을 올려다보며 절망적인 목소리로 말했다.

노다는 서둘러 다른 경찰관에게 전화를 걸려 했지만, 자신들이 산속에 있어서인지 아니면 다른 경찰관들의 위치가 문제인지 휴대 전화가 연결되지 않았다.

"어서 시내로 나가!"

복잡한 산길이다 보니 그곳을 벗어나는 데 한 시간이

넘게 걸렸다. 그리고 마침내 신호가 잡혔다. 맨 처음 전화가 연결된 사람은 수사 1과장이다.

"죄송합니다만, 당했습니다."

과장이 침통하게 말했다.

"지금 오쿠토네 근처에 있습니다. 한 시간쯤 전에 500만 엔이 풍선에 실려 갔습니다."

11

"오늘 전국 여러 곳에서 미확인 비행 물체가 목격됐습니다. 목격자들의 말에 따르면 물체는 빨강과 파랑의 컬러풀한 구체로, 상당히 높은 상공을 날아다녔다고 합니다. 또한 기후현의 논에서는 분홍색 기구가 추락한 채 발견되었습니다. 경찰에서는 이번 일에 관해 아직 아무 발표도 하지 않았습니다."

풍선이 노다 등의 눈앞에서 하늘로 날아오른 후 열 시간 남짓 지났다. 수사본부 사람들은 풍선과 관련한 정보를 수집하느라 눈코 뜰 새 없이 바빴다.

"당최 영문을 모르겠습니다."

어젯밤 분주하게 뛰어다니느라 녹초가 되고 눈 밑에 다크서클마저 생겨난 수사 1과장이 맥없이 고개를 저었다.

"추락한 기구를 몇 개 발견했지만, 현금을 넣었던 기구는 아니었습니다. 누군가 돈을 빼내 간 것도 아닌 듯합니다. 아무래도 발견된 기구는 저희가 본 것과는 다른 기구인 것 같습니다."

"교란 작전이야."

노다가 분한 듯이 책상을 두드렸다.

"돈이 든 기구의 행방을 추적하지 못하도록 유사한 기구를 여러 개 날려 보낸 거지. 정말 교활한 놈들이야."

"자위대에도 협조를 부탁했지만 비행 중인 기구는 찾지 못했다고 합니다."

그럴 만도 하다고 노다는 생각했다. 그 넓은 하늘에서 지름이 2미터에 불과한 기구가 그리 쉽게 찾아지지는 않을 것이다.

"자위대의 얘기로는 기류로 추정해 볼 때 오늘 아침 날이 밝기 전에 대부분 태평양 쪽으로 흘러갔을 거라고 합니다."

"그건 동력이 없을 때 얘기지."

"물론 그렇습니다만……."

어느 수사관의 증언에 따르면 기구가 날아올랐을 때 손전등으로 비춰 보았더니 검은 상자 아래에서 접혀 있던 프로펠러가 펼쳐졌다고 한다. 범인이 모종의 방법으로 기구를 조종하고 있음이 분명했다.

"범인이 통신기를 어디서 샀는지는 알아냈나?"

노다가 물었다.

"현재 전국의 업자를 상대로 조사 중입니다. 그 통신기를 생산한 제니바코 전산에도 물어봤지만, 짐작 가는 곳이 없다고 합니다."

"물건을 만든 업체도 모른다 이거지."

노다가 고개를 끄덕였다.

"좋아, 일단은 그 선에서 조사를 진행하게. 물증이라고는 그것뿐이니까."

"알겠습니다."

지친 기색이 역력한 수사 1과장이 대답했다.

놀이동산에 머문 지 사흘째가 되자 아이들은 마침내 활기를 되찾았다. 스스로 찾아서 놀기 시작했고, 실패를 두려워하지 않게 되었다.

또한 질서가 생겨난 듯했다. 리더십을 발휘하는 아이도 나타났다. 말하자면 본래의 어린이 사회를 회복한 것이다.

"잘됐군, 잘됐어. 아이라면 모름지기 저래야지. 저 표정들 좀 봐. 생기가 넘치잖아."

오랑우탄 가면을 쓴 다카라부네가 넓은 모래밭을 달리며 뛰노는 아이들을 바라보며 말했다.

"하지만 조금씩 집 생각이 나는 모양이야. 어젯밤에 유카리는 훌쩍거리던걸."

후쿠토미의 말에 제니바코가 "그것도 아이다워서 괜찮지 않아? 어리광을 부리는 것도 자연스러운 일이야."라고 말했다.

모래밭에 터널을 만들어 그곳으로 장난감 기차를 통과시키던 겐타가 하늘을 올려다봤다.

"이야, 풍선이다!"

그 소리에 다른 아이들도 위를 쳐다봤다.

"와, 정말이네."

"빨간 풍선이야!"

"이쪽으로 온다."

노인 셋도 하늘을 올려다봤다. 빨간 기구가 정확히 그

들을 향해 날아오고 있었다. 그보다 조금 뒤로 파란 기구도 따라오고 있다.

제니바코가 회중시계를 꺼냈다.

"생각보다 빠른걸. 기류가 좋았던 모양이야."

"대체 무슨 장치를 한 거야?"

후쿠토미가 감탄스러운 듯이 물었다.

"별로 대단한 것도 아니야. 여기서 내보내는 신호에 이끌려 왔을 뿐이지. 전지의 무게를 줄이느라 좀 힘들긴 했는데, 태양 전지를 함께 사용해서 효과를 봤어."

"대단하군. 풍선 아이디어는 제니바코가 냈나?"

"응. 전쟁 중에 풍선 폭탄을 설계한 경험이 도움이 됐어."

"그 폭탄이 아마 미국에 떨어지도록 설계됐었지?"

다카라부네가 물었다.

"맞아. 거기에 비하면 본토에서 몇 킬로미터밖에 떨어지지 않은 이런 섬에 착륙시키는 건 식은 죽 먹기지."

이윽고 서쪽 하늘에서 색색의 기구들이 차례로 나타났다. 그리고 그 기구들은 서서히 고도를 낮추어 놀이동산으로 떨어졌다.

"얘들아, 기구들을 주워 오겠니?"

후쿠토미의 부탁에 아이들이 힘차게 달려갔다.

스무 개의 기구가 아이들의 손에 의해 무사히 회수되었다. 기구마다 각각 500만 엔의 지폐가 들어 있었다. 500만 엔이 스무 개이므로 모두 1억 엔이다.

이제 남은 일은 아이들을 무사히 돌려보내는 것이었다. 유괴할 때와 마찬가지로 특수 최면 가스를 사용해 아이들을 잠재웠다.

"다들 피곤하지? 이 방에서 편히 자면 돼요. 눈을 떴을 때는 집에 돌아가 있을 테니까."

후쿠토미가 아이들에게 말했다.

"여기 또 오고 싶어요."

남자아이 하나가 침대에 누워서 말했다.

"그래, 꼭 다시 초대하마."

"얘들아, 집에 돌아가면 맨 먼저 뭘 하고 싶지?"

고릴라 가면을 쓴 제니바코가 물었다.

잠깐 생각에 잠겼던 아이들이 입을 모아 대답했다.

"공부요!"

원숭이 가면을 쓴 노인 셋이 서로 마주 보며 한숨을 쉬었다.

에인절

그 생물은 남태평양에 있는 조그만 섬에서 발견되었다. 발견한 사람은 미국 생물학자다. 그는 몇 년 전 이 섬 근처에서 있었던 핵 실험의 영향을 조사하고 있었다. 당연히 그는 생김새가 놀라운 그 생물과 방사능을 따로 떼어 생각할 수 없었다. 그리고 그건 다른 생물학자들도 마찬가지였다. 미국 정부는 이 엄청난 발견을 일단 극비에 부치고 학자 그룹에 그 불가사의한 생물의 정체를 밝히는 일을 맡겼다.

결론부터 말하자면, 수많은 검사와 실험이 이루어졌지만 그 생물과 핵 실험 간의 연관성을 찾지 못했다. 또한 인류에게 해를 끼칠 만한 인자도 발견되지 않았다. 마침내 학자들은 미국 정부로부터 그 새로운 생물을 공개해도 좋다는 허락을 받아 냈다. 이 엄청난 뉴스가 전파를 타고 전 세계에 알려졌을 때 그 새로운 생물에게는 이미 이름이 있었다. 이름을 붙인 사람은 연구 그룹의 리더였고, 아무도 그가 붙인 이름에 이의를 제기하지 않았다. 그보다 더 적절한 것을 생각해 내기 어려울 정도로 어울리는 이름이었기 때문이다.

'에인절.'

에인절이 처음으로 일반인들 앞에 모습을 드러낸 것은 발견된 지 1년 이상 지났을 무렵이었다. 물론 브라운관을 통해서였지만, 사람들은 이 불가사의한 생물을 보고 경악하며 자신의 눈을 의심했다. 심지어 매스컴에 의심의 눈길을 돌리기도 했다. 즉, 누군가의 짓궂은 장난이거나 또는 텔레비전 방송국들이 합세해서 던지는 '조크'가 아닐까 생각한 것이다. 과거 영국에서는 네스호에서 공룡이 잡혔다는 신문 기사를 내보낸 적이 있다. 하지만 에인절이 발견됐다는 보도가 나간 날은 만우절도 아니었고, 그 뉴스가 하루에 그치지도 않았다. 방송사 대표가 겸연쩍게 웃으며 보도를 정정하는 사태도 일어나지 않았다. 그러기는커녕, 시청자들이 의심할 것을 예상해 에인절의 모습을 보여 주며 아나운서가 다음과 같은 설명을 덧붙이기도 했다.

"여러분, 이 뉴스는 악질적인 농담이 아닙니다. 실제로 이런 생물이 우리가 알지 못하는 곳에 살고 있습니다. 실로 기적이라고 말씀드릴 수밖에 없습니다."

이렇게 나오니 시청자들도 화면에 비친 존재를 인정할 수밖에 없어 새삼 탄성을 질렀다.

에인절은 흰 몸통에 표면이 젤리처럼 부드럽고 매끈하다. 길이는 큰 것이 50센티미터 정도. 하지만 대개는 10여 센티미터 정도. 다리는 4개. 다만 앞다리는 팔이라고 표현하는 게 옳을 듯하다. 에인절은 걷는 데 뒷다리만 사용하는 경우가 많았기 때문이다. 꼬리는 없다.

여러모로 척추동물로 보였지만, 그렇다면 무슨 류(類)에 속하느냐를 두고 학자들 사이에 의견이 엇갈렸다.

"이 생물은 알로 번식하는데, 그 알이 개구리 알과 비슷하게 생겼습니다. 하지만 크기가 탁구공만 하고, 가운데 핵이 검은색이 아니라 흰빛을 띱니다. 이러한 특징으로 미루어 양서류처럼 보이기도 하지만, 유생이 올챙이와 달리 이미 성체와 그 형태가 똑같습니다. 무엇보다 바다에 산다는 점이 양서류가 아니라는 사실을 말해 줍니다. 양서류는 바닷물에서는 살 수 없으니까요. 그렇다고 파충류나 포유류로 보기에도 무리가 있습니다. 일단 몸의 구조나 각각의 기관이 지금까지는 존재하지 않았던 것들뿐입니다."

어느 방송에 출연한 학자가 주장했다.

"일부에서는 방사능 때문에 태어난 돌연변이가 아니냐는 설이 있습니다만."

뉴스 캐스터가 일반인들이 궁금해할 만한 질문을 했다. 이에 대한 학자의 반응은 신중했다.

"현재로서는 방사능과 관련되었다는 증거가 없습니다. 에인절에게서는 미량의 방사능조차 검출되지 않았습니다."

계속해서 캐스터는 일반인들이 좋아할 만한 질문을 던졌다.

"우주에서 온 생물일 가능성은 없습니까?"

이지적인 얼굴의 학자는 이 질문에도 웃음을 터뜨리거나 화를 내지 않은 채 담담하게 대답했다.

"그럴 가능성도 낮다고 생각합니다. 에인절의 체성분을 분자 수준까지 조사했지만, 지구 밖의 물질을 찾아낼 수 없었습니다."

"그렇다면……,"

캐스터가 자못 진지한 표정으로 마치 심문이라도 하듯이 물었다.

"대체 이 생물은 뭡니까?"

"아직 유전자를 조사하는 중입니다만, 심해어에서 진화한 생물이 아닌가 하는 견해가 유력합니다."

"심해어에서요?"

"그렇습니다. 하지만 왜 이런 형태로 진화했는지, 그건 수수께끼입니다."

그러면서 학자는 모니터에 비친 생물을 바라보았다.

에인절에게는 얼굴이 있다. 아니, 학자에 따르면 그것은 얼굴이 아니라 머리 부분이 돌출한 것이라고 한다. 에인절은 눈도 코도 없고, 있는 것이라고는 입뿐이다. 그 입 위에 있는 요철이 마치 눈이나 코처럼 보일 뿐이다. 그리고 그 위에는 머리카락 같은 모양이 있다. 이런 것들로 구성된 '얼굴'은 어느 전설에 나올 법한 천사의 그것이다. 희고 부드러운 몸체는 인간의 아기를 연상시킨다. 거기에 또 하나의 큰 특징이 있다. 심해어 시대의 흔적인지 그들에게는 조그만 지느러미가 붙어 있다. 등에 두 개의 지느러미가 마치 날개처럼 나란히 붙어 있다.

일본에서 에인절을 처음으로 일반에 공개한 곳은 오사카의 어느 백화점이었다. 이미 뉴욕과 런던에서 공개되었고 오사카는 세계에서 세 번째였다. 그 시점에 에인절을 포획하는 데 성공한 나라는 미국뿐이었고, 포획된 에인절은 전문 연구소에서 엄중하게 관리했다. 그러므로 에인절을 전시하려면 우선 연구소에서 에인절을 빌려 와야 했다. 에인절을 빌리는 데는 엄청난 계약금이 필요했고 진절머리가 날 만큼 번거로운 절차를 거쳐야 했다. 오사카의 백화점이 에인절을 빌리는 데 성공한 이유는 계약금 외에 뒷돈을 건넸기 때문이다. 원래는 파리에서 먼저 공개될 예정이었던 에인절을 오사카의 상인이 가로챘다는 후문이 돌았다.

그러나 프랑스 정부를 분노케 하면서까지 가로챌 만한 가치는 분명히 있었다. 에인절을 공개한 그 백화점은 이 불가사의한 생물을 한번 보려는 손님으로 연일 초만원을 이뤘다.

"멈춰 서지 마세요! 멈추시면 안 됩니다! 다 보신 분들은 서둘러 앞쪽으로 가 주세요. 네, 줄을 벗어나지 말고 두 줄로 걸어가세요."

백화점의 담당 직원이 메가폰을 잡고 끊임없이 고함을 쳤다. 또한 보안 요원은 카메라를 숨겨서 들어온 관람객이 에인절을 촬영하지 못하도록 감시의 눈초리를 이리저리 움직였다. 혹시라도 촬영하는 사람을 발견하면 그 즉시 카메라를 빼앗아 사진을 삭제했다.

이런 취급을 받은 관람객들은 투덜투덜 불평했지만, 에인절이 들어 있는 유리 케이스 앞에 도착한 순간 아무도 불만을 입에 담지 않았다. 그럴 만큼 에인절은 보는 이의 마음을 사로잡았다.

유리 케이스 안에는 에인절이 두 마리 들어 있었다. 하나는 크기가 30센티미터 정도이고 다른 하나는 그 절반 정도 크기였다. 케이스 안에는 바닷물이 들어 있고, 크기가 작은 쪽은 대개 그 바닷물 속에서 등에 달린 날개 비슷한 지느러미를 움직여 둥실둥실 천사가 나는 것처럼 이동했다. 큰 쪽은 모형 바위 위에 올라 유리 케이스 벽면에 양손을 짚고 신기하다는 듯이 관람객들을 바라볼 때가 많았다. 물론 그들에게는 눈이 없으므로 실제로 바라보는 것은 아니었겠지만 말이다.

에인절을 보며 가장 열광하는 사람은 젊은 여성들이었다. 그녀들이 유리 케이스 앞에 서서 하는 말은 대개 두 가지였다. 하나는 "귀여워!", 또 하나는 "나도 갖고 싶어!"

그로부터 얼마 후에는 전국 각지에서 에인절이 공개되었다. 그렇게 된 이유는 포획이 비교적 쉬워지기도 했고, 그 생태에 관해서는 여전히 비밀이 많았지만 사육하는 데 필요한 노하우가 어느 정도 확립되었기 때문이다.

'대화제의 에인절이 왔다!'

이런 식으로 써 붙인 테마파크와 동물원의 포스터를 전국 어디서나 볼 수 있었다. 그리고 당연하지만 이렇게 되자 사람들이 처음만큼 열광하지 않게 되었다. 동시에 손님을 끌어들이는 위력도 줄어들었다.

그러나 에인절은 '목도리도마뱀'과 같은 길을 걷지는 않았다. 그 이유는 특이한 생김새 때문이다. 생물학적인 설명이야 어떻든, 일반인에게 에인절의 머리에 붙어 있는 것은 영락없이 얼굴이었다. 그것도 사람 아기의 얼굴과 흡사했다. 아니, 좀 더 정확히 말하자면 천사의 얼굴이었다. 그들의 몸과 손발의 모양 역시 그림에 자주 등장하는 천사의 몸이나 손발과 똑같았다. 너무 닮아서 기분이 나쁘다는 사람도 없지 않았지만 대다수는 그런 에인절을 사랑스러워했다.

이런 특징을 가진 동물이 일시적으로만 인기를 끌다가 완전히 사라지기는 힘들다. 그들은 불특정 다수 인간의 구경거리에서 제한된 인간에게 사랑받는 존재로 승격했다. 즉 애완동물이라는 새로운 길로 접어든 것이다. 맨 처음 에인절을 애완동물로 삼은 사람은 할리우드의 어느 여배우다. 그녀는 미국 모 상원 의원의 애인이기도 했다.

처음에는 연예인의 애완동물로 사랑받던 에인절이 차츰 일반인 사이에서도 사육되기 시작했다. 인공 번식이 가능해짐에 따라 에인절을 구하기가 별로 어렵지 않게 되었기 때문이다.

물론 처음에는 그 인기의 첫째 비결이 사랑스러운 외모였다. 하지만 이 애완동물에게 그것보다 더 큰 장점이 있다는 사실을 사람들이 마침내 깨달았다. 과학자들은 그 점을 이미 알고 있었다. 사실 에인절에게는 기존의 동물과는 완전히 다른 먹이를 먹는 습성이 있었는데, 그 먹이는 바로 인간이 늘 처리에 골머리를 썩여 왔던 것, 즉 플라스틱이다.

어찌 된 영문인지 이 하얀 천사는 플라스틱과 비닐을 먹었다. 발포 스티로폼도 먹는다. 식품 포장용 랩 역시 먹는다.

다음은 고마에시에 사는 초등학교 4학년 남학생이 여름 방학 때 쓴 일기의 일부다. 여기에 나오는 '다바티'는 이 남학생이 기르는 에인절의 이름이다.

'8월 2일. 맑음.

애완용품점에서 산 사료가 떨어져서 시험 삼아 다바티의 수조에 낡은 삼각자를 넣어 봤습니다. 다바티는 처음에는 가만있더니 잠시 후 양손으로 삼각자를 잡았습니다. 그러자 다바티의 몸에서 미끌거리는 기름 같은 것이 나왔습니다. 그 기름이 묻자 삼각자가 흐물흐물해졌습니다. 다바티는 그걸 마치 크레이프처럼 우적우적 먹었습니다. 다음으로 나는 부엌 쓰레기통에서 컵라면 용기를 가져와 수조에 넣었습니다. 다바티는 그것도 집어 들었지만 이번에는 미끌거리는 기름 같은 것이 나오지 않았습니다. 다바티는 컵라면 용기를 그대로 과자처럼 와삭와삭 깨물어 먹었습니다. 비닐 주머니도 넣어 봤습니다. 그것도 눈 깜짝할 사이에 먹어 버렸습니다.'

이 일기로도 알 수 있듯이, 사람들이 에인절에게 불연물을 처리하는 능력이 있다는 사실을 알아차린 것이다. 나날이 늘어 가는 쓰레기 문제로 일본은 물론 전 세계가 골치를 앓고 있는 상황에서 에인절은 그 문제를 해결해 줄 구세주라고까지 여겨졌다. 그리고 각지에서 쓰레기 처리에 에인절을 활용하는 방안을 검토하기 시작했다.

이처럼 에인절은 엄청난 기세로 인간의 생활에 파고
들었다. 더는 신기하기만 한 동물이 아니었던 것이다.

이럴 때면 반드시 나타나는 존재가 다음과 같은 인간
이다.

"야, 먹을 것 좀 없냐? 배고프다."

"없어. 돈이 있어야 먹을 걸 사지. 그렇게 뒤져 봐야 소
용없어."

"쳇, 정말 아무것도 없네. 아, 배고파! 야, 너는 돈이 그
렇게 없으면서 에인절 같은 건 왜 기르는 거냐?"

"내가 기르는 거 아니야. 옆집 사람이 기르는 걸 맡아
준 거지. 일주일쯤 여행 갔다 온다면서 맡겼어."

"체, 자기 먹을 것도 없으면서 잘도 돌보겠다."

"그게 말이지, 얘는 쓰레기만 주면 돼."

"그렇구나. 흠, 얼굴은 예쁘게 생겼는데. 꼭 여자아이
같아."

"에인절은 양성을 모두 갖췄어. 암컷 수컷이 따로 없단
말이지."

"그리고 보니 남자 천사, 여자 천사라는 말도 쓰지 않잖
아."

"그렇기는 한데, 에인절은 심해어가 진화한 동물이고 전설 속의 천사랑은 상관이 없대."

"오, 날개를 폈어!"

"그건 등지느러미야."

"그럼 결국 물고기 종류네. 흠……, 킥킥킥. "

"뭐야, 그 이상한 웃음은?"

"있잖아, 이거, 먹을 수 있을까?"

"헉, 무슨 말도 안 되는 소리야!"

"왜? 물고기잖아. 그럼 먹을 수 있는 거 아냐?"

"그건 그렇지만, 이 얼굴을 보고도 먹고 싶은 생각이 나냐? 아니, 야! 뭐 하는 거야? 수조에 손 넣지 마! 어, 어."

"아하, 에인절이라는 게 촉감이 이렇구나. 마치 곤약 같네. 개구리 같기도 하고. 이거 봐, 다리 쪽이 맛있을 것 같지 않냐? 배 쪽은 통통한 게, 기름이 잔뜩 올랐는걸. 으, 못 참겠다."

"야! 그만둬. 이웃이 맡긴 거잖아. 무슨 일 생기면 물어줘야 한단 말이야."

"길고양이가 잡아먹었다고 하면 되지 않을까? 배가 고파서 죽을 것 같단 말이야. 좋아! 내가 이놈을 요리하겠어."

"하지 마. 제발 그만둬. 아, 아니, 식칼로 어쩌려고 그
래. 정말 잡아먹을 작정이야? 너 지금 제정신이냐. 도마
에는 왜 올려놔? 으아, 머리를 자르겠다는 거야? 이런 잔
인한……. 으악! 으악! 잘랐어. 정말 잘라 버렸어! 이런
살인마. 아니, 살천사마. 왜 그래. 뭘 찾는데? 머리가 어
디로 갔냐고? 꺅! 여기 있잖아. 여기 떨어져 있잖아. 주워
달라고? 난 못해. 우우, 슬픈 표정이야. 너를 노려보고 있
어. 아니, 그러니까, 노려보는 것처럼 보여. 나무아미타
불. 나무아미타불. 아니지, 천사니까 아멘인가. 지금 그
게 중요한 게 아니고. 하여간 그만해. 으아, 배를 가르다
니. 뭐가 튀어나오잖아! 흐물흐물하네. 내장이야, 그거.
아니, 이번에는 다리를! 아! 완전히 조각이 났네. 뭐야,
날것을 입에 넣으려고? 뭐, 맛있어? 거짓말! 그런 게 맛
있을 리 있겠어. 먹어 보라고? 나는 못 먹어, 절대로. 정
말 맛있어? 거짓말 아니지? 거짓말이면 죽을 줄 알아.
(우물우물) ……어디, 한입 더 먹어 보자. (우적우적) 응? 오
호! 정말이네. 먹을 만해. 프라이팬은 왜? 볶으려고? 그
보다 꼬치에 꿰어서 살짝 구우면 어떨까? 그래그래. 아,
냄새 좋다! 간장 찍어서 먹자. 후, 후, 오오! 이거 맛있네!
고기도 아니고 생선도 아닌 것이. 기름이 적당하게 오른

데다 느끼하지도 않아. 입에 넣는 순간 풍미가 퍼지기 시작하고, 그 풍미가 절정에 도달하는 것과 동시에 고기가 혀에서 사르르 녹는 느낌이야. 아니, 너, 엉덩이 살을 혼자 먹으려고? 나도 한입 줘. 냠냠. 음, 최고야! 세상에 이렇게 맛있는 고기가 있다니. 한데 큰일 났네. 에인절 주인한테 뭐라고 설명한담. 어? 뭐? 머리도 맛있다고? 그럼 나도 한입만……."

에인절이 뛰어난 식재료임을 간파한 사람들은 주로 동양인이었다. 특히 일본인의 적극성은 타의 추종을 불허했다. 그들은 에인절 요리가 돈이 된다는 사실을 금방 알아챘다. 처음에는 이색 요리를 파는 식당에서만 먹을 수 있었지만, 얼마 지나지 않아 일반 음식점 메뉴에도 오르게 되었고, 마침내 전문점까지 등장했다. 이 식재료의 뛰어난 점은 일식에서건 양식에서건 중식에서건 주 요리가 될 수 있다는 점이었다.

"오늘 저녁에는 손님 접대로 천사 전골을 먹으러 갈 거야."

"와, 좋겠다! 나는 에인절의 머리 부분을 좋아하는데."

"그 곱슬머리처럼 생긴 부위 말이지? 흠, 뭘 좀 아네."

"식감이 좋잖아. 천사의 귀여운 얼굴을 보면서 머리를 꿀꺽 삼킬 때의 느낌은 정말 최고라니까."

이런 식의 대화를 회사 복도에서 나누는 일도 드물지 않았다.

하지만 좋은 일만 있는 것은 아니었다. 예를 들어 일본 인이 에인절을 먹는다는 뉴스가 전 세계로 흘러나간 다음 날, 일본 정부에는 항의 전화가 빗발쳤다.

"그런 잔혹한 짓을 하다니. 당신들이 인간이야?"

"천사를 먹는다는 건 신을 모독하는 행위야, 이 악마들 아."

"그렇게 귀여운 아이들을 갈기갈기 찢어 먹다니, 도무지 믿기지 않습니다. 우리는 깊은 슬픔에 잠겨 있습니다."

급기야는 국제회의가 열리게 되었다. 의제는 한마디 로 에인절을 먹어도 괜찮을까 하는 것이었다.

"에인절을 먹어도 인체에 해롭지 않다는 사실은 이미 증명되었고, 그 수가 줄어들지 않는다는 사실 또한 조사 를 통해 증명되었습니다. 그렇다면 먹어도 문제가 없지 않겠습니까?"

이것이 일본 정부의 의견이었다.

"문제는 그런 게 아닙니다. 만물의 영장인 인간이 자신

에인절 •

97

과 흡사하게 생긴 동물을 아무 저항감 없이 먹는 행위 자체를 받아들일 수 없다는 말입니다."

이것이 반대파의 대표적 의견이다. 구미의 의견이라고 해도 좋다. 그들이 반대하는 데 종교적인 이유가 크게 작용하고 있음은 명백했다.

"흡사하다고는 해도 우연히 닮았을 뿐이지 우리 인간과는 아무 관계가 없는 생물입니다."

일본 대표가 지지 않고 받아쳤다.

"에인절에게는 지능이 없습니다. 있다고 해도 개구리 수준입니다. 당신네 나라에서도 개구리는 먹지 않습니까."

"개구리와 에인절은 다릅니다."

"뭐가 다릅니까?"

"양쪽 동물을 볼 때 우리가 느끼는 감정이 다르지요. 우리는 에인절의 모습에서 성스러움을 느낍니다."

"그건 그쪽 사정이고, 일본인은 에인절을 봐도 제과 회사 마크밖에 떠오르지 않습니다."

"그러니까 일본인들이 국제 감각이 부족하다는 겁니다. 당신들, 석가와 똑 닮은 생물이 있다면 먹을 수 있겠어요?"

"물론이죠. 맛있게 먹을 겁니다."

"미쳤군!"

이런 논쟁은 수년간 이어졌다. 그리고 마침내 표결의 시간이 왔다. 에인절을 먹는 것이 옳은지 그른지에 대해.

결과는 반대표가 다수를 차지했다. 에인절은 특별 보호 동물로 지정되었고, 에인절을 먹는 행위는 일절 금지되었다.

새로운 전기를 마련한 사건은 미국 휴스턴에서 발생했다.

주인공은 어느 전자 부품 기업의 경영자다. 기업이라기보다는, IC 기판을 하청으로 생산하는 조그만 공장이었다.

누구보다 회사에 먼저 나오는 것이 습관인 그는 그날도 아침 일찍부터 혼자서 공장 내부를 점검하고 있었다. 그러면서 좀 더 합리화할 부분이 없는지 생각했다.

그의 발걸음이 창고로 향했다. 그곳에는 그날 원청 회사에 납품할 예정인 IC 기판이 든 상자들이 쌓여 있었다. 반드시 납기 안에 생산해야 하는 제품으로, 누구보다 빨리 납품할 수 있다고 호언장담하고 받아 온 일이었다. 무사히 납기를 맞출 수 있게 되어 다행이라며 그는 안도하고 있었다. 만일 그러지 못한다면 앞으로는 주문을 받지 못할 우려가 있었다.

창고에 들어갔을 때 발밑에서 뭔가 움직였다. 자세히 보니 에인절이었다. 이상하다고 그는 생각했다. 어디서 들어왔을까. 최근 야생화한 에인절이 여기저기 돌아다닌다는 기사를 신문에서 읽은 기억이 났다.

다음 순간 이상한 소리가 들렸다. 사각, 사각, 하는 소리였다. 그는 창고 조명을 켰다. 10초 정도 그 자리에 얼어붙은 듯이 서 있었다. 그리고 비명을 질렀다.

천장 바로 아래까지 쌓여 있는 상자에 수십 수백 마리의 에인절이 달라붙어 있었다. 그들은 상자를 열고 그 안에 있는 IC 기판을 갉아 먹고 있었다. 창고 바닥에는 기판에 붙어 있던 전자 부품의 금속 파편이 흩어져 있었다.

그날 두 번째로 출근한 사람은 경리 담당 여직원이었다. 그녀는 자기 부서로 향하던 중 고함인지 비명인지 알 수 없는 소리를 들었다. 창고에서 나는 소리였다. 그녀는 주저하며 창고 앞까지 갔다. 그리고 그곳에 펼쳐진 광경을 보며 소리를 질렀다.

사장이 야구 방망이로 에인절을 두들겨 패고 있었다.

그것도 한두 마리가 아니었다. 수십 마리의 에인절을 상자에 집어넣고 있는 힘껏 방망이로 내리치고 있었다. 둔탁한 소리와 함께 하얀 반투명 살점과 체액이 사방으로 튀었다. 사장의 얼굴과 옷도 잔뜩 더럽혀져 있었다. 그는 에인절을 모조리 죽여 버리겠다며, 창고에 들어가 다시 에인절 수십 마리가 들어 있는 상자를 수레에 싣고 나왔다. 그리고 아까처럼 방망이로 내리쳤다. 에인절의 머리와 팔다리가 또 사방으로 튀었다.

마지막으로 그는 에인절들의 사체에 불을 붙였다. 그때쯤에는 직원들이 모두 출근해 아연실색하여 사장의 행동을 바라보고 있었다. 아무도 그를 말리지 못했다.

"하여간 제정신이 아니었어. 내 인생과 회사를 지켜 내야 한다는 생각이 머릿속에 가득했지. 그놈들이 내 소중한 제품을 절반 넘게 먹어 치웠거든. 이걸로 이 거래는 끝장이라고 생각했어. 그러자 도저히 참을 수 없더군. 물론 알고 있었지, 그놈들이 특별 보호 동물이라는 걸. 하지만 그게 어쨌다는 거야. 나도 내 인생이 있어. 그놈들이 천사라고? 웃기지 말라고 해. 악마야, 악마. 후회 따위는 하지 않아. 다음에 또 내 물건을 먹어 치우면 그때도 죽일 거야. 몽땅 불태워서 죽여 버릴 거야."

사장이 제정신으로 돌아온 뒤에 한 말이다.

나중에 밝혀졌지만, 사장이 죽인 에인절은 약 300마리였다. 공장에서 남쪽으로 3킬로미터쯤 떨어진 곳에 주유소가 있는데 그곳에서 대량 번식한 것으로 보인다. 주유소에도 200마리 정도의 에인절이 남아 있었고, 그 일대 민가에서도 에인절이 텔레비전이나 컴퓨터를 먹어 치우는 등의 피해가 발생한 것이 그 근거다.

플라스틱과 비닐 등의 석유 화학 제품을 먹는 에인절이 석유 자체를 즐겨 먹는다는 것은 이미 알려진 사실이었다. 거기에 석유를 먹은 에인절의 번식력이 통상의 10배에 가깝다는 사실도 전문가들 사이에서는 상식이었다. 그럼에도 이때까지 휴스턴 사건과 같은 일이 일어나지 않은 것은 에인절이 기본적으로 수생 동물이어서 장시간 뭍에서 이동하는 일이 없었기 때문이다. 하지만 이 사건을 자세히 조사한 학자들은 에인절 중에 육상 생활에 맞게 진화하기 시작한 종이 있음을 확인했다. 야생화한 놈들은 전부 이 육생 에인절인 것으로 추측되었다.

똑같은 피해자가 다시 발생하기까지는 한 달이 채 걸리지 않았다. 미국 각지에서 에인절이 플라스틱 제품을 먹어 치우는 사건이 발생했다. 그리고 휴스턴 사건과 마찬가지로 에인절은 사건 현장 근처 주유소에 거대한 둥지를 틀고 있었다.

피해는 아메리카 대륙에 그치지 않았다. 석유 화학 제품이 흔한 나라라면 그 어디서나 유사한 사건이 발생했다. 예를 들어 일본에서는 에인절을 이용해 불연물을 처리하는 회사의 사무기기가 하룻밤 사이에 몽땅 그들의 먹이가 되었다. 또한 전선의 피복까지 먹어 치우는 바람에 여기저기서 누전이나 정전이 발생했다. 플라스틱을 사용한 주택의 벽 등도 모조리 먹히고 말았다.

마침내 미국 정부는 이 골치 아픈 천사들이 상상도 못한 곳에서 번식하고 있음을 알아냈다. 그곳은 바로 유전이었다.

각국의 수뇌가 모여 긴급 대책 회의를 열었다. 그리고 에인절을 인류 역사상 최악의 유해 생물로 간주하기로 결정했다. 에인절을 특별 보호 동물로 지정한 지 10년도 지나지 않았을 때였다.

세계 각지에서 대규모의 에인절 박멸 작업이 벌어졌다. 화염 방사기가 사용되기도 하고, 레이저 광선이 등장하기도 했다. 에인절의 머리를 가져오면 장려금을 주는 나라도 나타났다. 일이 이렇게 되자 에인절을 먹는 일을 아무도 문제 삼지 않게 되었다. 그러나 일본인들이 기뻐한 시간은 아주 잠깐에 지나지 않았다. 이상 번식한 육생 에인절은 고기가 질긴 데다 휘발유 냄새가 나서 도저히 먹을 수 없었다. 이제는 거의 찾아보기 힘들게 된 수생 에인절만 맛있었다. 그리고 수생 에인절이 서식하는 곳은 남태평양의 극히 일부 해역뿐이었다. 하지만 그곳에서 수생 에인절을 포획하는 일은 동물 보호 단체와 환경 보호 단체의 활동으로 아직 금지 상태였다.

육지에 사는 에인절은 각국의 노력에도 여전히 줄어들 기미를 보이지 않았다. 효과적인 박멸 방법을 찾지 못한 채 에인절을 때려잡거나 불태워 죽이는 등의 원시적인 방법에만 의존하기 때문이었다. 이대로 가다가는 에인절이 지구상의 석유 화학 제품을 몽땅 먹어 치우고 말거라는 소문까지 나돌았다.

그런데 사태가 급변했다.

프랑스 방사능 연구 팀이 해결책을 찾아낸 것이다. 그들은 원래 방사능 제거제를 개발하고 있었다. 20세기 후반부터 지구에 쌓이기 시작한 방사능을 제거하는 일은 이 시대 과학자들의 주요 과제였다.

그들이 개발한 방사능 제거제가 소형 폭탄 형태로 세계 곳곳에 뿌려졌는데, 그 결과 방사능이 놀랄 만큼 줄어든 것은 물론이고 기대하지 않았던 성과까지 얻게 되었다. 제거제가 뿌려진 지역에서 에인절이 자취를 감춘 것이다.

　방사능을 제거하는 데다 유해 생물까지 퇴치한다……, 그야말로 꿈의 발명품이라 할 만했다. '블루 어스'라고 이름 지어진 이 방사능 제거제는 에인절 때문에 골머리를 앓던 인류에게 구세주나 마찬가지였다. 마침내 그토록 대량으로 번식하던 에인절이 감쪽같이 자취를 감추었다. 이제 남은 에인절은 남태평양에 서식하는 수생 에인절뿐이다.

　환경 보호 단체는 말한다.

　"남태평양에도 블루 어스를 뿌려야 한다. 그래서 지구를 방사능이 없는 아름다운 별로 되돌려 놓아야 한다."

　동물 보호 단체는 말한다.

　"에인절 서식 지역에 블루 어스를 뿌리는 것을 결단코 반대한다. 멸종 위기에 몰린 수생 에인절을 영영 잃게 될 것이다."

　"하지만 그곳에 대량의 방사능이 잔류하는 것은 심각

한 환경 문제다."

"귀중한 생물을 인간이 멋대로 멸종시켜서는 안 된다."

연구 결과, 에인절이 생존하는 데는 방사능이 필요하다는 사실이 밝혀졌다. 그들이 번식할 수 있었던 이유는 20세기 들어 빈번했던 핵 실험 등으로 방사능 농도가 높아졌기 때문이었다. 해저 핵 실험의 영향으로 심해 생물이 돌연변이를 일으킨 결과 에인절이 탄생했다는 것은 부정할 수 없는 사실이었다.

"잔류 방사능을 지구에서 완전히 제거해야 한다."

"인간에게는 다른 생물을 보호할 의무가 있다."

그들의 논쟁은 여전히 합의점을 찾지 못했다.

지구에서 78만 광년 떨어진 어느 행성에서의 대화.

"그 별의 생태계에 또 약간의 변화가 있었다는군."

"그래? 어떤 변화지?"

"방사성 물질이 감소했나 봐. 주류 생물이 제거한 모양이야."

"그렇군. 시뮬레이션대로야."

"그래. 지금까지는 모두 예상대로야. 새로운 생물에 대한 주류 생물의 반응도 그렇고."

"그 별에 사는 주류 생물의 종래의 행동 패턴을 분석하면 쉽게 예상할 수 있는 일이지. 그들은 자신들 이외의 생물도 소중히 여기는 척하지만, 실제로는 지극히 변덕스럽고 이기적이야. 자신들에게 이익이 되는지 해가 되는지를 기준으로 다른 생물의 존속을 결정하려고 하거든."

"환경에 대해서도 마찬가지야."

"맞아. 그들이 최우선으로 여긴다는 환경이라는 건 자신들이 쾌적하게 살기 위한 조건을 뜻하지. 방사성 물질도 그래서 제거하려는 거고."

"바보 같은 짓이야. 자기들 손으로 방사능을 만들어 냈으면서……."

"그들이 그 별을 방사능으로 오염시킨 것은 우주적으로 생각하면 지극히 자연스러운 일인데 말이야. 자기네 별을 플라스틱이라고 불리는 합성 물질투성이로 만들어 놓은 것도 마찬가지고."

"기존의 생물이 그런 식으로 그때까지 존재하지 않았던 물질을 만들어 내면 신생 생물이 쾌적하게 살아갈 수 있는 환경이 조성되지. 그런 식의 지배자 교체는 이 광활한 우주에서 흔히 있는 일이야. 뭐, 그들 자신은 모르겠지만 말이지."

"그들은 지금 필사적으로 살아남으려 하고 있어. 방사능 제거는 최후의 몸부림이야."

"시뮬레이션상으로는 주류 생물이 앞으로 어떻게 되지?"

"어느 시기를 경계로 다시 방사능을 흩뿌리는 전투가 시작될 거야. 그러면 이번에는 방사능을 제거할 여유도 없이 그들이 멸망하지."

"그 결과 신생 생물 시대가 온다는 거군."

"그때는 신생 생물에게 쾌적한 환경이 만들어져 있을 거야."

"그때 그 별은 무슨 색이 될까?"

"아마도 빨간색이겠지."

"신생 생물은 그 색깔이 그 별의 원래 색깔이라고 생각하겠지. 지금의 주류 생물이 그 별을 초록 별이라고 생각하는 것처럼."

"그 별로서는 자기네가 빨간색이건 초록색이건 아무 상관이 없겠지만."

"그야 그렇지."

핸드메이드 사모님

오후 1시 5분 전에 안도 시즈코는 집을 나섰다. 목적지는 5분이면 도착하는 곳이다. 그러나 약속 시각보다 일찍 도착하고 싶은 생각이 없었다.

'한 달에 한 번 하는 봉사.'

시즈코는 그렇게 생각했다. 그렇게라도 생각하지 않으면 그 우울한 시간을 견디기 힘들다.

그녀는 마을을 남북으로 가로지르는 길을 그리 가볍지 않은 발걸음으로 걸었다.

이 뉴타운에는 300호가 넘는 가구가 산다. 그리고 그 세대주 대부분은 가전 업체인 ABC 전기의 사원이다. 회사까지는 마을에서 자동차로 10분 정도면 갈 수 있으니 실질적으로 사원들을 위해 뉴타운이 개발됐다고 해도 과언이 아니었다.

물론 시즈코의 남편도 ABC 전기에 근무한다. 연구 개발부 소속으로, 최근에야 겨우 부하 직원을 둔 신분이 되었다.

집을 산 것은 1년 전이다. 염원이던 단독 주택을 샀을 때 시즈코는 구름 위를 걷는 기분으로 하루하루를 보냈다.

'도미오카 부인의 티 파티'라는 것이 존재한다는 사실을 안 것은 이사 온 지 한 달 정도 지났을 무렵이었다. 가르쳐준 사람은 역시 이 뉴타운에 살며 남편이 ABC 전기 IC 실계 과정으로 있는 도리가이 후미에라는 여자다.

도미오카 부인은 이름이 사다코로, ABC 전기 도미오카 이사의 부인이다. 그리고 도미오카 이사는 연구 개발부와 IC 기술부의 책임자다. 즉, 시즈코와 후미에에게 도미오카 부인은 남편의 상사의 아내다.

그 도미오카 부인이 한 달에 한 번 남편의 부하 직원 부인들을 불러 모아 티 파티를 여는데 함께 가지 않겠느냐고 도리가이 후미에가 제안했다.

'아, 귀찮아.'

그 얘기를 들었을 때 시즈코는 대뜸 그런 생각이 들었다. 상사와 만나는 일은 회사 안에서나 할 것이지 왜 사생활까지 파고드느냐는 반발심이 고개를 들었다. 남편도 그런 곳에는 가지 않아도 된다고 했다.

하지만 결국 시즈코는 그 모임에 참가하게 되었다. 남

편의 직장 생활에 조금이라도 보탬이 되고 싶었기 때문이다.

그녀는 지금 티 파티에 참가하게 된 것을 몹시 후회하고 있다. 애초에 나가지 않았다면 남편의 이미지에 보탬이 되지도 않았겠지만 나쁘게 만들 일도 없을 터였다. 그런데 덜컥 참가해 버리는 바람에 도중에 그만두기도 어려워진 것이다.

앞으로 몇 년이나 더 그 모임에 나가야 하나, 그런 생각을 하면 마음이 무겁다. 만화로 그린다면 지금 자신의 이마에는 여덟팔자로 선이 그어져 있겠지, 하고 시즈코는 상상했다.

도미오카 저택 응접실에는 이미 부인 4명이 와 있었다. 도리가이 후미에와 마치다 준코, 후루카와 요시에는 평소에 보아 온 사람들이지만 다른 젊은 여자 하나는 시즈코가 처음 보는 얼굴이었다. 도리가이 후미에가 그녀를 다나카 히로미라고 소개했다. 지난달에 이사 와서 오늘 처음으로 이 모임에 참가한다고 했다.

"잘 부탁드립니다."

다나카 히로미가 고개를 숙였다.

"저야말로 잘 부탁드려요."

시즈코는 미소를 지으며 속으로는 희생자가 또 하나 늘었다고 생각했다.

응접실로 들어온 도미오카 사다코가 벽시계와 부인들의 얼굴을 차례로 훑어봤다.

"야마다 씨와 사토 씨가 아직 안 오셨네요."

기분 탓인지, 도미오카 부인의 테 없는 안경 속 눈이 번쩍 빛닌 것처럼 보였다.

도리가이 후미에가 등을 쭉 펴며 이사 부인을 똑바로 바라봤다.

"아…… 저, 야마다 씨가 말이죠, 친척 분이 돌아가셨다던가? 하여튼 그래서 오늘은 쉬었으면 한답니다. 무척 아쉬워하더군요."

"아아, 그래요? 그것참, 큰일이군요."

도미오카 부인이 몹시 안타깝다는 듯이 눈썹을 찡그렸다.

"일을 당하신 분이 가까운 친척인가요? 우리 남편이 그 일을 아는지 모르겠네요. 조의를 표해야 할 것 같은데 말이죠."

"아니, 저, 먼 친척이라고…… 아, 그래도 장례식에는 참석해야 할 정도의 친척인데……, 그러니까 너무 신경

쓸 필요는 없다고 했던 것 같아요."

도리가이 후미에는 횡설수설하며 간신히 여기까지 늘어놓았다.

"그래요, 그럼 조의는 표하지 않아도 될 것 같군요. 음, 그리고…… 사토 씨는요?"

"사토 씨는 아이가 열이 많이 나서 오늘은 빠져야 할 것 같답니다."

대답한 사람은 사토의 옆집에 사는 마치다 준코다.

"저런, 감기인가요?"

"그런 것 같아요."

"올해는 감기가 지독하다고 하던데. 그럼 나중에 병문안을 가도록 하죠. 과자라도 들고요."

부인의 말에 마치다 준코가 당황한 표정을 지었다.

"아니, 저, 그렇게 심하지는 않으니까 너무 걱정하지 마시라고 사토 씨가……."

"그래요? 하지만 감기는 방심하면 안 되지요."

도미오카 부인이 골똘히 생각에 잠겼다. 그 모습을 보며 저 사람은 분명히 병문안을 갈 거라고 시즈코는 생각했다. 그것도 직접 만든 과자를 들고.

도미오카 부인의 '출석 체크'가 끝나고 드디어 티 파티가 시작됐다. 다른 여자들이 부인을 도와 홍차와 과자를 날랐다.

오늘 준비된 과자는 시폰 케이크다.

"꽤 잘 구워진 것 같아요. 우리 아이들도 맛있다고 난리더군요."

부인이 가슴을 쭉 내밀며 자랑스럽게 말했다. 시즈코는 미소로 응답하며 포크로 케이크를 잘랐다. 그 순간 감이 왔다.

'뭐야, 이게.'

분명 스펀지처럼 폭신폭신한 것이 시폰 케이크의 특징인데 딱딱한 부분이 군데군데 있었다. 반죽을 잘못한 데다 너무 오래 구웠기 때문이라고 시즈코는 즉시 결론을 내렸다. 한 조각을 입에 넣었지만 당연히 식감이 나빴다.

그런데 도리가이 후미에가 "어머나, 맛있어요!" 하고 시즈코와 정반대되는 감상을 말했다.

"어찌나 부드러운지 입안에서 녹는 것 같아요!"

부인은 눈을 가늘게 뜨며 "그래요? 후루카와 씨는 어떠신지요?"라며 유달리 과자를 좋아하는 후루카와 요시에에게 물었다.

"아, 그러니까…… 맛있네요."

후루카와 요시에가 어색하게 웃으며 말한 뒤 "그렇죠?"라고 시즈코에게 동의를 구했다.

"네, 정말 그러네요."

시즈코도 하는 수 없이 맞장구를 쳤다.

도미오카 부인은 기대했던 반응을 얻자 대단히 만족스러운 얼굴로 홍차를 마셨다.

그때 복잡한 표정으로 케이크를 먹던 다나카 히로미가 "아, 맞다!"라며 옆에 놔두었던 조그만 종이 꾸러미를 끌어당겼다. 그리고 "저, 오늘은 제가 쿠키를 구워 왔어요. 괜찮으시다면 드세요."라면서 포장을 풀었다.

순간 응접실에 긴장감이 감돌았다. 모두들 입을 다물어 버렸다. 다들 말없이 서로의 안색을 살피고 마지막으로 부인의 표정을 관찰했다. 부인은 입가에 옅은 미소를 띠고 있었지만 안경 속 두 눈에는 섬뜩한 광채가 어렸다. 시즈코는 고개를 숙이며 신참인 다나카 히로미에게 마음속으로 불만을 터뜨렸다.

왜 쓸데없는 짓을 하는 거야!

어색한 침묵을 깬 사람은 도미오카 부인이었다.

"어머, 그래요? 이걸 직접 구웠어요? 와, 솜씨가 정말 좋으시군요. 그럼 여러분, 모처럼 이렇게 가져오셨으니 쿠키 맛을 볼까요."

"네, 어서 드세요."

험악해진 분위기를 눈치채지 못한 다나카 히로미가 쿠키 꾸러미를 테이블 한가운데로 밀어 놓았다.

"그럼 하나 먹어 볼까요?"

주저주저하며 마치다 준코가 손을 내밀었다.

"나도 하나."

"나도⋯⋯."

"잘 먹겠습니다."

시즈코도 쿠키를 하나 집었다.

맛있다.

시즈코는 그렇게 느꼈다. 바삭한 식감에 적당한 달콤함이 레몬 향과 함께 입안에 퍼졌다. 하지만 그런 느낌을 다나카 히로미에게 말하지는 않았다. 적어도 이 방 안에서는 그런 말을 입 밖에 낼 수 없었다.

"저, 어떠세요?"

아무 반응이 없어서인지 다나카 히로미가 불안한 듯이 물었다.

"네, 괜찮은데요. 나름대로 먹을 만해요."

도리가이 후미에가 말했다.

"잘 구웠네요."라는 마치다 준코.

"뭐, 그럭저럭요."라는 후루카와 요시에.

너 나 할 것 없이 애매한 반응을 보이자 다나카 히로미는 불안해진 모양이다. 스스로 한입 먹어 보더니 떨떠름한 표정을 짓는다. 자기로서는 회심작을 만들어 왔는데 반응이 왜 이러냐는 얼굴이다. 시즈코는 그런 히로미가 딱하다는 생각이 들었다.

"쿠키로 말하자면,"

도리가이 후미에가 입을 열었다.

"지난번에 사모님이 만들어 주신 쿠키가 최고였지요."

사모님이란 물론 도미오카 부인을 말한다. 그 사모님은 다나카 히로미가 만들어 온 쿠키를 먹은 후 줄곧 험악한 표정을 한 채 입을 굳게 다물고 있었는데, 이 한마디에 다시 입이 벌어졌다.

"아아, 그거! 아직 조금 남았는데, 드시겠어요?"

"네, 먹고 싶어요."

그러고서 도리가이 후미에는 "그렇지요, 여러분?" 하고 다른 사람들의 동의를 구했다.

모두가 애매하게 고개를 끄덕였다.

도미오카 부인이 튀어 오르듯이 자리에서 일어나 응

접실을 나갔다. 남은 사람들은 입을 꾹 다문 채 말이 없었다. 다나카 히로미만이 와삭와삭, 자신이 만든 쿠키를 깨물었다.

이윽고 부인이 조그만 대나무 바구니를 들고 돌아왔다.

"자, 사양하지 말고 드세요."

바구니 안에는 검은색에 가까운 갈색 쿠키가 가득했다. 이 사람은 도대체 무슨 생각으로 쿠키를 저렇게 많이 구웠는지 시즈코는 이해가 되지 않았다.

이렇게 되면 저 쿠키를 먹지 않을 수 없다. 시즈코는 하나를 집어 입에 넣었다. 마치 돌을 깨무는 듯한 느낌과 함께 지독한 단맛이 혀에 퍼졌다. 그것은 쿠키의 달콤함이 아니라 설탕의 단맛 그 자체였다. 시즈코는 자신도 모르게 홍차 잔을 들어 입안의 쿠키를 차와 함께 넘겼다. 둘러보니 다나카 히로미와 후루카와 요시에도 찻잔을 입으로 가져가고 있었다.

"정말이지,"

도리가이 후미에가 손으로 입을 가리며 말했다.

"사모님이 만든 쿠키는 최고예요. 그렇지 않아요?"

그녀와 눈길이 마주친 마치다 준코가 당황한 모습으로 고개를 끄덕였다.

"네, 그래요. 정말 고급스런 맛이에요."

"격조가 느껴지는군요."

후루카와 요시에도 말했다.

시즈코는 이따위 맛이 고급스럽고 격조가 느껴지는 것이라면 오코노미야키도 고급 요리겠네, 하고 생각했지만 잠자코 고개를 끄덕였다. 다나카 히로미 쪽을 힐끔 보니 그녀는 얼굴에 불만이 가득했다. 시즈코는 그녀가 쓸데없는 말을 내뱉을까 봐 조마조마했지만 다행히 그녀도 세상 물정 모르는 철부지는 아닌 듯, 그저 부루퉁한 표정으로 입술을 굳게 다물고 있을 뿐이었다.

"저, 이 바구니도 역시 사모님께서⋯⋯?"

마치다 준코가 쿠키가 담긴 바구니를 손가락으로 가리키며 물었다. 화제를 쿠키에서 바구니로 돌리려는 작전일 것이다.

도미오카 부인이 만면에 미소를 띠었다.

"그래요. 호호호, 모양새가 엉망이어서 부끄럽지만요."

"무슨 말씀이세요. 전혀 그렇지 않아요. 백화점에서 사신 줄 알았는걸요."

"그래요? 그렇게 말씀하시니 조금 안심이 됩니다."

부인은 안경을 고쳐 쓰고 다시 마치다 준코를 바라보

왔다.

"하지만 말이죠, 파는 물건이 반드시 좋으란 법은 없지요. 이런 바구니만 해도 어딘가 모르게 허술한 물건이 많아요. 역시 직접 만드는 게 제일이죠."

"아, 그야 그렇죠. 네, 물론이에요."

마치다 준코가 약간 초조한 듯이 맞장구를 쳤다.

"아아, 맞다. 내 정신 좀 봐. 중요한 걸 잊고 있었네."

도미오카 부인이 양손을 맞잡고 투실투실한 몸을 좌우로 흔들었다.

"여러분에게 드리고 싶은 것이 있답니다."

"어머, 그게 뭐죠?"

도리가이 후미에가 득달같이 반응하며 기쁘다는 듯이 말했다.

시즈코는 몸서리를 치며 마치다 준코와 후루카와 요시에의 표정을 훔쳐보았다. 그녀들도 입으로는 웃고 있었지만, 눈에는 불안한 기색이 가득했다.

응접실을 나갔던 부인이 천 다발 같은 것을 품에 안고 돌아왔다. 테이블에 놓인 그것은 폭 30센티미터, 길이 20센티미터 정도의 천을 바느질한 물건이었다. 여러 가지 무늬의 천들이 누벼진 걸 보니 패치워크인 듯했다.

이건 도저히, 하고 시즈코는 생각했다. 천박한 색깔에 감각이라고는 엿보이지 않는 배열, 거기에 형편없는 바느질 솜씨까지. 도저히 봐줄 수가 없었다.

"어머, 굉장히 화려한 걸……"

시즈코 옆에 앉아 있던 다나카 히로미가 거기까지 말하고 입을 다물었다. 살았다, 라고 시즈코는 생각했다. 분명 '걸레'라고 말하려 했을 것이다. 하지만 그게 걸레일 리 없었다. 설사 걸레에 한없이 가까워 보인다고 해도, 도미오카 부인이 사람들에게 걸레를 나눠 주려고 했을 리 없다.

다행스럽게도 다나카 히로미의 목소리가 부인의 귀에는 들어가지 않은 모양이었다. 부인이 콧구멍을 부풀리며, 영락없이 걸레로 보이는 물건을 손에 들고 말했다.

"이건 식탁 깔개인데요, 좋은 걸 구하기가 쉽지 않죠? 그래서 제가 직접 만들어 봤답니다."

모두가 숨을 멈췄다. 시즈코도 말이 나오지 않았다. 저게 식탁 깔개라니. 그럼 저 천박한 헝겊 위에 음식을 놓고 먹으란 말이야? 걸레를 식탁 위에 올려놓으라고?

"어머나, 멋지네요."

도리가이 후미에가 얼빠진 소리를 냈다. 마치 모두의

불손한 생각을 날려 버리기라도 하겠다는 듯이 커다란 목소리였다.

"훌륭해요, 사모님. 전부터 식탁 깔개를 갖고 싶었는데, 예쁜 걸 찾지 못했거든요. 이렇게, 뭐랄까, 품질이 좋은 물건은 좀처럼 없더라고요."

"그랬어요? 저도 여러분이 분명 좋아하실 거라는 생각에 밤늦도록 작업을 했답니다."

"아니, 그렇게까지 하지 않으셔도 괜찮은데."

시즈코가 말했다. 진심이었다.

"제가 좋아서 한 일이니 절대 부담 갖지 마세요. 자, 그럼 각자 마음에 드는 걸 고르세요. 아, 마치다 씨 댁은 가족이 다섯 명이니까 다섯 장을 드려야겠군요. 그럼 이거랑 이거, 그리고 이게 어떨까요?"

부인이 자신의 작품을 차례차례 나눠 주었다. 시즈코도 갖고 싶지 않은 식탁 깔개를 넉 장이나 받았다.

나쁜 사람은 아닌데, 이런 식이라면 정말 곤란하다고 시즈코는 생각하고 만다. 요컨대 이 티 파티는 도미오카 부인의 작품을 칭송하는 모임이다. 물론 솜씨만 좋다면야 손님으로도 즐겁고 칭찬하는 보람도 있을 것이다. 그러나 도미오카 부인은 어찌 된 영문인지 뭘 만들어도 모두 수준 이하다. 그런데 본인은 그런 사실을 깨닫지 못하니 대략난감이다. 미각과 미적 감각이 둔한 데다 의외로 눈치마저 없어서 그런지도 모른다고 시즈코는 생각했다. 결국 이날 시즈코는 너절한 식탁 깔개 넉 장과 돌처럼 단단한 쿠키를 선물로 받고서 도미오카 저택을 나섰다.

"여보, 이게 뭐야? 식탁 위에 걸레를 올려놓으면 어떡해?"

회사에서 돌아온 후미아키가 옷을 갈아입고 부엌에 들어서자마자 말했다.

"걸레가 아니라 식탁 깔개야."

시즈코가 말했다.

"그걸 식탁 깔개라고 만들었대."

"아아, 도미오카 부인 작품이구나."

후미아키가 얼굴을 찡그렸다.

"다른 건 또 뭘 받아 왔어?"

"쿠키. 그 봉지 속에 있어. 하지만 먹지 않는 편이 좋을 거야."

"말하지 않아도 안 먹을 거야. 소시지 먹고 얼마나 혼났는데."

"아아, 소시지……."

시즈코가 한숨을 쉬었다.

"정말 지독한 맛이었지."

"푸타조차 안 먹었잖아."

지난번 모임에서 시즈코는 부인이 만들었다는 소시지를 산더미같이 받아 왔다. 그 소시지는 아무리 지지고 볶아도 먹을 만한 것으로 바뀌지 않았다. 썩은 고기 같은 악취와 향료의 강렬한 냄새가 최악의 비율로 섞여 있어 입 가까이 가져가기만 해도 식욕이 사라지고 구토를 유발하는 형편없는 소시지였다. 도저히 먹을 수가 없어서 자신들이 기르는 개, 푸타에게 줘 봤지만, 인간의 수천 배에 이르는 후각을 지닌 개에게는 역시 냄새가 강렬했던 모양인지 푸타는 밥그릇에 다가서다 말고 "깽" 하며 뒷걸음질 치더니 꼬리를 말고 도망쳐 버렸다. 그런 쓰레기를 도미오카 부인은 "소시지는 일단 만들어서 먹어 보면 기성품은 못 먹지요."라며 사람들에게 나눠 주었다. 대체 그녀의 미각 구조는 어떻게 생겨먹었을까, 하고 시즈코는 신기해했다.

"그 후에 먹은 스파게티도 먹을 만한 음식은 아니었어."

"아아, 그거!"

도미오카 부인이 스파게티를 내왔을 때 시즈코는 그 것이 볶음 우동을 응용한 요리인가 보다고 생각했다. 옆 에 놓인 포크를 보고서야 비로소 그 탱탱 불은 면발이 스 파게티라는 걸 알아차렸다. 그리고 늘 그렇듯이 그 수제 스파게티 면을 엄청나게 많이 선물로 받아 와 처치가 곤 란하자 어떻게든 가족에게 먹여 보려고 고심하며 요리 했지만, 남편 후미아키와 아이들은 면발이 흐물거린다 면서 고스란히 남겼다.

"이 쿠키를 다 어쩌지?"

후미아키가 턱으로 봉지를 가리켰다.

"버려야지. 별수 없잖아."

"이웃들 모르게 버려."

"나도 알아. 어디 한두 번 해 봤어야지."

소시지도 스파게티도 결국 음식물 쓰레기가 되었다. 그리고 그 쓰레기를 버리는 날 시즈코는 상당히 신경을 써야 했다. 만일 누군가에게, 특히 티 파티 멤버에게 그 모습을 보이면 곤란하기 때문이다. 더구나 그 주변에는 까마귀가 많아서 쓰레기차가 늦게 오기라도 하면 까마 귀가 쓰레기봉투를 쪼아 그 내용물이 사방에 흩어지는 일도 있었다. 도미오카 부인이 손수 만든 것을 처리할 때는 적어도 세 겹 이상 싸매는 것이 시즈코의 노하우였다.

"이 걸레, 가 아니라 식탁 깔개는 어떻게 할 거야?"

"글쎄, 어째야 하나……."

시즈코는 고민스러운 나머지 두통이 일 지경이었다.

"차라리 걸레로 쓰면 어떨까?"

"그게 말이지, 후루카와 씨한테 들은 얘기로는, 아주 가끔 도미오키 부인이 느닷없이 집에 들이닥쳐서 자기가 준 물건들을 잘 쓰고 있는지 어떤지 점검한다는데?"

"아니, 정말이야?"

"응. 그러니까 일단은 창고에 넣어 두어야 할 것 같아."

"내 참."

후미아키가 머리를 긁적였다.

"여보, 그럼 저 그림은 어떻게 하지? 현관에 걸려 있는 그 이상한 식충 식물 그림 말이야."

"아, 그거. 그것도 당분간 걸어 두는 수밖에 없지 않겠어?"

"아이고, 맙소사."

현관에 걸려 있는 그림은 시즈코가 처음으로 티 파티에 참가한 다음 날 도미오카 부인이 이사를 축하한다며 가져온 것이다. 말할 것도 없이 도미오카 부인이 그린 그림이다. 부인이 보는 자리에서 그 그림을 현관에 걸었고, 그것이 지금까지 그대로 걸려 있는 것이다. 그림을 처음 본 사람은 너 나 할 것 없이 "아니, 뭐야, 이 기분 나쁜 식물은?" 하고 말한다. 도미오카 부인은 난꽃을 그렸다고 하지만, 아무리 봐도 식충 식물로밖에 보이지 않는다.

"그러고 보니 아무리 맛이 없어도 음식물을 주는 편이 이런 물건을 주는 것보다는 나은 것 같군. 음식물은 버리기는 께름칙하지만 오래 남지 않잖아."

"오래 남는 물건을 받으면 정말이지 난감해. 센스라도 있는 물건이라면 모를까."

"소문으로 들은 얘기인데, 마치다 씨네는 둘째 딸이 태어났을 때 도미오카 부인이 인형을 손수 만들어 줬대. 그런데 그 인형이 어찌나 무섭게 생겼던지 딸이 그걸 볼 때마다 울고불고한다는군."

"어머나, 끔찍해라."

시즈코는 그 모습을 상상하며 마치다 준코를 마음 깊이 동정했다.

이런 상황을 다른 부인들은 어떻게 생각할까, 하는 것이 요즘 시즈코의 소박한 의문이었다. 먹고 싶지 않은 음식물이나 집에 두고 싶지 않은 장식품을 받으면 기쁠 리 없다. 하지만 아직 그 누구도 겉으로는 불만을 입에 담지 않는다. 쓰레기 수거장에 버려져 있는 도미오카 부인의 작품을 본 적도 없고, 그런 얘기를 들은 적도 없다. 분명 자신처럼 꽁꽁 싸서 버릴 테지만 증거가 없다.

다 같이 모여서 의논해 보면 어떻겠냐고 후미아키는 말했지만, 그게 가능하다면 이런 고민을 하겠느냐고 시즈코는 맞받아쳤다. 만에 하나 배신자가 있어서 도미오카 부인에게 고자질이라도 하는 날에는 여태까지의 고생이 모두 물거품이 되고 만다.

그렇게 우울한 나날을 보내던 중에 마음을 더욱 무겁게 만드는 전화가 도리가이 후미에에게서 걸려 왔다. 도미오카 부인이 티 파티 멤버 전원에게 나눠 주고 싶은 물건이 있으니 내일 집으로 와 달라고 했다는 것이었다. 그리고 약속이 있어서 오지 못하는 집에는 부인이 나중에 직접 가져다줄 거라고 했다.

가지 않을 도리가 없다고 시즈코는 생각했다. 부인이 직접 가져다주면 그 물건이 아무리 형편없고 아무리 산더미처럼 많더라도 거절할 수 없다.

"우리 가족은 소식한다는 점을 강조해 봐."

남편이 조언했다. 늘 그러고 있어, 라고 시즈코는 대답했다.

다음 날 시즈코는 어두운 마음을 안고 도미오카 저택으로 향했다. 인터폰을 누르자 스피커가 아니라 바로 옆쪽에서 소리가 났다.

"시즈코 씨! 여기예요. 이쪽으로 와요."

도미오카 부인이 정원에서 얼굴을 내밀었다. 이날은 평소와 달리 안경을 쓰지 않았고 블라우스 소매를 걷어 올린 모습이었다.

시즈코가 대문을 지나 정원으로 들어서는데 요상한 냄새가 코를 찔렀다. 이거 혹시, 하며 그녀는 어떤 음식을 떠올렸다.

정원에는 평소 멤버들이 모두 모여 있었다. 그녀들이 시즈코를 보더니 일제히 복잡한 미소를 지었다. 쓴웃음이라기보다 고통이 깃든 웃음이었다.

정원 한가운데 거대한 플라스틱 통이 4개 있었다. 도미오카 부인이 그중 하나에 팔을 집어넣더니 어린애 머리통만 한 김치를 끄집어냈다.

"김치가 여간 맛있지 않아요. 제가 처음 담근 김치지만, 상당히 맛있다고 자부합니다."

"저, 이걸 전부 사모님이 담그셨어요?"

시즈코가 혹시나 해서 물었다.

"네, 전부 제가 담갔답니다. 2주나 걸렸지 뭐예요."

"엄청나게 많네요."

"그거야, 여러분한테도 맛을 보여 드려야 하니까요. 배추를 50킬로그램이나…… 아니지, 60킬로그램이던가? 그리고 마늘을 1킬로그램 가까이 넣었지요. 호호호호호."

부인의 말을 듣고 있자니 머리가 어질어질했다. 그럼 오늘 모두에게 나눠 주겠다는 것이 이 김치란 말인가. 설마……. 시즈코는 절망적인 기분이 되었다.

하지만 그런 시즈코의 기분을 비웃기라도 하듯 부인은 플라스틱 통에서 김치를 꺼내 미리 준비한 거대한 비닐봉지에 척척 집어넣었다. 그리고 사람들에게 "나중에 맛이 어땠는지 꼭 들려주세요."라며 나눠 주었다. 정신을 차리고 보니 시즈코는 양손에 각각 비닐봉지 두 개씩을 들고 있었다.

아무도 입을 열지 않았다. 신이 난 사람은 도미오카 부인뿐이다. 다음에는 깍두기에 도전해 볼까, 따위의 말이나 내뱉고 있었다.

깍두기를 담그기 전에 이사를 갈 수 없을까. 시즈코는 진지하게 그런 생각을 했다.

그 김치는 예상대로 그날부터 시즈코네 집의 골칫거리가 되었다. 일단 먹어나 보자며 후미아키와 둘이서 도전해 봤지만 한입 먹고는 둘 다 토악질을 했다.

"빨리 버려!"

후미아키가 거의 화를 내며 소리를 질렀다.

시즈코도 그 물건을 집으로 가져올 때부터 이걸 빨리 처리하지 않으면 안 된다고 생각하고 있었다. 오래 두면 집에 악취가 밸 우려도 있었다.

문제는 어떻게 버리느냐였다. 쓰레기봉투로 이 강렬한 냄새를 차단하기란 불가능하다. 그러니 그대로 쓰레기 수거장에 버릴 수는 없다.

이틀 후 아침, 시즈코는 창문에서 쓰레기 수거장을 내다보고 있었다. 오전 9시가 조금 지났을 때 쓰레기차가 다가오는 것을 본 그녀는 현관에 놓아두었던 쓰레기봉투를 집어 들고 뛰쳐나갔다. 쓰레기 수거 직전에 버리면 그 누구도 눈치채지 못하게 김치를 처치할 수 있을 거라고 그녀는 생각했다.

그런데 그렇게 생각한 사람은 시즈코만이 아니었다.

거의 동시에 이 집 저 집에서 쓰레기봉투를 손에 든 주부들이 나왔다. 그 면면은 다름 아닌 티 파티 멤버들이었다.

'어머나!' 하는 표정으로 서로를 바라본 후 그녀들의 시선이 상대가 들고 있는 쓰레기봉투로 옮겨 갔다. 동시에 자신의 쓰레기봉투는 뒤로 감췄다.

오늘따라 쓰레기차가 더디게 오는 것처럼 느껴졌다. 어색한 침묵이 이어졌다. 쓰레기봉투를 손에 든 주부 여러 명이 아무 말 없이 서 있는 모습은 누가 봐도 이상할 거라고 시즈코는 생각했다. 하지만 그녀는 쓰레기봉투를 그곳에 놔두고 돌아설 용기가 나지 않았다.

기분 탓인지 김치 냄새가 풍기는 것 같았다. 그토록 철저히 랩으로 둘러쌌으니 자신의 것일 리 없다고 생각하면서도 시즈코는 공연히 불안했다. 다른 사람들도 안절부절못하는 모습이었다.

마침내 쓰레기차가 도착해 쓰레기를 싣기 시작했다. 시즈코는 자신의 쓰레기가 먼저 실리도록 쓰레기 수거장 입구 쪽에 봉투를 놓아두고 그곳에 남아 작업원의 움직임을 지켜봤다. 다른 사람들도 돌아가지 않고 그대로 서 있었다.

작업원이 뭐라고 중얼거린 건 쓰레기봉투 몇 개가 수
거 차량에 던져졌을 때였다.

"이거 김치 냄새잖아."

순간 모두의 얼굴이 굳어지는 걸 시즈코는 보았다. 자
신의 얼굴 역시 그럴 터였다. 그녀는 애매한 미소를 지으
며 집으로 돌아갔다.

그 주 토요일에 티 파티가 열렸다. 그날은 전원이 참석
했다. 그래서인지 도미오카 부인은 기분이 좋아 보였다.

"모두들 와 주셔서 기쁩니다. 실은 제가 최근에 새로운
일에 빠져들었습니다. 요리나 재봉과는 전혀 다른 일로,
매우 어렵지만 할수록 재밌고, 열중하게 됩니다."

"어쩜! 이번에는 무엇에 도전하시나요?"

언제나 그랬던 것처럼 이번에도 도리가이 후미에가
나섰다.

"지금 가져오겠습니다. 하지만 시간이 좀 걸릴 것 같으
니 그동안 여러분은 차라도 마시며 얘기를 나누시기 바
랍니다."

그러고서 부인이 응접실을 나갔다.

잠시 아무도 입을 열지 않았다. 남들이 어떻게 나오는

핸드메이드 사모님 ●

지 상황을 살피는 듯한 침묵이 이어졌다.

이윽고 시즈코 옆에 있던 후루카와 요시에가 시즈코에게 얼굴을 바짝 들이댔다.

"그거, 좀 맵지 않았어요?"

"그거라니요?"

"그러니까……,"

후무카와 요시에는 주위 사람들을 신경 쓰며 "김치 말이에요."라고 대답했다.

일제히 숨을 죽이는 기색이 느껴졌다.

시즈코는 아무렇지도 않은 듯이 고개를 살짝 끄덕였다.

"매웠어요."

"그렇지요?"

요시에가 안심이 된 듯하다.

"그리고,"

시즈코가 말을 이었다.

"역시 양이 너무 많더군요."

"맞아요."

마치다 준코가 가세했다.

"그래서 우리 집은 다 먹을 수 없어서, 저, 우리는 아직 애들이 어리니까 그런 맛은 인기가 없어서…… 아니, 그러니까 맛은 있는데…….”

“김치를 자주 먹는 사람은 그런 맛이 괜찮겠지만,”

사토라는 주부가 끼어들었다.

“저희는 역시 그런 맛에 익숙하지 않아서, 도저히 다 먹을 수 없더군요.”

“맛이 좀 독특했어요.”

다나카 히로미가 말했다.

“맛이 독특하던데요. 그래서 우리 남편에게 먹어 보라고 했더니, 뭐야 이게, 이상한 맛이네, 그러더라고요.”

그 의견에 모두가 말을 잃었다. ‘이상한 맛’이라는 직접적인 표현이 튀어나왔기 때문이다. 하지만 침묵은 오래가지 않았다.

“그러고 보니 맛이 독특한 음식이 많았어요.”

이번에는 마치다 준코가 나섰다.

“김치뿐 아니라, 지난번에 먹었던 소시지라든가…….”

“아아, 그거!”

“그래그래.”

“냄새가 그랬죠.”

“맞아요, 그랬어요.”

다들 쿡쿡 웃기 시작했다.

"그전에 먹었던 쿠키는 어떻게 생각해요?"

후루카와 요시에가 물었다.

"벽돌을 씹는 듯했죠."

평소에는 앞장서서 부인에게 아양을 떠는 도리가이 후미에가 대답했다. 그녀의 말에 와, 웃음이 터져 나왔다.

"좀 달았죠."

"그건 달다는 표현으로는 부족해요."

"그에 비하면 다나카 씨가 만든 쿠키는 맛있었어요."

"그래요, 솜씨가 좋던데요. 이 댁 사모님이랑은 비교가 안 돼요."

"어머, 정말요? 그렇게 말씀해 주시니 기쁘네요."

"역시 젊으니까 센스가 있는 거예요. 그런 점에서 이 댁 사모님은……."

그러고서 마치다 준코가 히죽이 웃었다.

"센스가 빵점이에요."

도리가이 후미에가 뒷말을 이었다.

"도대체 왜 그 모양일까요."

"뭘 만들건 최악이라니까."

시즈코가 내뱉었다. 격의 없는 말투였지만 아무도 신경 쓰지 않는 듯했다.

"요리만이 아니라 재봉도 그래요."

"아, 맞아요. 지난번에 받은 식탁 깔개도 형편없었어요."

"그거, 우리는 일찌감치 걸레로 쓰고 있어요."

"어머, 우리도요."

다나카 히로미가 까르르 웃었다.

마치 저주가 풀리기라도 한 것처럼 사람들의 표정이 생기를 띠어 갔다. 시즈코도 오랜만에 가슴이 뻥 뚫리는 것 같았다. 이런 티 파티라면 매일 있어도 좋겠다고 생각했다.

"그런데 오늘은 또 뭘 가져올까요?"

마치다 준코가 입 끝을 실쭉거리며 말했다.

"요리나 봉재는 아니라고 했잖아요."

"도자기 같은 거 아닐까요? 촌스러운 컵을 선물로 주면 어떡하죠?"

"그런 거라면 문제없어요. 떨어뜨려서 깨졌다고 하면 그만이에요."

"와, 지능범이네!"

"하하하."

이때 후루카와 요시에가 테이블 밑에서 잡지를 꺼냈다.

"어머, 웬 잡지가 있네요. 남편 분이 보시는 건가 ……."

시즈코가 옆에서 들여다보니 '전자 공작'이라는 잡지였다. 후루카와 요시에가 팔락팔락 책장을 넘기자 책갈피가 꽂혀 있는 페이지가 나왔다.

거기에 쓰인 기사 제목을 본 시즈코는 얼굴에서 핏기가 싹 가시는 느낌이 들었다. 그 제목은 '당신도 만들 수 있는 도청기'였다.

모두 말없이 일어나 주변을 뒤지기 시작했다. 이윽고 다나카 히로미가 "어머!" 하며 뭔가를 꽃병 뒤에서 끄집어냈다. 그 네모난 상자는 잡지에 실린 '완성품의 예'와 모양이 똑같았다.

도리가이 후미에가 로봇처럼 어색한 동작으로 응접실 문을 열었다. 그 창백한 얼굴을 보고 시즈코는 아마 자신도 그녀와 다르지 않을 거라고 생각했다.

그녀들은 줄줄이 복도를 걸었다.

세탁기 앞에 도미오카 부인이 있었다. 그녀를 본 부인들이 당황한 표정을 지었다.

"큰일 났어요!"

"거품이……, 입에서 거품이……."

"머리를 낮춰야 해요!"

"사모님, 정신 차리세요!"

매뉴얼 경찰

순간적으로 욱해서 아내를 죽였다. 자수하기로 했다.

그 자리에서 바로 경찰에 전화했으면 좋았으련만, 내가 저지른 행위 자체가 너무 두려운 나머지 나도 모르게 집을 뛰쳐나오고 말았다. 그 후로는 꿈을 꾸는 듯한 기분으로 이리 비틀, 저리 휘청 걸어 다니다가 얼마 안 가서 이건 꿈이 아니라 현실이라고 인식하게 되었고, 현실인 이상 이런 식으로는 아무것도 해결되지 않는다고 이성적으로 사고할 수 있게 되었다.

이성적으로 생각하고 보니 답은 하나였다. 그래서 나는 집에서 가장 가까운 경찰서로 발길을 돌렸다.

경찰서에 가는 건 2년 만이다. 물론 지난번에는 범죄와 아무런 관련이 없는 일로 갔었다. 운전면허를 갱신하러 갔던 것이다. 내 기억에 그곳은 낡고 작은 건물이었다.

그러고 보니 최근에 경찰서가 새롭게 바뀌었다는 얘기를 들었다. 건물도 그렇지만 시스템 자체가 완전히 바꿔었다고 했다. 어떻게 바뀌었는지도 들었는데 잊어버렸다. 나와는 관계없는 곳이라고 생각하고 건성으로 들었던 것이다. 이런 일도 일어날 수 있으므로 무슨 일이든 제대로 기억해 둬야 하는데 말이다. 물론 그걸 기억하고 있다 한들 살인자인 내 처지가 유리하게 바뀌지는 않겠지만.

시진 빌걸음으로 경찰서 앞에 다다랐다. 그리고 건물을 올려다봤다.

그곳에는 2년 전에 봤던 건물과는 완전 딴판인 건물이 들어서 있었다. 그것은 마치 은색 피라미드 같았다. 아래층은 넓고, 위로 올라갈수록 좁아진다. 맨 위층 뾰족한 방이 서장실일까. 안정성이 느껴지는 그 형상은 범죄자에게 "자, 어디로든 들어와 봐." 하는 자세를 취하고 있는 것처럼 보이기도 했다.

입구에 서자 유리문이 스르르 열렸다. 심호흡을 하고 나서 문안으로 발을 내디뎠다.

들어가자마자 반원형 로비가 나왔다. 그 로비를 둘러싸듯이 카운터들이 늘어서 있고, 반원 중심부에는 책상 하나가 동그마니 놓여 있다. 거기에 젊은 여성 한 명과 중년 여성 한 명이 앉아 있었다. 중년 여성은 경찰 복장

이고, 젊은 여성은 빨강과 하양의 줄무늬 옷차림이다. 약
간 삐딱하게 쓴 모자도 같은 줄무늬다.

젊은 여성이 나를 보고 일어섰다. 작위적인 미소를 짓
는다. 거리에서 자주 본 표정이라는 생각이 들었지만, 구
체적으로 어디서 봤는지는 기억나지 않았다.

"저……."

"네. 뭘 도와드릴까요?"

그녀가 득달같이 물었다.

"실은,"

침을 삼키고 나서 단숨에 말했다.

"자수하러 왔는데요."

"네?"

그녀의 얼굴이 미소를 머금은 채 굳어졌다. 그런 그녀
의 팔꿈치를 옆에 앉은 여성 경관이 쿡 찔렀다.

"자수야, 자수. 케이스 S1."

"아! 네, 네."

젊은 여성이 사진의 바로 앞으로 시선을 힐끗 주었다.
거기에는 뭔가가 빼곡히 적힌 파일이 펼쳐져 있었다.

그녀는 다시 예의 미소를 지었다.

"현재 저희 경찰서에서 취급하고 있는 사건인가요?"

"아니, 그럴 리 없지요. 방금 죽였으니까."

"죽였……, 그럼 아직 신고되지 않은 살인 사건이군요."

"네."

"그러면 아직 자수 절차를 밟을 수 없습니다."

"절차를 밟을 수 없다니, 그럼 어떻게 해야……."

"우선 2번 창구에서 사건 신고 절차를 밟아 주세요."

그녀가 명쾌한 어조로 말했다.

"사건 신고요? 아니, 그러니까, 저는…… 자수하러 왔습니다."

"네. 하지만 우선은 본 경찰서에서 그 사건을 취급할 수 있도록 절차를 밟아야 합니다."

그리고 그녀는 옆에 있던 여성 경관에게 '맞죠?' 하고 동의를 구하는 듯한 표정을 지었다. '그래요.'라고 대답하듯이 여성 경관이 고개를 끄덕였다. 그리고 여성 경관은 나를 보며 "규칙이니까요." 하고 말했다.

희한한 방식이라고 생각하면서 2번 창구로 향했다. 그곳에는 은행원처럼 생긴, 안경 낀 남자가 컴퓨터 단말기를 옆에 두고 앉아 있었다.

"아내를 죽여서 자수하러 왔는데요."

내가 말했지만, 안경 낀 남자는 내 목소리 따위는 들리지 않는다는 듯이 무표정한 채 단말기 쪽으로 천천히 몸을 돌렸다.

"살해된 사람이 누구죠?"

남자가 퉁명스러운 말투로 물었다.

"그게, 그러니까, 제가 죽였는데……."

그러자 남자가 한숨을 쉬며 귀찮다는 듯이 나를 보았다.

"지금 말이죠, 살인을 저지른 사람이 누구인지 묻는 게 아니라, 살해된 사람이 누구인지 묻는 겁니다."

"아아, 네, 그렇군요. 죄송합니다. 살해된 사람은, 그러니까, 아내이기는 한데, 살해되었다고 하기는 좀 그렇고……."

"아무도 살해되지 않았다는 겁니까?"

남자의 안경 렌즈가 번쩍 빛난 것처럼 느껴졌다.

"아니요, 일단 아내가……."

"성명을 정확히 말씀해 주세요."

"네? 아아, 죄송합니다. 다다노 하나코입니다. 只花라고 쓰죠."

내가 한 말을 남자가 단말기에 타닥타닥 입력했다.

"사체를 댁이 발견하셨어요?"

"네?"

내가 되물었다. 질문의 의미가 이해되지 않았다.

남자가 짜증이 밴 표정으로 다시 나를 봤다.

"사체를 처음 발견한 사람이 댁이냐고요. 아니면 제1 발견자가 따로 있나?"

"아니요, 저 외에 본 사람은 없습니다."

"그럼 댁이 최초로 발견한 거죠?"

"그런가……."

나는 머리를 긁적였다. 두통이 오는 것 같았다.

"이름이 뭡니까?"

"다다노 이치로입니다."

"주소와 전화번호를 말씀해 주세요."

"데쓰나베시 네기마치 4가 2의 2, 리버사이드 하이츠 205호입니다. 전화번호는……."

남자는 그 답변도 타닥타닥 단말기에 입력했다.

"피해자와는 무슨 관계입니까?"

"피해자라면 제 아내 말입니까? 그러니까, 저……, 남편입니다."

"발견 장소는요?"

"발견이란 표현은 좀 이상한데……."

내가 중얼거리자 남자가 나를 힐끔 쏘아보았다. 나는

다급히 "그게, 자택입니다."라고 대답했지만, 그게 정답이 아니라는 걸 금방 눈치채고 다시 한 번 주소를 정확히 불러 줬다.

"그게 몇 시쯤이죠?"

"지금으로부터 약 두 시간 전이니까,"

그리고 시계를 보았다.

"오전 8시쯤입니다."

남자는 입력을 마치고 나서 마지막으로 키보드 하나를 톡, 두드렸다.

"네, 수고하셨습니다. 이 데이터는 수사계로도 전달되니 곧바로 사실이 확인될 겁니다. 그때까지 어디 계시겠습니까? 자택 이외의 장소에 계실 예정이라면 그곳이 어딘지 알려 주세요. 확인 작업을 마치는 대로 수사관이 참고인 조사를 하게 될 테니까요."

"어디……, 그냥 여기 있으면 안 됩니까?"

"그래도 됩니다."

남자가 차가운 시선으로 나를 바라봤다.

"댁 자유예요."

사람을 죽여서 자수하러 왔는데 자유라니.

"그러면 여기서 기다리겠습니다."

로비 중앙에 죽 놓여 있는 긴 의자를 가리키며 말했다.

"알겠습니다. 데쓰나베 경찰서 1층 로비라……."

남자가 키보드를 두드리며 중얼거렸다.

일이 이상하게 돌아간다고 생각하며 나는 긴 의자에 걸터앉았다. 주위를 둘러보니 나 이외에도 손님……이라고 표현하기도 좀 그렇지만, 하여튼 일반인이 몇 명 있었고, 그중 일부는 카운터 주위에서 우왕좌왕하고 있었다.

"댁은 여기가 처음이슈?"

소리가 나서 돌아보니 점퍼 차림에 수건을 머리에 동여맨 남자가 다리를 꼬고 앉아 있다. 이쪽을 바라보고 있는 걸 보면 내게 말을 건 듯했다.

나는 처음이라고 대답했다.

남자가 소리 없이 웃는 표정을 지어 보였다. 위쪽 앞니가 없었다.

"무슨 일로 왔는지는 모르겠지만 당황스러울 거야. 나도 여기 처음 왔을 때는 갈팡질팡했지."

"여기, 대체 왜 이러지요?"

"그렇게 의아해할 것도 없어요. 요컨대, 경찰의 활동을 철저히 매뉴얼화한 거지. 다들 파일이나 시트 같은 걸 옆에 두고 있지? 거기에 각자의 업무에 관한 매뉴얼이 잔뜩 적혀 있어요. 그대로 하지 않으면 나중에 징계를 받는 모양이야."

"아하, 그렇군요."

"거꾸로 말하자면, 매뉴얼대로 하기만 하면 누구도 뭐라는 사람이 없는 거지. 그래서 다들 매뉴얼에 없는 일은 절대로 안 해."

그렇게 된 일이로군, 하고 나는 그제야 조금 납득이 되었다.

"왜 그렇게 된 거죠?"

"그게 시대의 흐름이니까. 모든 걸 매뉴얼화해 버리면 책임 소재가 확실해지고 풋내기라도 쉽게 일을 할 수 있잖아. 그런 점에서는 경찰이 가장 뒤떨어져 있었어. 지휘관에 따라 수사 방식이 달라지기도 하고, 형사에 따라 취조의 엄격한 정도가 다르기도 했으니까. 일이 잘 풀릴 때는 개성의 승리니 뭐니 하면서 번드레하게 말하지만, 실패했을 때는 골치가 아프거든. 초동 수사에 문제가 있는 거 아니냐며 매스컴에서 두드려 맞거나 과잉 수사가 인권 문제를 불러일으키는 등 귀찮은 일이 비일비재했지. 그래서 늦게나마 경찰도 통일된 매뉴얼 방식을 도입하게 된 거야."

"시대의 흐름이라……. 그런데 선생님은 경찰 돌아가는 사정을 잘도 아시네요."

"그렇지, 뭐. 이 세계에 있은 지 오래니까."

남자가 가슴을 펴며 으스대는 시늉을 했다.

"실례지만, 뭐 하시는 분입니까?"

"나? 정보원이야. 형사에게 정보를 흘리면서 용돈 벌이나 하는 거지. 하지만 이제는 뒷골목이나 공원에서 은밀히 쏙닥거리기도 힘들어졌어. 무슨 일이건 여기 와서 절차를 밟아야 하니까 말이지. 귀찮아 죽겠어."

그리고 남자는 종이를 한 장 내게 보여 주었다. 거기에는 '정보 제공 용지'라는 글자가 씌어 있었다.

"다다노 이치로, 다다노 이치로 씨! 계시면 1층 접수 카운터로 와 주시기 바랍니다."

안내 방송이 나왔다. 목소리의 주인공은 아까 안내 데스크에 있던 젊은 여성이 분명했다.

접수 카운터로 가니 남자 둘이 서 있었다. 몸집이 큰 남자들로, 둘 다 회색 양복 차림이다. 나를 본 두 사람이 가볍게 고개를 숙였다.

"다다노 이치로 씨인가요?"

둘 중 한쪽이 묻는다.

"그렇습니다."

"말씀드리기 대단히 죄송합니다만, 부인이 사망하셨습니다. 게다가 살해되었을지 모른다는 의혹이 있습니다. 지금 저희들과 함께 현장에 가 주실 수 있겠습니까?"

마치 책을 읽는 듯한 말투로 형사가 말했다. 아마도 매뉴얼에 그렇게 씌어 있는 모양이다.

"네, 그건 상관없는데. 실은……."

범인은 자신이라고 말하려고 했는데 형사들은 끝까지 듣지도 않고 부리나케 걸음을 옮겼다.

하는 수 없이 그들을 따라나섰다.

"삼가 위로의 말씀을 드립니다. 현재 전력을 기울여 수사하고 있으니 그 가증스러운 범인은 조만간 체포될 거라고 봅니다."

차에 올라타자 옆에 앉은 형사가 힘주어 말했다.

"아니, 그, 사실은 말이죠, 제가 범인입니다."

"네?"

"아내를 죽인 사람이 저란 말입니다. 그래서 자수하러 갔는데……."

내 말뜻이 이해가 안 가는지 형사가 잠시 눈을 희번덕거렸다. 하지만 이내 냉정을 되찾은 듯, 운전하는 형사에게 물었다.

"이봐, 이런 경우에는 어떻게 하지?"

그러자 운전석의 형사가 시선을 앞으로 향한 채 고개를 갸웃했다.

"자수 절차를 밟지 않았습니까?"

"그게, 먼저 사건 신고 절차를 밟으라고 해서요."

"그럼 자수 절차는 아직 안 밟으신 거군요."

"그렇게 되나요?"

"이 자리에서 자수한 셈이 아닐까?"

옆 자리 형사가 물었다.

"그럴지도 모르겠네요."

"이런 경우에는 어떻게 해야 하지?"

"그러니까, 유족에게 사건을 알렸더니 그 유족이 범행을 자백한 거군요. 어떻게 해야 하나. 일단 자세한 얘기를 들어 봐야 하지 않을까요?"

"갑자기 자수자용 질문으로 들어가도 될까?"

"아니요, 그래도 될지 자신이 없어요. 일단 유족용 질문부터 하면 어떨까요?"

"그래, 그쪽이 안전하지."

내 옆에 앉은 형사가 고개를 끄덕이며 나를 봤다.

"그럼 자수 절차는 일단 나중으로 미루고, 우선 피해자의 남편으로서 질문에 답해 주십시오."

"아, 네……."

"부인이 살해된 일과 관련해서 뭔가 짚이는 점이 있습니까?"

"네에?"

나도 모르게 화들짝 눈을 떴다. 내가 죽였는데 짚이는 점이 있느냐니. 그런 생각을 하며 형사를 바라보는데, 형사는 형사대로 '난들 이런 바보 같은 질문을 하고 싶어서 하는 줄 알아?' 하는 표정이다.

"아내가 살해된 일에 관해서는 짚이는 점이 없습니다."

하는 수 없이 그렇게 대답했다.

"누군가에게 원한을 샀다거나, 수상한 전화가 걸려 왔다거나 한 적은요?"

"남에게 원한을 샀는지 어떤지는 저도 모릅니다. 수상한 전화가 걸려 온 일도 없고요."

"최근 부인의 상태는 어땠습니까? 평소와 다른 점이라든가 말이죠."

"히스테리가 좀 있었습니다."

"그래요? 예를 들면 어떤 식이었죠?"

"실은 제가 카나리아를 기르고 있었습니다. 색깔이 매우 아름다운 카나리아로, 이날까지 애지중지 길렀습니다. 그런데 오늘 아침에 일어나 보니 그 아름다운 깃털이 집 안 곳곳에 흩어져 있고 카나리아는 죽어 있었습니다. 어떻게 된 일이냐고 물었더니 아내가 자신의 원피스를 보여 주면서 카나리아가 그 옷에 똥을 쌌다고 하는 겁니다. 새상 밑에 옷을 놓아두는 사람이 잘못이지 카나리아에게 무슨 잘못이 있습니까. 그런데 화가 난 아내가 새장에서 카나리아를 꺼내 창밖으로 던져 버리려다 그만 놓쳐서 카나리아가 실내를 날아다니자 더욱 열을 받아 청소기 파이프로 냅다 후려쳤더니 그만 죽어 버렸다는 겁니다. 게다가 그 말을 가증스럽게 웃으면서 하더군요. 그래서 이번에는 제가 욱한 나머지 아내의 목을 수건으로……."

"잠깐만요."

형사가 손바닥을 펼쳐 보이며 나를 제지했다.

"그 부분은 아직 말씀하시면 안 됩니다. 자, 그럼 히스테리 얘기가 나왔으니까, 부인의 성격이나 인품에 관해 묻겠습니다."

그리고 그는 체크 용지를 꺼냈다.

"우선 첫 번째 질문입니다. 부인은 성격이 급합니까? 1. 매우 급하다. 2. 약간 급하다. 3. 보통이다. 4. 약간 느긋하다. 5. 매우 느긋하다. 번호로 대답해 주세요."

"그러니까……, 1번입니다. 매우 급했습니다."

"두 번째 질문입니다. 부인은 신경이 예민합니까? 1. 매우 예민하다. 2. 약간 예민하다. 3. 보통이다. 4. 별로 예민하지 않다. 5. 매우 둔하다."

"5번입니다. 히스테리는 있지만 엄청 둔했어요."

"세 번째 질문입니다. 부인은 성격이 밝았습니까? 1. 매우 밝다. 2. 밝은 편이다. 3. 보통이다. 4. 어두운 편이다. 5. 매우 어둡다."

"1번이라고 해야 할지. 성격이 밝다기보다 아무 생각이 없었다고 하는 편이 옳을 겁니다."

비슷한 질문이 몇 개 이어졌다. 형사는 내 대답을 들으며 체크 용지를 채워 나갔다.

"그거, 컴퓨터에 입력할 건가요?"

"그렇습니다. 이것으로 피해자가 어떤 사람인지 파악할 수 있고, 이런 피해자는 어떤 유형의 범죄에 말려들기 쉬운지 추리할 수 있습니다."

범인이 여기 있는데 도대체 왜 그런 짓을 하나 싶었지

만 나는 잠자코 있기로 했다.

형사가 체크 용지를 내려놓고 다음 질문으로 넘어갔다.

"마지막으로 부인의 모습을 본 게 언제, 어디서입니까?"

"아내의 모습요? 살아 있을 때 모습을 말입니까?"

"물론 그렇습니다."

"오늘 오전 8시쯤, 집에서 봤습니다."

"그때 부인의 모습에 혹시 이상한 점이라도?"

"그건 아까도 말했지만, 카나리아 때문에 히스테리를 일으키고 있었습니다."

"카나리아 때문에요……."

형사가 그 내용을 수첩에 적어 넣은 뒤 나를 봤다.

"자, 이제부터 형식적인 질문을 하겠습니다."

"뭐죠?"

"부인의 사망 시각은 오늘 오전 8시부터 9시 사이로 추정됩니다. 그 시간에 어디 계셨습니까?"

질문의 의도를 알 수 없어 멍하니 있자 형사가 똑같은 말을 반복하더니 "솔직히 말씀드리자면 알리바이 조사입니다."라고 덧붙였다.

"아니, 저, 알리바이 같은 건 없습니다. 그 현장에 있었으니까요."

"현장이라면?"

"집 말입니다."

"혹시 모르니 주소와 전화번호를 말씀해 주세요."

다시 두통이 일었다.

"데쓰나베시 네기마치 4가 2의 2, 리버사이드 하이츠 205호. 전화번호는……."

거의 자포자기한 심정으로 주소를 불렀다.

"이상으로 질문을 마치겠습니다. 감사합니다."

형사는 고개를 숙인 뒤 "그럼 이어서 자수 절차로 들어가겠습니다."라고 말했다.

"잘 부탁드립니다."

아이고, 이제 드디어 얘기를 들어 주겠다는 건가, 하며 나는 안도의 한숨을 쉬었다. 이 얘기를 하면 체포될 테지만 공포심은 이미 옅어져 있었다.

"음, 그러니까 자수한 사람에 대한 대응은……."

형사가 주머니에서 조그만 사전 같은 것을 꺼내 뒤적거렸다. 그리고 "아니, 이건 좀 곤란한데."라고 중얼거렸다.

"왜 그러시죠?"

운전하던 형사가 물었다.

"자수에서는 범인이 어디서 자수했느냐가 상당히 중

요하다는군. 이 사람의 경우라면 경찰서가 되겠지. 하지만 그런 경우에는 경찰서 안에 있는 자수 접수실에서 얘기를 듣는 게 규칙이라고 되어 있어. 그러니까 경찰차 안에서 들으면 안 되겠는데."

"자수 접수실이라고요? 그런 게 있어요?"

내가 물었다.

"아까도 말씀드렸지만, 제게는 사건 신고 창구로 가라고 하던데요."

"아아, 그건 말이죠,"

운전하던 형사가 대답했다.

"자수 접수실에서는 경찰서에서 현재 수사하고 있는 사건만 접수합니다. 그래서 우선 사건을 신고해야 하는 거죠."

"하지만 이상하네. 이 사람처럼 사건을 저지르는 것과 동시에 자수하고 싶어지는 케이스도 있을 수 있잖아."

"그런 경우에는 대개 전화로 신고하잖아요. 그래서 수사관이 서둘러 달려가 보면 본인이 그곳에서 기다리고 있지요. 그 자리에서 사실을 확인할 수 있으니까, 범인이 현장에서 자수를 신청하면 수사관이 곧바로 절차를 밟을 수 있지요. 그런데 현장을 벗어나서 대뜸 경찰서로 갔기 때문에 얘기가 복잡해진 겁니다."

"너무 당황한 나머지 그랬습니다."

나는 사과했다.

"어쨌든 여기서는 자수를 접수할 수 없겠어요."

옆에 앉은 형사가 말했다.

"일단 현장으로 갑시다."

눈에 익은 동네의, 지겹도록 보아 온 아파트 앞에 경찰차가 도착했다. 나는 형사 두 명과 함께 집으로 향했다. 아파트 주변이 벌써 구경꾼들로 가득했다.

방 두 개에 부엌이 딸린 현장에는 수사관이 여럿 와 있었는데, 하나같이 회색 양복 차림이었다. 매뉴얼에 그렇게 정해져 있나 보다고 나는 생각했다.

"경위님, 피해자 남편입니다."

형사들이 퉁퉁한 몸매에 얼굴이 빨간 남자에게 나를 소개했다.

경위라 불린 남자가 고개를 깊이 숙였다.

"삼가 위로의 말씀을 드립니다. 현재 전력을 기울여 수사하고 있으니 그 가증스러운 범인이 조만간 반드시 체포될 거라고 봅니다."

아까 경찰차 안에서 들었던 말과 똑같았다.

"그런데 말이죠, 경위님. 약간 곤란한 일이……."

나를 데려온 형사가 경위에게 뭐라고 귀엣말을 했다. 경위의 얼굴이 갑자기 어두워졌다.

"뭐야, 그럼 절차가 잘못됐잖아."

그러면서 그가 혀를 찼다.

"어디가 잘못됐나요?"

내가 조심스럽게 물었다.

"신고 절차를 밟은 뒤 그길로 다시 한 번 접수 카운터로 갔으면 좋았을 걸 그랬습니다. 신고하면 경찰이 취급해야 할 사건으로 등록될 것이고, 그랬다면 자수 창구로 가라는 안내를 받았을 텐데 말이죠."

"하지만 아무도 그래야 한다고 알려 주는 사람이 없어서……."

"로비에 안내문이 붙어 있을 겁니다. 물론 안내문이 너무 작아서 못 보고 지나치기 쉽다는 불평이 나오고 있긴 하지만요."

"그렇군요. 하여간 빨리 자수하고 싶은데요."

"사정은 알겠지만, 방법이 없어요. 댁이 경찰서에 가서 자수하지 않았습니까. 그러니 여기서는 절차를 진행할 수 없습니다."

경위가 나를 집으로 데려온 형사와 똑같은 말을 했다.

"그럼 지금 당장 경찰서로 가겠습니다."

"잠깐만요. 당신은 피해자의 남편으로서 할 일이 있어요."

경위가 내 팔을 잡으며 말했다. 힘이 무척 셌다.

형사들에게 이끌려, 내가 아내를 살해한 침실로 갔다. 침대 위에는 아내가 살해되었을 때의 자세 그대로 천장을 향한 채 누워 있었다.

"이분이 부인이 맞습니까?"

형사가 물었다.

"틀림없습니다."

이게 무슨 바보 같은 짓인가 생각하며 대답했다.

"이걸 본 적 있어요?"

형사가 수건을 한 장 내밀었다. 동네 가게에서 산 것이다.

"우리 집 수건입니다."

"평소에는 어디에 둡니까?"

"화장대 옆이 아니었나 싶습니다."

"이걸 언제 마지막으로 봤죠?"

"오늘 아침입니다."

"사용했습니까?"

"아내의 목을 졸랐습니다."

"사용했는지 안 했는지만 대답하세요. 사용했습니까?"

"사용했습니다."

형사가 진지한 표정으로 내 말을 메모했다.

그 후로도 경찰차에서 들었던 것과 똑같은 질문이 계속되었다. 아까 다른 형사에게 대답했다고 말해도 "확인 차 다시 한 번 묻는 겁니다."라고 했다. 아마 그것도 매뉴얼에 적혀 있을 것이다.

그러고 있는 동안에도 다른 형사들은 수사를 계속하고 있었다. 그 상황이 내 귀에 들어왔다.

"경위님, 1층에 사는 주민의 말에 따르면 오전 8시가 조금 지나 이 집에서 누군가 날뛰는 듯한 진동이 있었다고 합니다."

"그래? 그럼 그 시점에 범행이 이루어졌을 가능성이 크군."

'가능성이 크기는 개뿔. 그때 죽였다고 내가 말했잖아!'

"경위님, 오전 9시 전에 이 집에서 수상한 남자가 나가는 모습을 근처에 사는 할머니가 봤다고 합니다. 얼굴까지는 확실히 기억하지 못한다는군요."

"좋아. 다른 목격자가 있는지 알아봐."

'알아보나 마나 그 수상한 남자는 나야.'

"경위님, 지문 채취를 마쳤습니다. 피해자와 그 남편의 것 외에는 지문이 발견되지 않았습니다."

"그래? 범인이 상당히 주도면밀한 모양이군."

경위가 천연덕스럽게 말했다.

그러는 동안 나에 대한 질문이 모두 끝났다.

"수고하셨습니다. 일단 이걸로 질문은 끝났습니다만, 또다시 물어볼 일이 있을지 모르니 그때도 잘 부탁드립니다."

형사가 사무적으로 말했다.

"저, 저는 지금부터 어떻게 해야……."

"자유롭게 행동하셔도 됩니다만, 연락은 반드시 닿도록 해 주세요. 저희는 오늘 하루 동안 이 집 주변에서 잠복근무를 할 계획입니다."

일방적으로 말하고 형사는 가 버렸다.

곧 다른 형사와 감식반원들도 모두 가 버리고 집에는 나 혼자 남게 되었다. 그러자 실은 오늘 아침 이후 아무 일도 일어나지 않았고 단지 나쁜 꿈을 꾼 게 아닐까 하는 생각이 잠깐 들었다. 하지만 집 안 여기저기에 흩어져 있는 깃털은 아내가 죽인 카나리아의 것이 분명하고, 침대 커버에 묻어 있는 갈색 흔적은 살해된 아내가 목을 졸릴 때 지린 오줌이 분명했다.

그래, 내가 아내를 죽인 거야.

자수해야 한다는 초조함 비슷한 감정이 다시 파도처럼 나를 덮쳤다. 나는 아침에 그랬던 것처럼 흐느적흐느적 일어나 아파트를 나와 경찰서로 향했다. 때마침 택시가 오기에 잡아탔다.

"면허 갱신하러 가세요?"

택시 운전사가 물었다.

"아니요, 자수하러 갑니다. 아내를 죽였거든요."

운전사는 일순 말을 잃은 듯했지만 이내 백미러를 통해 미소를 지어 보였다.

"그래요? 그거 큰일이네요."

그러고서 더는 내게 말을 걸지 않았다. 자수 창구 외에는 아무도 내 얘기를 들어 주지 않는 것이다.

경찰서에 도착하자 아까와 마찬가지로 입구의 자동문을 지나 안으로 들어갔다. 입구 안쪽에 '데쓰초 아파트 살인 사건 수사본부'라고 쓰인 안내판이 세워져 있었다.

안내 데스크에는 역시 젊은 여성이 있었다. 분명 내 얼굴을 기억할 텐데도 마치 처음 보는 사람 대하듯이 억지 웃음을 지었다.

"자수하러 왔는데요."

"현재 저희 경찰서에서 취급하고 있는 사건인가요?"

아까와 똑같은 질문이다.

"그렇습니다. 데쓰초 아파트 살인 사건입니다."

"그러면 9번 카운터로 가세요. 그곳이 자수 창구입니다."

마침내 자수할 수 있게 된 모양이다. 안내 데스크 여자에게 인사하고 9번 카운터로 향했다.

9번 카운터는 맨 끝쪽에 있었다. 나는 잠시 호흡을 고른 후 그리로 다가갔다.

그런데 그곳에는 사람이 없었다. 잠깐 자리를 비웠는지 원래 사람이 없는 건지 알 수 없었다.

8번 카운터의 젊은 남자가 한가해 보이기에 물어봤더니 9번 쪽을 힐끗 바라보고 나서 "없는 것 같군요."라고 대답했다.

"자수하고 싶은데요."

내 말에 8번 카운터의 젊은 남자는 손을 저으며 "죄송합니다. 저는 담당자가 아니라서요."라고 말했다.

나는 로비에 있는 의자에 앉아 기다리기로 했다. 그러다가 금방 소변이 마려워서 화장실에 갔다. 생각해 보니 자유롭게 소변을 볼 수 있는 것도 이번이 마지막일지 몰랐다. 교도소에 들어가면 그곳 화장실밖에 사용하지 못할 것이다. 교도소 화장실이 세간의 화장실보다 쾌적할 리 없다.

화장실에서 돌아오는데 9번 카운터에 남자가 있었다. 나는 서둘러 카운터로 갔지만 남자가 한발 앞서 창구에 팻말 같은 것을 올려놓았다. '12시부터 1시까지 점심시간입니다.'라고 적혀 있었다. 시계를 보니 12시 1분이었다.

"1분밖에 안 지났잖아."

내가 고함을 지르자 남자는 차가운 얼굴로 이쪽을 힐끔 봤지만 아무 말 없이 그대로 안쪽으로 사라졌다.

잠시 후 다른 카운터 담당자들도 모두 사라지고 나자 조명마저 어두워졌다.

하는 수 없이 나는 경찰서를 나왔다. 배가 고팠다. 뭐라도 먹기로 했다.

유명한 햄버거 가게가 눈에 띄었다. 햄버거를 좋아하지는 않지만 어찌 된 영문인지 마치 빨려 들어가듯 그 가게로 들어갔다.

카운터의 여점원이 살가운 미소를 지었다.

"어서 오세요. 주문하시겠습니까?"

"햄버거."

"햄버거 하나요. 음료수도 드시겠습니까?"

"햄버거만 주세요."

"감자튀김은 어떠세요?"

"햄버거만 주세요."

"지금 서비스 기간이어서 밀크셰이크와 세트로 주문하시면 저렴하게 드실 수 있습니다."

"시끄러워! 빨리 햄버거나 가져와!"

여점원의 얼굴을 후려쳤다.

나 홀로 집에 할아버지

"아버지, 그럼 잘 부탁드립니다."

신발을 다 신은 사다오가 뒤를 돌아보았다.

신타로는 오냐, 하며 고개를 끄덕였다.

"정말 괜찮으시겠어요? 죄송해서 어쩌죠."

다카코가 호들갑을 떨며 얼굴을 찡그린다. 하지만 그녀가 별로 미안하게 생각하지 않는다는 건 그 자리에 있는 사람 모두가 아는 사실이다. 그 진한 화장과, 조금 전까지 들떠 있던 얼굴을 보면 누구라도 알 수 있다. 다카코의 아들 노부히코가 옆에서 히죽대는 것도 그래서다.

"괜찮다. 프랑스 요리라는 게 아무래도 노인한테는 부담스럽거든. 오차즈케 같은 거라도 간단히 먹으마."

그러면서 신타로는 아들 부부와 손자의 얼굴을 바라보았다. 적당히 뒷방 늙은이를 연기할 작정인 것이다.

"그럼 문단속 잘하시고요."

"그래, 알았다. 내가 어린앤 줄 아냐."

세 사람을 배웅한 뒤 신타로는 현관문을 잠갔다. 벽시계를 보니 6시 반이다.

그는 허둥지둥 계단을 올라갔다. 2층에는 부부의 침실과, 고등학교 2학년에 올라가는 노부히코의 방이 있다. 그가 가려는 곳은 손자의 방이다.

계단을 다 올라가자 심장이 벌렁거렸다. 급히 계단을 달려 올라온 탓만은 아니다. 기대감에 가슴이 뛰는 것이다.

신타로의 목표는 손자 노부히코가 몰래 감춰 둔 AV, 즉 성인 비디오다.

그는 여태 AV를 본 적이 없었다. 하지만 그게 어떤 것인지는 알고 있다. 신타로에게 AV에 관한 지식을 알려 준 건 텔레비전 심야 프로와 통신 판매 광고 책자였다. 특히 사진이 들어간 통신 판매 광고 책자는 그에게 강렬한 자극을 주었다. 그 광고 책자를 그는 지금도 가지고 있다. 그가 아니면 건드리지 못하는 불단 서랍 속에 감추어 놓았다가 가끔 꺼내서 돋보기를 쓰고 그 조그만 사진을 들여다본다. 그러는 것만으로도 그는 충분히 흥분되었다. 일흔이 넘었지만, 젊은 여자의 벗은 모습이 좋았다. 더할 나위 없이 좋았다. 이상하게도 좋았다.

그러다 보니 어떻게든 실물을 보고 싶다는 생각을 품게

되었다. 그렇다고 실제로 살아 숨쉬는 여인의 나신을 직접 보고 싶다는 의미는 아니다. 그런 비디오를, 동영상을, 젊은 여자가 알몸으로 몸부림치는 모습을 보고 싶었다.

그건 그리 어려운 일이 아니었다. 그 통신 판매 회사에 신청만 하면 된다. 하지만 신타로는 그럴 용기가 없었다. 가족이 알게 되면 어쩌나 싶었다. 그는 자신이 위엄 있는 존재라고 여긴다. 그 위엄이 무너지는 것이 두려웠다. 실은 자신이 호색가라는 사실을 가족은 아직 눈치채지 못했을 것이라고 생각했다.

비디오 대여점의 존재는 소문을 들어 알고 있다. 하지만 자신이 직접 비디오 가게에 가서, 한눈에도 그렇고 그런 내용임을 알 수 있는 비디오를 빌리는 짓은 도저히 할 수 없었다. 생각만 해도 얼굴이 화끈거렸다. 그리하여 그는 통신 판매 광고 책자를 보며 몸부림칠 수밖에 없었다.

그런데 어느 날 손자 노부히코가 친구와 통화하는 것을 엿듣고, 노부히코가 AV를 몇 개 빌려서 가지고 있다는 사실을 알게 되었다. 그때부터 그는 어떻게든 그 비디오를 볼 방법이 없을까 궁리하게 되었다. 하지만 아직 스무 살도 안 된 손자에게 빌려달라고 하기도 겸연쩍었다. 몰래 볼까도 생각해 봤지만, 만에 하나 들키는 날에는 망신도 그런 망신이 없으니 실행에 옮길 용기가 나지 않았다. 게다가 하필이면 지금이 겨울 방학이어서 노부히코가 늘 집에 있었고, 노부히코가 없더라도 며느리 다카코는 있었다.

그러던 중에 절호의 기회가 찾아왔다.

쇼핑몰 연말 경품 행사에서 다카코가 프렌치 레스토랑 식사권에 당첨된 것이다. 두 사람까지는 식사가 무료, 그리고 다른 두 사람은 50퍼센트를 할인해 준다고 했다.

"프랑스 요리는 느끼하잖아. 나는 사양할란다."

다카코가 같이 가자고 권했을 때 그런 핑계를 대며 거절했다. 그때 그의 머릿속에는 이미 모종의 계획이 있었다.

이렇게 해서 아들 부부와 손자는 외출하고 신타로 홀로 집에 남겨지는 상황이 연출된 것이다.

노부히코의 방문에는 '무단 출입 금지'라고 적힌 팻말이 붙어 있었다. 남이 함부로 제 방에 들어오는 걸 제일 싫어할 나이다. 하지만 신타로는 그 팻말을 보며 비밀 클럽에라도 들어가는 듯한 긴장과 흥분을 느꼈다. 두근거리는 마음으로 방문을 열었다.

지저분한 방이었다. 침대 위 이불은 헝클어져 있고, 바닥에는 책과 잡지 나부랭이, 그리고 먹다 만 감자칩 봉지가 나뒹굴었다.

"이런, 대체 애 교육을 어떻게 시키는 거야. 다카코가 저 모양이니 칠칠치 못한 성격도 그대로 유전되는 모양이군."

투덜거리며 방 안으로 발을 들이밀었다. 그는 '교육'이라는 단어를 좋아했다. 교사였던 그의 별명은 '고지식쟁이'였다.

"어디 보자."

신타로는 책장으로 가까이 다가갔다. 그는 노부히코가 비디오뿐 아니라 성적 자극으로 가득한 서적들도 가지고 있을 것이 틀림없다고 생각했다. 책장을 쓱 한번 훑어본 뒤 사진집 한 권을 끄집어냈다. 노부히코가 좋아하는 아이돌의 사진집이었다. 페이지를 넘기자 수영복 차림으로 찍은 사진이 나왔다. 신타로는 그 사진을 뚫어져라 들여다봤다. 젊은 여자의 육체란 참 아름다워, 하고 새삼 감탄했다. 입을 벌리고 있었던 탓에 침이 흘러내리려고 했다. 손등으로 닦아 냈다.

'하지만 이걸로 만족할 수는 없지.'

그는 사진집을 책장에 도로 꽂아 넣었다. 좀 더 대담한 사진이 실려 있을지 모른다고 기대해선지 살짝 맥이 빠졌다. 그는 본격적으로 비디오테이프를 찾아보기로 했다.

만약 그가 아이돌 사진집이 아니라 그 옆에 꽂혀 있던 사진집을 선택했다면 상황은 조금 달라졌을 것이다. 그것은 '헤어 누드' 사진집이었다. 그는 '헤어 누드'라는 말을 들은 적은 있지만 그 말이 뭘 의미하는지 전혀 몰랐다. 음모를 노출한 사진이 존재한다는 것은 그의 상상력을 훌쩍 뛰어넘는 일이었다.

신타로는 열심히 비디오테이프를 찾았다. 서랍도 살피고 오디오 선반도 살펴보았다. 하지만 찾는 물건이 발견되지 않아 초조해졌다. 꾸물거릴 시간이 없었다. 두 시간도 안 되어 가족이 돌아올 터였다. 애를 태우며 이곳저곳을 뒤졌다. 이 기회를 절대 놓치고 싶지 않았다.

'이래서 방을 깨끗이 정리해야 하는 거야. 이게 다 다카코가 제대로 가르치지 않은 탓이지. 좀 제대로 가르치라고 해야겠구먼.'

목적한 물건을 찾지 못해 화가 나자 신타로는 마음속으로 며느리에게 분풀이를 했다. 동시에 미지의 세계에 대한 기대감은 점점 부풀어 머릿속이 혼란스럽기 그지없었다.

'곧 볼 수 있을 거야. 젊은 여인의 나신을, 망측한 자세

로 여러 가지 행위를 하는 모습을 말이야. 포, 포, 포르노를 보는 거야.'

AV라는 약어보다 포르노라는 말이 익숙한 세대였다.

나중에 노부히코가 수상하게 여길지도 모른다는 사실에는 미처 주의를 기울이지 못한 채 신타로는 방 안을 휘젓고 돌아다녔다. 벽장을 여는 순간 뭔가가 발치로 미끄러져 나오는 바람에 그는 놀라서 엉덩방아를 찧었다. 그것은 스케이트보드였다. 하지만 그는 그 명칭은 물론이고 어디에 쓰는 물건인지조차 알지 못했다.

그가 엉덩방아를 찧으면서 일으킨 진동으로 인해 벽장에서 책과 상자들이 무너져 내렸다. 그것들을 바라보던 그의 눈길이 한곳에서 멈췄다. 비디오 케이스였다. 그 겉면에는 간호사 복장을 한 젊은 여자가 가슴을 절반이나 드러낸 모습으로 찍힌 사진이 붙어 있고, 여자 옆에 커다란 글씨로 '주사 한 방 놔 주세요'라는 제목이 적혀 있었다.

'이거야!'

신타로는 그 비디오테이프를 얼른 집어 들었다. 벌써 손바닥이 땀으로 흥건했다.

여배우 이름을 본 그는 심장이 몸 밖으로 튀어나올 것

처럼 놀랐다.

'오야마다(小山田) 히토미? 오오! 오야마다 히토미가 이런 짓을……. 오야마다 히토미의 벌거벗은 몸을 볼 수 있단 말인가. 그 히토미 짱의……'

신타로는 젊은 여배우 오야마다 히토미의 열성적인 팬이었다. 하지만 사실 테이프에 인쇄되어 있는 이름은 '오야마다 히토미'가 아니라 '오야마구치(小山口) 히토미'였다. 노안인 탓에 글자의 근소한 차이를 알아차리지 못한 것이다. 물론 사진의 여자가 오야마다 히토미와 닮았기 때문이기도 했다.

노부히코의 방에는 텔레비전과 비디오 덱도 있었다. 신타로는 케이스에서 비디오테이프를 꺼내 할딱할딱 숨을 몰아쉬며 텔레비전 모니터 앞에 앉았다. 그는 지금까지 비디오 덱을 사용해 보지 않았지만, 가족이 사용하는 걸 본 적이 있어서 어떻게 작동하는지 대강은 알고 있었다. 일단은 테이프를 비디오 덱에 넣어야 한다. 그는 '주사한 방 놔 주세요'를 비디오 덱에 꽂아 넣으려고 했다.

그런데 테이프가 들어가지 않았다. 비디오 덱 안에 이미 다른 테이프가 들어 있었기 때문이다. 그걸 먼저 꺼내야 한다는 것쯤은 신타로도 알았지만, 꺼내는 방법을 알 수 없었다. 그는 비디오 덱에 달린 버튼을 이것저것 마구 눌렀다. 그러나 아무 반응이 없었다.

"이상하네."

그는 고개를 갸우뚱거렸다.

실은 노부히코가 녹화 예약 설정을 해 놓아서 그걸 해제하지 않으면 작동하지 않을 터였지만, 그런 사실을 그가 알 리 없었다. 한참 고민하던 그는 마침내 손뼉을 짝, 쳤다.

'그래, 그 리모컨인가 뭔가 하는 게 아니면 작동하지 않는 거야.'

나름대로 결론을 내리고 주위를 두리번거렸다. 그러자 버튼이 여러 개 달린 네모난 박스 같은 물건이 눈에 들어왔다. 그걸 집어 들고 버튼을 하나하나 눌렀다. 하지만 비디오 덱은 여전히 작동하지 않았다. 대신 어디선가 사악, 사악, 소리가 들려왔다.

'어라, 뭐지?'

소리가 나는 곳을 찾다가 침대 위에 뒹굴고 있는 헤드폰을 발견했다. 소리는 거기서 나고 있었다. 호기심에 그 헤드폰을 머리에 써 보았다. 엄청나게 큰 음향이 그의 고막을 때렸다.

바로 그때 그 집 인터폰을 누르는 남자가 있었다. 두 번을 눌러도 반응이 없자 빈집이라고 확신한 남자는 '역시', 하며 회심의 미소를 지었다. 그는 빈집 털이범이다.

하지만 상습범이라고 할 정도는 아니었다. 그는 본업이 있었지만 최근 불어닥친 불황으로 일자리를 찾지 못해 한 해를 어떻게 넘겨야 할지 고민하고 있었다. 게다가 빚까지 있던 그가 마침 이 집 앞을 지나다가 가족으로 보이는 세 사람이 함께 외출하는 모습을 목격한 것이다. 화장이 두꺼운 중년 아줌마가 프랑스 요리가 몇 년 만이냐는 둥 하고 떠드는 걸 보니 식사하러 나서는 길인 듯했다.

'제기랄, 나는 저녁이나 얻어먹을지 어떨지도 모르는데…….'

유복해 보이는 가족에 대한 반발심과 돈이 한 푼도 없다는 절박감이 그를 빈집 털이로 내몰았다. 몇 년 전에 빈집에 들어가 3만 엔을 훔친 적이 있는데 그때는 잡히지 않았었다.

문제는 집에 누군가 남아 있을지도 모른다는 점이었다. 그래서 인터폰을 눌러 본 것이다.

빈집임을 확인한 그는 대문을 타고 넘어 현관문으로 다가갔다. 손잡이를 돌려 봤지만 잠겨 있었다. 전문 털이

범이 아니어서 자물쇠를 따는 기술까지는 없었다. 그는 좁은 정원을 거닐며 천천히 집 외관을 관찰했다. 2층 창문이 반쯤 열려 있었다. 담을 딛고 올라가면 어렵지 않게 그곳에 닿을 것 같았다.

저기로 들어가자, 하고 남자는 결심했다.

"아이고, 시끄러워라."

신타로는 헤드폰을 벗어 던졌지만 하드록 보컬의 환성이 계속 귓가를 맴돌았다. 머리가 쾅쾅 울리는 것 같았다.

그는 아까 그 리모컨을 다시 집어 들고 만지작거렸지만 좀처럼 스테레오를 정지시킬 수 없었다. 포기하고 다시 비디오 리모컨을 찾기 시작했다. 그러다가 하얗고 조그만 리모컨을 발견했다. 이번에야말로 틀림없다고 생각하며 버튼을 눌렀다. 머리 위에서 삐, 삐, 소리가 들리더니 에어컨이 작동했다.

"에구구, 이런."

황급히 버튼을 눌렀다. 하지만 리모컨 액정의 표시가 '난방'에서 '냉방'으로 바뀌었을 뿐이다. 결국 그 리모컨도 내던져 버리고 말았다.

신타로는 그 방에서 비디오 보기를 포기하고 아래층

으로 내려갔다. 1층 거실에도 텔레비전과 비디오 덱이 연결되어 있다. 게다가 1층 텔레비전은 모니터 화면이 40인치나 되어 아들 사다오가 자랑스럽게 여기는 물건이다.

그 화면으로 보면 더 굉장하겠지. 신타로는 기대감에 가슴이 부풀었다. 오야마다 히토미의 벌거벗은 몸을, 그 가슴을, 엉덩이를 대형 화면으로! 노안경이 망가져 못 쓰지만, 대형 화면이라면 상관없다.

테이프를 들고 부리나케 거실로 갔다. 그곳에서도 역시 텔레비전 리모컨을 찾아야 했지만, 이번에는 별 어려움 없이 발견할 수 있었다. 버튼을 눌렀다. 다음 순간 40인치 대형 화면에 여자 얼굴이 커다랗게 비쳤다. 여자는 대중가요를 부르고 있었다.

'아니, 저건 하토바 미도리잖아.'

그녀는 신타로가 무척 좋아하는 가수였다. 그는 신문을 집어 들고 눈을 찡그리며 텔레비전 프로그램 안내면을 봤다. '가요 총결산. 하토바 미도리 특집'이라는 글자가 노안인 그의 눈으로 간신히 읽혔다.

'오호! 이런 프로그램을 하다니.'

그는 그 자리에 선 채 한동안 화면에 빠져들었다. AV의

존재는 뇌리에서 잊히고 말았다.

도둑은 마침내 창문을 통해 2층으로 들어가는 데 성공했다. 하지만 방으로 들어간 그는 어리둥절했다. 이미 도둑이 왔다 간 것처럼 방이 어질러져 있었기 때문이다. 더욱 기묘한 것은 12월인데 냉방이 가동되고 있다는 점이었다. 너무 추웠던 그는 에어컨 스위치를 끄려다 그만두었다. 필요 이상으로 물건에 손을 댄다거나 하는 쓸데없는 짓은 하지 않는 게 좋다는 것이 그가 지금까지의 도둑질 경험에서 얻은 얼마 안 되는 지혜였다.

그는 추위에 떨면서 실내를 둘러보았다. 바닥에 AV 케이스가 떨어져 있기에 호기심에 집어 들었지만 빈 케이스였다.

실망스러워하며 벽장 쪽으로 다가가던 그는 그만 스케이트보드를 밟고 말았다. 직 미끄러지면서 몸의 균형을 잃고 나뒹굴 뻔했지만 간신히 침대를 붙들고 버텼다. 하지만 그 와중에 헤드폰 코드에 발이 걸려 코드가 스테레오 본체에서 뽑혀 버렸다. 동시에 출력 100와트짜리 스피커에서 어마어마하게 큰 하드록 음향이 뿜어져 나왔다. 도둑은 혼비백산해서 꺅 소리를 질렀다. 그리고 허둥지둥 스테레오의 스위치를 껐다.

넋을 잃고 하토바 미도리에게 빠져 있던 신타로는 2층에서 들리는 소리에 정신이 돌아왔다.

'뭐지?'

도둑이 들어왔으리라고는 상상도 하지 못했다. 다만 그는 2층에 켜 두고 온 각종 전지 기기들이 걱정스러웠다. 그 때문에 노부히코의 방에서 무슨 일이 일어난 것은 아닌지 불안했다.

텔레비전을 끄고 2층으로 올라가 다시 노부히코의 방으로 들어갔다. 그 순간 몸이 벌벌 떨렸다. 방이 냉동 창고 같았다.

신타로는 방 안을 둘러보았다. 딱히 이상한 점은 없었다. 에어컨 리모컨을 집어 들고 다시 이것저것 버튼을 눌렀다. 그러자 송풍구에서 나오는 바람이 더욱 거세졌다. '강냉' 버튼을 누른 것이다.

'아이고야, 이게 도대체 무슨 일이야.'

어떻게든 해결해 보려고 하는데 문득 옆에서 소리가 들렸다. 돌아보니 조금 전까지 꼼짝하지 않던 비디오 덱에 전원이 들어와 있고 뭔가가 돌아가고 있었다. 녹화 예약 타이머가 작동한 것뿐이지만, 그걸 모르는 그는 우왕좌왕했다. 아까 자신이 뭔가를 건드린 탓이라고 생각했기 때문이다. 무턱대고 이 버튼 저 버튼 눌러 댔지만 비디오 덱은 멈출 기미를 보이지 않았다. 머리로 피가 솟구쳤다.

"내가 망가뜨린 건가? 야, 이거 난리 났네. 망가뜨려 버렸어."

무슨 짓을 해도 멈추지 않는 비디오 덱 앞에서 신타로는 자신이 그걸 망가뜨렸다는 생각에 몹시 초조해졌다.

생각 끝에 그는 전기 코드를 뽑아 버리기로 했다. 비디오 덱의 플러그를 찾아 콘센트에서 주저 없이 빼냈다. 드디어 비디오 덱이 작동을 멈췄다.

"아이고, 일단은 멈췄네."

조심조심 플러그를 다시 콘센트에 꽂아 보았다. 비디오 덱에는 아무 변화가 없었다. 신타로는 안도의 한숨을 내쉬었다.

"요즘 기계들은 못쓰겠어. 복잡하기만 한 게, 편리해진 건지 불편해진 건지 알 수가 없단 말이야. 걸핏하면 고장이나 나고."

중얼중얼 불평을 늘어놓던 그의 머릿속에 조금 전까

지 보던 가요 특집 프로그램이 떠올랐다. 텔레비전 본체 전원을 켰다. 만화 프로그램이 나오고 있었다. 채널을 돌리려고 했지만 텔레비전 본체에는 채널을 바꾸는 버튼이 없었다. 짜증을 내며 리모컨을 찾아 주위를 두리번거렸다.

침대 밑에 리모컨처럼 생긴 물건이 있었다. 그것은 까맣고 조그만 받침대 같은 것 위에 놓여 있었다. 꺼내서 들여다보니 숫자가 적힌 버튼이 반짝거렸다.

'이거네, 이거야. 틀림없어. 채널 버튼도 있구먼.'

그는 고개를 끄덕였다. 그 버튼의 번호가 0에서 9까지만 있다는 사실에 아무런 의문을 품지 않았다. '외선'이라고 쓰인 버튼이 빛나고 있다는 것도, 위쪽에 있는 구멍에서 삐, 하는 발신음이 들려오고 있다는 것도 신경을 쓰지 않았다. 그것이 무선 전화기라는 사실을 그는 꿈에도 몰랐다. 늘 1층 거실에 있는 유선 전화를 사용하고 있었기 때문이다.

'어디 보자. 분명히 채널 1번이었어.'

신타로는 1번 버튼을 눌렀다. 삑, 하고 소리가 났지만, 당연하게도 텔레비전 화면에는 아무런 변화가 없었다.

'아닌가? 1번이 아니라 10번이었나?'

10번 버튼을 누르려고 했지만 그런 숫자는 없었다. 그는 고개를 갸웃거렸다.

'거참, 이상하네. 왜 10번이 없지?'

그러나 깊이 생각하지 않고 이내 1과 0을 차례로 눌렀다. 그래도 화면이 바뀌지 않는다. 화가 치밀어 오르려고 했을 때, 그의 손에서 사람 목소리가 들렸다. 그가 텔레비전 리모컨이라고 믿고 있는 기기에서 사람 목소리가 들린 것이다.

"으악!"

놀라서 그 물건을 침대에 내던졌다. 그리고 잠시 그것을 바라보다가 도망치듯 방을 빠져나왔다. 기분이 몹시 나빴다.

도둑은 신타로가 나가고 조금 있다가 옷이 빼곡히 걸려 있는 이동식 옷걸이 뒤에서 나왔다. 누군가 계단을 올라오는 소리에 허둥지둥 그곳으로 뛰어든 것이다. 그는 양손으로 몸을 여기저기 문질렀다. 옷걸이가 에어컨 바로 밑에 있어, 숨어 있는 동안 온몸으로 냉기를 뒤집어썼기 때문이다. '강냉' 상태가 되었을 때는 얼어 죽는 줄 알았다.

그런 상황이었으므로 방에 누가 들어와서 뭘 했는지 전혀 알지 못했다. 다만 들어온 사람이 할아버지라는 건 중얼거리는 목소리로 짐작했다. 집에 할아버지 혼자 있다면 어떻게든 해 볼 만했다.

책상에 커터 나이프가 있었다. 그걸 집어 들고 방을 나왔다. 발소리를 죽인 채 그는 살금살금 계단 중간까지 내려가 1층 쪽을 살폈다. 얘기를 나누는 소리가 들리지 않는 걸로 보아 할아버지 외에 다른 사람은 없는 것 같았다.

'좋아.'

심호흡을 한 번 하고 계단을 내려갔다.

거실로 돌아온 신타로는 다시 40인치 텔레비전을 켰다. 하지만 가요 프로그램은 이미 끝나 있었다. 그는 리모컨을 들고 이리저리 채널을 돌렸다. 그러다가 그만 '입력 전환' 버튼을 누르고 말았다. 그러자 텔레비전 화면이 '비디오 입력'으로 바뀌었다. 비디오 덱은 작동하고 있지 않았으므로 화면은 온통 회색이었다. 그는 또 당황했다.

'뭐야, 뭐야. 또 이상하게 돼 버렸네. 어째 하나같이 이 모양이야!'

그는 필사적으로 채널 버튼을 눌렀지만 화면은 변하

지 않았다. 전원을 껐다가 다시 켜 봤지만 마찬가지였다. 하는 수 없이 텔레비전 전원을 꺼 버렸다.

"정말이지 요즘 기계라는 것들은……"

투덜거리며 소파에 앉는데 엉덩이 쪽에 뭔가가 닿았다. 엉덩이를 들어 보니 아까 들고 온 AV 테이프였다. 그는 손뼉을 짝, 쳤다.

'이걸 깜빡 잊고 있었네.'

애초의 목적을 떠올린 그는 테이프를 비디오 덱에 집어넣었다. 이번에는 테이프가 빨려 들어가듯 기계 속으로 들어간다. 이 테이프에는 기록 방지 장치가 되어 있었고, 그런 경우 최근의 비디오 덱은 자동으로 테이프를 재생한다. 즉시 비디오가 돌아가기 시작했다.

'이제 문제는 텔레비전이군. 어떻게 해야 비디오가 나오려나.'

신타로가 다시 텔레비전 모니터를 켜려고 리모컨으로 손을 뻗었을 때 느닷없이 누군가 그의 입을 틀어막았다. 발버둥질을 치자 눈앞에 커터 나이프가 불쑥 나타났다.

"조, 조, 조용히 해!"

남자 목소리였다.

"사, 살고 싶으면 시키는 대로 해. 반항하지 말고. 아,

알았어?"

너무 놀라고 두려워서 오줌을 지릴 것 같았다. 신타로는 몸을 부들부들 떨며 고개를 끄덕였다. 반항하라고 해도 반항할 생각이 전혀 없었다. 겁에 질렸고, 살고 싶다는 생각뿐이었다. 아직도 살 날이 많이 남은 줄 알았는데 목숨을 위협하는 상황이 닥치자 그는 패닉에 빠졌다. 어찌나 겁이 나는지 서 있기도 힘들었다.

"좋아. 소, 소리 내지 마. 두 손을 뒤로 돌리고."

신타로는 도둑이 시키는 대로 했다. 도둑이 입을 막고 있던 손을 뗐지만 소리를 내지 않았다.

두 손목이 손수건 같은 것으로 묶인 채 소파에 앉혀졌다. 도둑은 마흔 살 정도에 피부색이 검고 몸이 야윈 남자였다. 회색 점퍼를 입고 있었고, 얼굴은 영락없는 흉악범 같아 보였다.

도둑은 떨고 있었다. 노인은 의외로 몸이 건장했고 태도도 침착했다. 아무런 저항을 하지 않는 점이 오히려 찜찜했다. 도둑은 자신의 얼굴이 카리스마가 없어 보인다는 걸 잘 알고 있었다. 이 할아버지는 내심 자신을 깔보고 있을지도 모른다고 생각했다.

"도, 돈 내놔!"

커터 나이프를 할아버지 목에 들이댔다.

"얼마든지 가져가라고 했잖아."

할아버지가 대답했다.

"그러니까 제발 돈 가지고 빨리 돌아가 줘."

"돈이 어디 있는데?"

"옆방에 내 겉옷이 걸려 있어. 거기 지갑이 있을 거야."

"그것 말고는 없어?"

할아버지가 고개를 저었다.

"아들이 필요 이상의 돈은 집에 두지 않아. 생활비가 든 지갑은 며느리가 늘 몸에 지니고 다니고."

도둑은 쯧, 혀를 차려고 했지만 뜻대로 되지 않았다. 긴장한 탓에 입안이 바싹 말라 있었기 때문이다.

그는 소파 위에 놓여 있는 수수한 색의 머플러와 장갑을 발견했다. 머플러로 할아버지 다리를 묶고 장갑을 입안으로 밀어 넣었다. 할아버지가 눈을 희번덕거렸다. 괴로워하며 어버버, 뭔가 말하려 했지만 죽을 정도는 아닌 것 같았다.

도둑은 옆방으로 들어갔다. 할아버지가 말한 대로 갈색 웃옷이 옷걸이에 걸려 있었다. 안주머니를 뒤지니 검은 가죽 지갑이 나왔다. 지폐를 꺼내 세어 보니 만 엔짜리 2장과 천 엔짜리 4장이었다. 노인의 용돈을 빼앗는다는 게 좀 무엇했지만, 여기까지 와서 빈손으로 돌아갈 수는 없는 노릇이었다. 지폐들을 바지 주머니에 구겨 넣었다.

거실로 돌아와 뭔가 돈이 될 만한 물건이 있는지 둘러보았다. 그러나 이렇다 할 것이 없었다. 제일 비싼 물건이 40인치 텔레비전일 텐데, 그걸 들고 달아날 수는 없다.

"어, 어쩔 수 없네. 오늘은 이 정도로 해 두지."

도둑은 할아버지에게 그 한마디를 남기고 거실을 나왔다. 그리고 복도를 지나 현관에 이르렀다.

바로 그때 현관문이 열렸다.

도둑은 너무 놀라 소리조차 지를 수 없었다. 그곳에 나타난 사람은 여기 들어오기 전에 맞닥뜨린 이 집 가족이 분명했다. 게다가 그들 옆에 제복 차림의 경찰까지 서 있었다. 약 2초간 도둑은 그들과 대치했다. 아무도 입을 열지 않았고, 표정도 얼어붙어 있었다.

마침내 도둑은 그 자리에 주저앉았다.

"아니, 그런데 말입니다, 아주 훌륭히 대처하셨어요."

중년 남자인 형사가 감탄했다는 듯이 말했다. 그는 강

도 사건 하나가 쉽게 해결되어서인지 기분이 좋아 보였다.

예의 거실에서 신타로를 상대로 참고인 조사가 진행되고 있었다.

형사가 말했다.

"집에 누가 침입했다는 것을 알았을 경우, 선불리 소동을 피우기보다 모른 체하고 몰래 경찰에 신고하는 편이 안전한 경우가 많습니다. 정말 잘하셨어요."

"하하, 그렇지요, 뭐."

신타로는 애매하게 웃으며, 다카코가 가져온 차를 마셨다. 오늘 밤은 가족이 그를 대하는 태도가 무척 살가웠다.

그런데 신타로는 아직 상황이 제대로 이해되지 않았다. 형사의 말에 따르면 일이 이렇게 되었다고 한다. 맨 먼저 110번으로 경찰에 신고가 들어왔다. 그런데 아무리 불러도 상대방은 응답이 없었다. 그렇다고 전화를 끊은 것은 아니었다. 혹시 뭔가 사건이 일어났을지도 모른다고 여긴 경찰은 발신 번호를 추적해서 전화를 건 집의 위치를 찾아냈다. 그리고 그 집 근처 파출소에 연락해 출동해서 상황을 살펴보라고 지시했다. 그리하여 제복 경관이 집 앞까지 왔을 때, 마침 식사를 마치고 돌아온 가족과 마주쳤다. 경관에게 설명을 들은 사다오가 놀라서 현관문을 열자 낯선 남자가 서 있었다. 남자는 저항하지 않고 경찰에 체포되었다. 거실로 가 보니 신타로가 손발이 묶여 있었다.

이해되지 않는 점은 대체 누가 110에 신고했느냐는 것이었다. 신타로는 그런 기억이 없었다. 하지만 신고 덕분에 범인이 체포되었고, 그래서 다들 감탄하고 있었다. 어딘가 개운치는 않았지만 더는 그 점에 연연하지 않기로 했다.

"도둑이 숨어 있는 걸 용케도 알아차리셨네요."

사다오도 아버지를 다시 봤다는 듯이 말했다. 그가 요즘 들어 자기를 무시한다고 느꼈던 신타로는 기분이 좋았다.

"그야, 이래 봬도 머리는 아직 멀쩡하거든. 인기척을 알아차릴 정도는 되지."

손목을 주무르며 신타로가 말했다. 묶였던 부분이 아직도 조금 아프다.

"그렇고말고요. 그런 점은 전쟁에 나갔던 분들 특유의 감 같은 거 아니겠어요."

형사가 치켜세우자 그는 "아니, 뭐…… 하하." 하며 머리를 긁적거렸다. 사실 그는 전쟁에 나가지 않았다. 신체적인 문제로 병역을 면제받았던 것이다.

"어쨌든 아버님, 다치지 않으셔서 다행이에요."

그러면서 소파 뒤로 돌아간 다카코가 신타로의 어깨를 주물렀다.

그때 2층을 조사하고 난 노부히코와 경관 두 명이 거실로 왔다.

"어떤가, 그쪽은?"

형사가 물었다.

"상당히 어질러져 있었지만 도난당한 물건은 없는 것 같습니다."

"그래요? 다행이네요."

다카코가 신타로의 어깨를 주무르며 말했다.

그때 노부히코가 고개를 갸웃거렸다.

"그런데 이상해. 그 도둑놈이 왜 냉방 스위치를 눌렀을까?"

"냉방이라니, 무슨 말이야?"

사다오가 물었다.

"모르겠어요. 하여간 냉방 스위치를 켜 놔서 방이 얼마나 추운지 몰라요."

"거참, 이상하군요."

형사도 고개를 갸웃거렸다.

"달리 이상한 점은 없었니?"

"딱히요."

노부히코가 살래살래 고개를 저었다. 사실은 비장의 AV 케이스가 비어 있었지만, 부모 앞이라 말할 수가 없었다.

"이 방에서도 없어진 물건이 없다고 하셨죠?"

형사가 거실을 둘러보며 물었다.

"없을 거예요."

사다오가 대답하며 신타로를 보았다.

"강도가 아무것도 건드리지 않았죠?"

"응, 안 건드렸다."

"훔쳐 갈 만한 물건도 없어요. 오호호호."

다카코가 짐짓 큰 소리로 웃는다.

"겸손하시기는요. 들고 갈 만한 물건이 없다뿐이지 이렇게 좋은 텔레비전이 있지 않습니까."

형사가 40인치 텔레비전을 가리켰다.

"꽤 비싸죠?"

"아, 이거 말입니까?"

사다오가 가슴을 좍 폈다.

"제가 아끼는 물건이죠."

"화면이 이렇게 크면 극장에 온 기분이 들겠네요."

"네, 정말 그렇습니다."

"부러워요. 저도 큰 텔레비전을 마련하고 싶은데, 놓을 곳이 마땅치 않거든요. 화면이 크다고 화질이 떨어지는 건 아니죠?"

"물론입니다."

사다오가 리모컨을 집어 들었다.

"한번 보시죠."

모두가 화면에 주목했다.

"어, 비디오가 돌아가고 있네."

노부히코가 중얼거렸다.

사다오가 전원 버튼을 꾹 눌렀다.

꼭두각시 신랑

요코는 한 걸음 물러서서, 가문을 상징하는 문양이 박혀 있는 옷을 걸친 시게아키를 머리끝에서 발끝까지 훑어보았다. 그녀의 테가 세모난 안경 렌즈가 반짝, 빛났다. 그녀의 예리한 눈빛은 아들의 자랑스러운 모습을 감개무량해서 바라보는 어머니의 그것은 아니었다. 그보다는 교칙이 엄격한 중학교에서 학생의 복장을 검사하는 교사의 눈빛에 가까웠다.

요코는 천천히 고개를 끄덕였다.

"문제는 없는 것 같구나."

"괜찮아요?"

시게아키는 양팔을 벌린 채 진지한 눈빛으로 어머니를 바라보았다.

"그래, 좋아. 하지만 한 번만 더 뒤돌아 보겠니?"

시게아키는 어머니가 시키는 대로 몸을 돌렸다.

요코가 만족한 표정으로 다시 고개를 끄덕거렸다.

"좋아, 시게아키. 아주 잘 입었어."

"그래요?"

시게아키는 다시 몸을 돌려 어머니를 향했다.

"아드님이 체격이 좋으셔서 저희도 입혀 드리는 보람이 있습니다. 옷도 아주 멋지고요."

중년의 의상 도우미가 옆에서 간살을 떨었다. 그녀는 신랑의 어머니가 합격점을 주자 가슴을 쓸어내렸다. 이 어머니에 관해 예식장 직원에게 거듭 당부를 들은 그녀는 만에 하나 실수가 있을까 봐 긴장해 있었다.

"오차노코지 가문의 종손이니 누가 보더라도 부끄럽지 않도록 준비해야죠."

요코는 의상 도우미에게는 눈길도 주지 않은 채 말하고 나서 아들에게 미소를 지어 보였다.

"그럼 나는 손님들께 인사를 드려야 하니 이만 가 봐야겠다. 혹시 궁금한 거라도 있니?"

"아니요."

시게아키는 일단 그렇게 대답하고 나서 "아, 어머니." 하고 그녀를 불러 세웠다.

"왜?"

"저……."

시게아키가 얘기를 꺼내려고 했을 때 문을 노크하는 소리가 났다.

"들어오세요."

요코가 대답하자 문이 열리고 예식장 직원인 남자가 들어왔다. 이곳 헤모지 신궁 예식장 최고의 베테랑 직원이라는 사람이다. 요코는 최고의 직원이 아니면 곤란하다고 예식장을 예약할 때부터 주장했었다.

"아, 여기 계셨군요."

가르마를 빈틈없이 7 대 3으로 가른 예식장 직원이 손에 들고 있던 종이 뭉치를 요코에게 건넸다.

"축전들이 도착했습니다. 사회자가 피로연에서 낭독할 것을 골라 주시겠습니까."

"아, 그래요? 알겠습니다."

축전을 받아 든 요코는 먼저 맨 위에 놓여 있는 것을 펼쳐서 시게아키 쪽으로 돌아섰다.

"나카바야시 선생님이 보내셨구나. 학장으로 은퇴하신 후 몇 년이 지났나…… 참석하고 싶지만 아직 몸 컨디션이 회복되지 않았다고 하셨지."

"나카바야시 선생님께는 은혜를 많이 입었지요. 못 오신다니 저도 아쉽네요."

"고르시고 나면 제가 사회자에게 전하겠습니다."

예식장 직원이 말했다.

"그러세요. 그런데 지금 손에 들고 계신 게 뭐죠?"

요코가 예식장 직원의 왼손을 보며 물었다.

"아, 이건 야마다 씨 쪽으로 온 축전입니다. 그쪽에도 골라 달라고 부탁하려고요."

야마다 집안은 오늘 시게아키가 결혼하는 상대의 친정이다.

"어머나, 그러면,"

요코가 한쪽 눈썹을 치켜뜨며 말했다.

"그것도 제가 보겠습니다. 이런 건 한쪽에서 맡아서 정리하는 게 낫지 않겠어요?"

"아아, 저……, 그런가요?"

"네. 제가 알아서 야마다 씨와 결정할게요. 자."

어서 내놓으라는 듯이 그녀가 손을 내밀었다.

"그렇습니까? 그럼 잘 부탁드리겠습니다."

예식장 직원이 주저하면서 전보 뭉치를 요코에게 건넨 뒤 방을 나갔다.

요코는 야마다 집안으로 온 전보를 훌훌 넘기며 보았다. 그리고 잠시 생각에 잠겼다가 시게아키를 바라보았다.

"그럼 나중에 식장에서 보자."

"네."

시게아키가 조건 반사를 하듯이 대답했다.

요코가 방에서 나간 뒤 시게아키는 가슴속에서 불안감이 조금씩 퍼져 가는 것을 느꼈다. 그는 사실 어머니에게 확인하고 싶은 게 하나 있었다. 대답을 듣지 않으면 안심하고 결혼식을 올리기 힘들었다.

지금이라도 어머니에게 달려갈까, 그런 생각을 하고 있는데 다시 노크 소리가 들렸다. 네, 하고 대답하자 예복 차림의 젊은 도우미 여성이 얼굴을 들이밀었다.

"예식 순서를 설명해 드리려고 하는데 잠깐 와 주실 수 있을까요?"

"아, 네, 네."

그는 전통 짚신을 신은 발로 천천히 걸음을 옮겼다. 기모노를 입기는 어른이 된 이후 처음이었다. 당연히 짚신을 신는 것도 처음이다.

별실로 들어가니 야요이가 자리에 앉아 기다리고 있었다. 그녀는 흰 덧옷에 쓰개 차림이다. 쓰개 아래로 하얗게 화장한 가느다란 턱이 보였다. 시게아키는 도우미가 시키는 대로 야요이 옆에 앉았다.

야요이가 그에게 고개를 돌렸다. 그녀의 얼굴을 본 순간 시게아키의 머릿속에 떠오른 생각은 이렇게 생겼었나, 하는 것이었다. 눈앞에 있는 얼굴은 새하얀 달걀귀신 같은 바탕에 제멋대로 눈, 코, 입을 그려 넣은 느낌이었다. 야마다 야요이의 얼굴이 밑바탕인 것은 분명하지만, 그것만으로는 그녀의 본디 얼굴이 어땠는지 잘 떠오르지 않는다. 원래 야요이의 얼굴은 더할 나위 없이 평범했다.

이제 이 여자와 평생을 사는 건가.

멍하니 그런 생각을 했다.

하지만 시게아키는 하나도 실감이 나지 않았다. 야마다 야요이라는 여성과 결혼하기로 정해졌을 때 그의 머릿속에 맨 처음 떠오른 생각은 이로써 오차노코지 가문의 이름을 후세에 남길 수 있게 되었다는 것 하나뿐이었다. 그에게 결혼이란 그 이상도 이하도 아닌 일이었다.

그러니 그로서는 결혼이 끝이 아니고 또 하나의 중요한 일이 남아 있었다. 그건 두말할 필요도 없이 아이를 가지는 일이다.

'하여간 오늘은 결혼식과 피로연을 무사히 마쳐야 해. 그러려면 그 일을 어머니한테 확인해야 하는데……'

오차노코지 가문은 유서 깊은 가문이다.

얼마나 유서가 깊은지는 정확하게 설명하기 어렵다. 시게아키도 자신의 가문에 관해 속속들이 파악하고 있지 못했다. 그걸 제대로 설명하려면 선조로부터 연면히 전해 오는 가계도가 필요했다. 그리고 그 가계도는 오차노코지 가문의 금고에 엄중히 보관되어 있다. 시게아키도 그 실물을 본 적은 몇 번밖에 안 된다.

"선조는 사루 번의 대신을 지내셨지."

요코가 오차노코지 가문을 설명할 때면 나오는 말이다. 그리고 이어지는 설명은 메이지 신정부가 들어선 뒤 특권 계급 지위가 부여되었고 다양한 권력자와 깊이 연결되었다는 식이다.

요코는 오차노코지 가문의 제12대 당주였다. 선대 부부에게 아들이 생기지 않은 탓에 장녀인 요코가 데릴사위인 남편을 맞이한 것이다.

시게아키의 아버지, 즉 요코의 남편은 교사로, 섬세한 사람이었다. 휴일이면 노상 서재에 틀어박혀 책을 읽었다. 말이 적고 늘 아내의 그늘에 숨어 지내는 인상이었다. 친척들이 모일 때면 더욱더 그랬다. 가문 대대로 남에게 토지를 임대해 줌으로써 수입이 보장되었기에 돈

벌이를 책임져야 할 일도 없었다.

그런 아버지가 시게아키가 다섯 살 때 돌아가셨다. 위암이었다고 한다. 시게아키는 아버지에 관해 자세히 알지 못한다. 다만 언젠가 어머니 요코가 이런 말을 한 적이 있다.

"네 아버지는 머리가 참 좋은 분이셨다. 그쪽 집안에는 우리 집안 이상으로 우수한 인재가 많았지. 내가 네 아버지랑 결혼하게 된 이유도 그런 혈통을 오차노코지 집안에 들이는 게 나쁘지 않을 것 같다는 네 할아버지의 판단 때문이었어."

말하자면 두뇌가 우수한 유전자를 원했다는 뜻일 것이다.

아버지가 돌아가신 뒤 시게아키는 홀어머니의 손에서 자랐다. 하지만 두 사람의 생활은 모자 가정이라는 말과는 거리가 멀었다. 그 이유가 가사 전반을 가사 도우미들이 돌보기 때문만은 아니었다. 가령 시게아키가 다닐 초등학교를 정할 때는 오차노코지 가문의 친족 대표 10여 명이 사랑방에 모여 회의를 했다. 종손의 진로에 관해서는 무슨 일이든 반드시 친족 회의를 열어 결정한다는 것이 이 가문의 불문율이었기 때문이다.

    그런 환경이었으므로 시게아키의 일상생활에는 늘 요코의 눈길이 따라다녔다. 언어 습관이나 생활 태도, 복장 등도 엄격히 관리되었다.

    그중에서도 요코가 가장 신경을 많이 썼던 부분은 친구 관계였다. 시게아키는 학교에서 돌아오면 맨 먼저 요코에게 학교에서 있었던 일을 낱낱이 보고해야 했다. 그리고 요코가 모르는 이름이 하나라도 나올 경우에는 그 아이가 어떤 아이인지, 집안은 뭘 하는지 등등의 질문이 날아들었다. 모른다고 대답하면 요코는 그 자리에서 담임에게 전화를 해서 그 아이의 성적부터 수업 태도, 가정 환경에 이르기까지 시시콜콜 따져 물었다. 그런 질문에 대답을 해 주는 담임도 담임이지만, 대답할 수밖에 없도록 만드는 집요함이 요코에게 있었을 것이다.

    그런 식으로 정보를 얻어 낸 뒤에는 그 아이와 친하게 지내도 좋을지 어떨지를 판단했다. "앞으로는 그 아이와 되도록 놀지 말거라."라는 얘기를 요코에게 듣는 경우도 종종 있었다. 그럴 경우 시게아키는 네, 라고 대답한 뒤 자기 방에 틀어박혀서 울었다. 같이 놀지 말라는 아이일수록 매력적이고, 함께 있으면 즐거운 경우가 많았기 때문이다. 요코가 친하게 지내라는 상대는 따분하고 무미

건조한 아이들뿐이었다.

그러나 어머니의 결정을 거스를 수는 없었다. 친구를 선택하는 일은 물론이고 그 무엇에 대해서도 반발은 용납되지 않았다. 왜냐하면 시게아키는 종손이기 때문이다. 장차 오차노코지 가문을 승계해야 하므로 거기에 합당한 조건을 갖추어야 했다. 그리고 그러도록 인도하는 사람이 바로 어머니 요코였다.

시게아키가 다니던 초등학교는 유명 사립대학 부속으로, 일단 입학하면 그대로 부속 중학교와 고등학교에 올라가도록 되어 있었다. 하지만 그는 중학교 때 다른 학교로 전학했다. 그 학교 역시 전에 다니던 학교와 쌍벽을 이루는 명문 대학교 부속이었는데, 남녀 공학이 아니라 남자 중학교라는 점이 달랐다.

"중고등학교 때는 성적인 것에 유혹당하기 쉽습니다. 타락하는 인간은 다들 이 시기에 문제가 시작되죠. 시게아키에게는 절대로 그런 일이 없도록 해야 합니다."

친족 회의에서 요코가 발언했다. 그래그래, 하며 만장일치로 시게아키는 남자 중학교에 전학하게 되었다.

그 회의에서는 다음과 같은 대화도 오갔다.

"그쪽에 너무 빠지지 않도록 하려면 남자 학교에 보내

는 것만으로는 부족하지. 세상이 워낙 어지러워서 말이야. 잠깐만 길거리를 걸어 다녀도 그런 유혹이 여기저기서 오거든."

이 말을 한 사람은 친족 중에서 장로 격인 요코의 삼촌이다. 그쪽, 이란 성적인 일 전반을 가리키는 말일 것이다.

"맞아요. 정말이지 요즘은 벌거벗은 것이나 다름없는 젊은 여자애들 사진이 잡지에 실리기도 한다니까요."

요코의 사촌 여동생이 맞장구를 쳤다.

"벌거벗은 것이나 다름없는 정도가 아니라 다 벗은 사진이 그대로 실리기도 하는걸요. 그, 그거 정말 엄청나요, 홀딱 벗은 알몸 말이에요."

친족 중 제일 젊은 축에 드는 요코의 사촌 동생이 눈을 희번덕거리며 말했다. 말투가 거칠고 상스러워서 다른 사람의 빈축을 사는 경우가 많지만, 이날은 말투보다 그 내용에 다들 얼굴을 찡그렸다.

"정말이야?"

"설마……."

"사실이라니까요. 다들 주간지라는 걸 한번 사서 읽어 보세요."

"그럴지도 모르지요."

요코가 억누른 목소리로 말했다.

"성 풍속뿐 아니라, 요즘 젊은이들의 풍기 문란은 눈에 거슬리는 부분이 있어요. 그런 저속한 잡지는 물론이고 텔레비전에서도 차마 보기 민망한 프로그램을 내보내곤 합니다."

"맞아, 텔레비전은 좋지 않아."

장로인 삼촌이 동의했다.

"사람을 바보로 만들거든."

"저희는 NHK 말고는 안 봐요."

"그래요, 저희도 NHK만 봅니다. 민방은 쓰레기 같은 내용뿐이에요."

"아무래도 좀 더 생각을 해 봐야 하는 문제인 것 같은데……."

일족 중 요코가 가장 신뢰하는 사촌 오빠가 무겁게 입을 열었다.

"중학생이 되면 이런저런 유혹이 많아지거든. 생활 관리를 철저히 하지 않으면 안 될 것 같아. 왜, 근묵자흑이라는 말도 있잖아."

그래그래, 하며 다들 고개를 끄덕였다.

"물론 지금까지 해 왔던 것 이상으로 철저히 가르칠 생

각입니다. 집안 분들께 걱정을 끼치게 되어 죄송합니다
만, 모쪼록 잘 부탁드리겠습니다."

요코는 고개를 깊이 숙였다.

이런 대화가 오갔을 정도이니, 시게아키가 중학교에
올라간 이후 요코의 감시가 얼마나 심해졌을지 알고도
남음이 있다.

감시의 눈길은 우선 등하굣길에서 시작되었다.

등하교 중에 나쁜 유혹에 빠지면 안 된다며 요코는 자
신의 눈으로 직접 다양한 루트를 보러 다녔고, 그중 가장
안전하다고 판단된 코스를 통학로로 결정했다. 시게아
키가 그 이외의 루트로 학교를 다니는 건 엄격히 금지되
었다. 만일 무슨 사정이 있어 그 루트를 통과할 수 없을
때는 집에 전화를 걸어 어느 루트로 귀가해야 하는지 지
시를 받아야 했다.

매일 같은 길로 등하교하면서 시게아키는 가끔 다른
길로 다니고 싶다는 유혹과 싸워야 했다. 하지만 유혹에
진 적은 한 번도 없었다. 어머니에게 들켰을 때 얼마나
호되게 꾸중을 들을지 생각하면 도저히 그럴 용기가 나
지 않았다. 아니, 그보다, 들키지 않을 수도 있다는 생각
자체를 하지 못했다. 그는 과거에 몇 번 어머니의 지시를

어긴 적이 있었는데, 단 한 번도 그냥 넘어간 적이 없었다. 요코는 아들에 관한 한 엄청나게 촉각이 발달해 있어서 그 어떤 거짓말도 단번에 간파했다.

또한 시게아키는 지갑이라는 물건을 지녀 본 적이 없었다. 그의 주머니에 있는 것이라고는 버스 정기권과 전화 카드가 전부였다.

"점심에는 급식이 나오고, 학교에 가면 공부만 하는데 돈이 필요할 리 없잖아."

요코의 설명은 그랬다.

만일 사고 싶은 물건이 생기면 시게아키가 그 이유를 요코에게 설명하고 요코가 사도 좋다고 판단해야만 살 수 있었다. 그러나 시게아키가 실제로 이 시스템을 활용한 경우는 손가락으로 꼽을 정도였다. 그 이유는 여러 가지다. 일상생활이나 학교에서 필요한 물건은 모두 요코가 준비해 주기도 했고, 시게아키가 공부에 여념이 없었기 때문이기도 하다. 하지만 무엇보다 큰 이유는 갖고 싶은 것이 없었기 때문일 것이다. 조금 더 정확히 표현하자면 세상에 어떤 물건들이 있는지 모르기 때문에 갖고 싶다는 생각을 하지 못했다고 해야 할 것이다.

등하굣길의 경우에서도 알 수 있듯이 요코는 아들 시

게아키에게 주어지는 정보를 철저히 관리했다. 텔레비전은 하루 한 시간, NHK를 보는 것만 허락되었다. 책도 만화나 잡지는 절대로 안 되고, 문학 서적도 현대 작가의 작품은 순수 문학 대중 문학을 가리지 않고 금지되었다. 음악도 고전 음악 외에는 인정되지 않았다.

시게아키는 유행이라는 것을 전혀 몰랐다. 그는 중학교 시절에도 고등학교 시절에도 외출할 때면 교복만 입었다. 외출이라고 해도 친구들과 놀러 간 적은 없고 요코 손에 이끌려 친척 집을 방문하거나 고전 음악 콘서트에 가는 게 전부여서 교복을 입어도 아무런 불편이 없었다.

교우 관계 역시 요코가 엄격하게 관리해, 친구에게 나쁜 유혹을 받거나 불건전한 지혜를 전수받는 일도 없었다. 그러기 전에 시게아키에게 다가오는 급우가 거의 없었다. 다들 시게아키를 어쩐지 기분 나쁘다고 여겼기 때문이다.

시게아키를 둘러싼 무균실과 같은 환경은 대학에 가서도 유지되었다. 그는 천문학을 전공했고, 강의가 끝나면 곧장 집으로 돌아와 2층 자기 방에 있는 천체 망원경으로 우주를 바라보는 것이 그의 생활 패턴이었다.

다만 이 시기에 그에게는 한 가지 고민이 있었다. 늦었지만 성에 눈을 뜬 것이다. 그는 한 달에 한 번꼴로 몽정을 했다. 하지만 그는 그런 현상의 의미도 원인도 잘 몰랐다. 모른 채 고민했던 것이다.

아들의 변화를 눈치챈 요코는 고민 끝에 어느 날 시게아키에게 성교육을 하기로 한다. 그것은 불단이 놓인 다다미방에서 이루어졌다. 정좌한 시게아키 앞에 요코는 상자를 하나 놓았다. 그 속에 선조 때부터 전해 내려오는 책이 들어 있었다. 요즘식으로 말하자면 성교육 매뉴얼이라고 할 수 있을 것이다. 시대의 변화에 따라 조금씩 손을 보았다고 하는데, 가장 오래된 부분에는 우키요에 (일본 무로마치 시대에서 에도 시대에 걸쳐 발달한 일종의 풍속화―옮긴이)와 비슷한 그림이 사용되기도 했다. 그런 자료를 활용해 가며 요코는 남녀의 신체 구조와 임신 메커니즘 등을 시게아키에게 담담하게 들려주었다.

"그럼 저의 그런 현상은 병이 아니란 말인가요?"

시게아키가 물었다.

"그렇지. 그건 네게 자손을 남길 힘이 있다는 증거란다."

"어느 여성과 그, 지금 어머니가 가르쳐 주신 일을 해서 아이를 갖는 거군요."

"그게 바로 결혼이라는 것이지. 하지만 아직 너에게는 머나먼 얘기다. 때가 되면 어미가 네게 걸맞은 상대를 찾아 주마. 그때까지는 절대 여자에게 접근하거나 하면 안 된다. 알겠니?"

"네, 알겠어요."

시게아키는 자세를 바로잡으며 대답했다.

그가 그 '걸맞은 상대'를 만난 것은 그로부터 10여 년 후의 일이다.

도우미가 시게아키 커플에게 식순을 설명하고 나자 곧바로 예식장 직원이 찾아왔다. 드디어 식장에 들어갈 시간이라는 것이었다. 친족들은 이미 식장 안에서 기다리고 있다고 했다.

"저……,"

시게아키가 입을 열었다.

"네?"

"그……, 어머니는?"

예식장 직원의 얼굴에 경멸의 빛이 잠시 떠올랐다가 사라졌다.

"어머님도 안에서 기다리고 계십니다."

"아, 그래요……."

시게아키는 고개를 끄덕이고 입을 다물었다.

묻고 싶은 게 있었는데, 하고 생각했다. 반드시 확인해야 할 일이 있었다. 하는 수 없이 예식이 끝나고 나서 틈을 보아 물어보기로 했다.

식은 신전(神前) 결혼 방식으로 거행되었다. 그것이 오차노코지 가문의 전통이다. 기독교식은 고려의 대상조차 되지 못했다. 여러 친족이 지켜보는 가운데 시게아키는 도우미가 미리 알려 준 대로 신부 야요이와 함께 결혼 서약을 읽고 합환주를 나눴다.

시게아키가 결혼 상대를 찾아야겠다고 진지하게 생각하기 시작한 것은 27세 생일을 맞았을 때였다. 아니, 정확하게는 요코가 그런 말을 꺼냈다. 그는 어머니가 그런 말을 할 때까지 결혼에 관해서는 생각조차 해 보지 않았다. 생각할 필요가 없다고 여겼다. 그는 회사에 취직하지 않고 대학 부속 천체 관측 연구소에서 조교 생활을 하고 있었다. 변함없이 별은 그의 연인이었다.

"오차노코지 가문의 며느리가 될 사람은 그에 합당한 조건을 갖추어야 한다. 우선, 좋은 가정에서 자라야 해.

당연한 일이지. 교양이 있어야 하고, 가사 전반은 물론이고 다도와 꽃꽂이에 뛰어나야 한다. 여자답고 정숙하며 늘 너보다 한 걸음 뒤에서 너를 격려해 주는 성격이어야 해. 그리고 건강할 것. 그저 건강하기만 한 것이 아니라 훌륭한 종손을 낳을 수 있는 몸이어야 한다.”

어떤 상대를 골라야 하느냐는 얘기가 나왔을 때 요코는 이런 조건들을 나열했다. 맞은편에 앉은 시게아키는 진지한 표정으로 어머니의 조언을 수첩에 기록했다.

“거기에 중요한 조건이 하나 더 있다.”

목소리를 조금 낮추어 요코가 말했다.

“무엇입니까?”

“그건,”

그녀는 후, 숨을 내쉬고 말을 이었다.

“처녀여야 한다는 점이다. 알겠니? 이 점은 결코 양보할 수 없어. 오차노코지 가문에 시집오는 여자가 이미 몸을 버렸다는 건 절대 있을 수 없는 일이다.”

시게아키는 고개를 크게 끄덕인 뒤 수첩에 ‘처녀’라고 적고 밑줄을 두 줄 그었다.

이런 조건을 바탕으로 신부 찾기가 시작되었다. 그리고 당연하게도 난항을 겪었다. 대략 이런 식이다.

"스물일곱 살이라고요? 나이가 좀 많군요. 가능하면 스무 살 전후, 많아도 스물세 살 정도가 좋겠어요."

혼담을 가져온 상대에게 요코가 말한다.

"하지만 사모님, 요즘은 결혼 연령이 높아져서 스물일곱 살 정도면 이른 편에 속하는데요."

"아니, 아니, 시게아키의 아내는 그래서는 안 됩니다. 스물일곱까지 독신으로 있었다면 분명 무슨 문제가 있을 거예요. 게다가 그 정도 나이라면 남자를 전혀 모른다고 보기 힘들지 않을까요. 말씀은 감사하지만 이 혼담은 거절할 수밖에 없네요."

설령 나이 제한을 통과하더라도 넘어야 할 장애물이 한두 개가 아니었다.

"아니, 직장을 다닌다고요? 도쿄에 있는 무역 회사에요? 안 됩니다. 그런 분은 시게아키의 결혼 상대로는 좀……."

"하지만 굉장히 좋은 아가씨인데요. 어린 시절부터 다도와 꽃꽂이를 배웠고……."

"그래도 회사를 다니고 있잖아요. 그런 사람은 가정을 지키겠다는 자세가 아무래도 부족하지 않을까요? 그리고 세상에 물든 부분도 분명히 있을 거예요. 시게아키의 신부가 될 수는 없습니다."

이 외에도 '혼자 산 경험이 있는 여성은 무슨 일이 있었는지 알 수 없다', '학력이 너무 높은 여성은 따지기를 좋아한다', '능력이 많은 여자는 나댄다' 등등, 편견으로 가득한 장애물이 여럿 있었다. 그 탓에 혼담의 대부분은 시게아키가 상대 여성의 사진을 보기도 전에 깨지고 말았다.

그래도 세상은 넓어서, 수많은 난관을 돌파하고 오차노코지 가문의 단골 요릿집에서 시게아키와 맞선을 보는 데까지 이른 여성도 몇 명 있었다. 그리고 요코가 이 사람이라면 며느리로 맞이해도 좋다고 생각한 여성도 있었다.

하지만 그럴 경우 이번에는 상대가 시게아키를 마음에 들어 하지 않았다. 그리고 중매쟁이에게 언제나 비슷한 이유를 들어 거절했다. 마마보이는 싫다, 엄마의 로봇 같다, 시대착오적이다 등등. 물론 중매쟁이는 그런 이유를 요코에게 솔직히 전할 수는 없으니 적당한 거짓말을 생각해 내야 했다. 하지만 뭐라고 둘러대든 요코가 불같이 화를 내는 건 매한가지였다.

야마다 야요이는 통틀어 35번째 맞선 상대였다. 단기

대학을 졸업한 후 집에서 가사 수업을 했고, 직장 경험은 없으며, 다도와 꽃꽂이를 어머니에게 배운 것 외에는 이렇다 하게 내세울 것이 없고, 말수가 적은 데다 거의 무표정한, 한마디로 수수하고 평범한 여성이다. 중매쟁이는 마음속으로 야요이가 단아하다기보다 멍청한 아가씨라고 생각했다.

그런데 요코는 이 여성을 마음에 들어 했다. 그리고 야마다 집안에서도 기꺼이 딸을 결혼시키겠다고 했다.

이리하여 혼담은 순조롭게 성사되었다.

식이 끝나자 일동은 사진실로 이동했다. 거기서 친족의 단체 사진을 찍기로 되어 있었다. 시게아키는 어머니에게 다가가려 했지만 사진사가 지시를 내리는 바람에 움직이지 못했다.

"자, 신랑과 신부는 거기 앉아 주세요. 네, 네, 그 위치 좋습니다. 그 옆에 중매하신 분, 어머니는 그 옆에. 네, 거깁니다."

어머니와의 사이에 중매쟁이가 있어 시게아키는 어머니에게 묻고 싶은 일을 물을 수가 없었다. 마침내 사진 촬영이 끝나고 사람들이 로비로 이동하기 시작했다. 시게아키는 요코를 쫓아가려 했지만, 이번에도 사진사가 그를 불렀다. 신랑과 신부, 둘만의 사진을 찍어야 한다는 것이었다. 하는 수 없이 시게아키는 그 자리에 남았다.

사진 촬영을 마쳤을 때는 피로연이 시작되기 직전이었다. 시게아키는 어머니를 찾아 돌아다녔지만 이미 피로연장에 들어갔는지 어머니의 모습이 보이지 않았다.

"아시겠죠? 제가 신호를 보내면 동시에 입장해 주세요."

예식장 직원이 시게아키와 야요이에게 지시했다.

"저⋯⋯."

"뭐죠?"

입장할 시간이 임박해서인지 예식장 직원이 날카로운 눈초리로 그를 봤다.

"아, 아무것도 아닙니다."

"그럼 나란히 서세요. 네, 거기요."

직원의 지시대로 두 사람은 문 앞에 나란히 섰다. 배경 음악이 흐르고, 문이 열렸다. 예식장 직원의 신호에 따라 두 사람은 스포트라이트를 받으며 천천히 행진했다.

박수가 터져 나왔다. 카메라 플래시가 터지면서 하객들의 웃는 얼굴이 눈에 들어왔다.

시게아키는 어머니의 얼굴을 찾아보았다. 요코는 구석 테이블에 앉아 등을 쭉 편 채 아들의 멋진 모습을 보고 있었다. 이윽고 그녀와 시게아키의 시선이 마주쳤다.

'어머니!'

시게아키가 마음속으로 질문을 던졌다.

어머니! 여쭤보고 싶은 게 있어요. 지금 당장 알아야 합니다.

만일……,

만일 피로연 도중에 화장실에 가고 싶으면 어떻게 해야 하죠. 더구나 소변이 아니라 큰 것이라면 말이에요.

피로연 도중에 신랑 혼자 연회장 밖으로 나가도 되는 걸까요. 혹시 그러면 예절에 어긋납니까. 오차노코지 가문의 명예에 먹칠을 하는 건가요.

어머니, 가르쳐 주세요. 어떻게 해야 좋을까요.

저는 이미 화장실에 가고 싶어서 죽을 지경입니다. 아침부터 배 속이 꾸르륵거렸고, 내내 화장실에 가고 싶었지만 그럴 기회가 없었습니다.

살려 주세요, 어머니.

피로연은 참석자들이 진저리를 칠 정도로 천천히 진행되었다. 축사를 하려는 사람이 굉장히 많았고, 하나같이 마이크를 붙들고 놓지 않았다. 축가를 부르기로 한 사람들마저 서두에 이야기를 늘어놓았다. 예정보다 시간이 많이 흘렀지만, 그 이후에 예식이 없는지 식장 측은 서두르는 기색이 없었다.

시게아키의 아랫배는 한계에 다가서고 있었다. 사람들의 축사를 경청할 여유 따위는 사라진 지 오래였고, 온 신경을 항문을 죄는 데 쓰고 있었다. 그렇지만 누군가가 축사를 할 때는 신랑 신부가 단상에 서 있어야 하는데, 그러는 동안 그는 지옥의 괴로움을 맛보아야 했다.

요즘 피로연에서는 신랑이 예복을 벗고 다른 옷으로 갈아입는 경우도 적지 않다. 만일 그랬다면 시게아키는 그 기회를 틈타 화장실로 달려갈 수 있었을 것이다. 그러나 오늘 피로연에서는 옷을 갈아입지 않기로 되어 있다. 남자란 모름지기 그런 짓을 하지 않고 단상에 진득하게 서 있어야 한다는 것이 오차노코지 가문의 관습이었기 때문이다.

식사는 프랑스 요리였다. 오르되브르와 수프로 시작해 생선 요리, 고기 요리, 샐러드 뒤에는 디저트와 과일도 나오기로 되어 있었다. 하지만 시게아키는 음식을 일절 입에 대지 않았다. 한입이라도 먹었다가는 직장 부근에서 간신히 버티고 있는 그것이 단숨에 터져 나올 것 같았다.

그는 온 신경을 항문 괄약근에 집중했다. 아랫배에 묵직한 통증이 느껴졌다. 그것은 심장 고동에 맞추어 훅훅 밀려들었다. 관자놀이에서 식은땀이 흘렀다. 겨드랑이에서도 땀이 줄줄 흘러내렸다.

그런데도 그는 온화하게 미소를 짓고 있었다. 때로는 축사를 하는 사람에게 고개를 끄덕여 보이기도 했다. 주위 사람들에게는 그 모습이 여유롭게 행복한 시간을 즐기는 것처럼 보였을 것이다. 이런 상황에서 그럴 수 있었던 것은 그렇게 행동하도록 교육받았기 때문이다. 피로연에서 신랑이 어떤 태도를 취해야 하는지 요코에게 귀가 따갑도록 가르침을 받았던 것이다.

하지만 결혼식 도중에 대변을 보고 싶어지면 어떻게 해야 하는지는 들은 바가 없었다.

너무 고통스러운 나머지 그는 태어나서 처음으로 어머니를 증오하기 시작했다. 누군가에게 책임을 떠넘기지 않고서는 견디기 힘들었다.

어머니, 왜 가르쳐 주지 않으셨어요. 가르쳐 주셨다면 이렇게 고생하지 않아도 되었을 텐데요. 어머니는 뭐든지 가르쳐 주셨잖아요. 어머니가 시키는 대로 하면 아무 문제 없을 거라고 말씀하시지 않았습니까.

피로연이 어떻게 진행되는지, 지금 누가 무슨 말을 하는지 그는 전혀 알 수 없었다. 머릿속이 새하얘져 갔다. 아랫도리가 뜨거운 덩어리가 되어 그의 의식을 모두 앗아 가고 있었다.

그런 와중에 사회자의 말이 얼핏 들려왔다.

"자, 그럼 여기서 신랑 신부가 양가 부모님께 꽃다발을 증정하도록 하겠습니다."

오차노코지 요코는 뿌듯한 마음으로 서 있다. 마침내 큰일을 이루어 냈다는 충만감을 맛보는 중이었다. 그 큰일이란 말할 것도 없이 오차노코지라는 이름을 지켜 냈다는 것이다. 앞으로 무사히 아이가, 그것도 사내아이가 태어난다면 나의 사명도 끝나게 된다, 그런 생각을 하고 있었다. 그리고 그 점에 대해 그녀는 별로 걱정하지 않았다. 아는 의사에게 부탁해 야요이의 몸을 철저히 조사해 두었기 때문이다. 처녀이고 임신 능력에 전혀 문제가 없다는 것을 이미 확인한 후였다.

그러니까, 하고 그녀는 생각했다.

내가 오늘 여기서 꽃다발을 받는 건 당연한 일이다. 종

손을 훌륭하게 키워 냈고, 이렇게 며느리도 얻었다. 칭송
받아 마땅하다.

장내가 어두워졌다. 배경 음악이 조용히 흐른다. 꽃다
발을 든 신부가 조명 속에 떠올랐고, 조금 늦게 시게아키
가 그 옆에 섰다.

사회자가 거창하게 내레이션을 하는 가운데 두 사람
은 꽃다발을 들고 긱자의 부모에게 다가갔다.

그 순간 요코는 뭔가 이상하다고 직감했다. 시게아키
의 안색이 좋지 않았다. 걸음걸이도 묘하다. 노인처럼 허
리를 구부리듯이 하고 걷는다.

"자, 신랑 신부님, 그동안 키워 주신 부모님께 꽃다발
을 건네세요!"

사회자가 시키는 대로 꽃다발을 내미는 시게아키의
눈빛이 뭔가를 호소하는 듯했다. 요코는 꽃다발을 받고
나서 아들에게 나지막이 속삭였다.

"자세를 똑바로 해."

그 말에 시게아키는 조건 반사처럼 허리를 쭉 폈다. 잘
했어, 라고 말하는 대신 요코는 고개를 끄덕였다. 그런데
다음 순간 아들의 얼굴에서 기묘한 변화가 일어났다. 괴
로운 듯이 얼굴을 찡그리는가 싶더니 서서히 슬픈 표정

으로 변해 갔다. 이어서 술에 취한 것 같은 얼굴이 되더니 허무한 표정으로 바뀌었다가 마침내 치매에라도 걸린 듯한 표정을 지었다.

"왜 그러니? 시게아키, 왜 그래?"

요코가 아무리 불러도 그녀의 소중하기 이를 데 없는 아들은 인형처럼 움직이지 않았다.

상황을 맨 먼저 알아차린 사람은 시게아키 옆에 서 있던 신부 야요이였다. 그녀는 신랑의 바짓가랑이에서 스며나오는 것을 보고 비명을 지르더니 기모노 자락을 부여잡고 도망쳐 버렸다.

여류 작가

하기야 작가도 임신할 수 있다. 여자니까.

하지만 왜 하필 나랑 일할 때 그래야만 하는지. 연재 중에는 몸 컨디션에 주의를 기울여 달라고 몇 번이나 당부했건만, 전혀 귀담아듣지 않았다는 얘기 아닌가.

물론 임신은 질병이 아니다. 축하할 일임이 분명하다. 나도 이런 상황이 아니었다면 호들갑을 떨며 축하의 말을 늘어놨을 테지. 하지만 지금은 좀 곤란하다 이 말입니다. 한창 연재 중이니까. 주인공이 드디어 사건에 휘말려서, 자, 앞으로 과연 어떻게 될까, 하고 독자가 두근거리며 다음 회를 읽고 싶어 할 시점이란 말이지. 그런 마당에 느닷없이 '필자의 임신으로 당분간 연재를 쉽니다'라니, 이건 아니잖아.

게다가 이번 작품은 슈퍼 커리어 우먼이 결혼도 내팽개치고 경쟁사의 부정 수입을 조사하면서 차츰차츰 위험한 덫에 빠지게 된다는 내용이다. 아무리 생각해도 스토리가 가정적인 분위기와는 맞지 않는다. 그러니까 작가 자신도 스타일에 신경을 썼으면 했는데, 이미지를 완전히 망가뜨리고 만 것이다.

그리고 설사 임신을 했더라도 '저자의 사정으로 인해'라고 표현하면 좋았을 것을.

그건 그렇다 치고, 임신했다고 소설을 쓰지 못하겠다니, 그게 말이 되나?

"뭐라고, 배가 불러서? 배가 불렀건 어쨌건 쓰라고 해. 손은 움직일 수 있잖아. 키보드는 두드릴 수 있지 않느냔 말이야."

편집장처럼 품위 없는 표현은 사용하고 싶지 않지만, 전적으로 동감이다. 남자니까 잘 몰라서 하는 말일 수도 있겠지만.

그래서 축의금도 전달하고 사정도 물어볼 겸 작가의 집을 찾게 되었다.

미야기시라는 문패가 붙은 대문 앞에 서서 인터폰을 눌렀는데 남자가 대답해서 조금 당황스러웠다.

현관에서 나온 사람은 동그란 금테 안경을 쓴, 모기같이 생긴 남자였다. 나이는 30대 중반쯤일까. 안색은 별로 좋지 않았지만 그래도 미소는 지어 보였다.

"자, 안으로 들어오세요."

"그럼 실례하겠습니다."

이 녀석이 만악의 근원이군, 하며 모기의 옆얼굴을 째려보았다. 이 집에 몇 번인가 왔었지만 그를 만난 적은 없었다. 회사에 다니는데 오늘은 쉬는 건가?

'이쪽 사정은 아랑곳없이 섹스 따위를 하다니.'

마음속으로 욕을 퍼부었다.

응접실에서 기다리자니 잠시 후 미야기시 레이코가 나타났다. 체크무늬의 화려한 트레이너 상의에 치렁치렁한 스커트 차림이었다. 머리는 평소처럼 하나로 묶어 오른쪽 어깨 앞으로 늘어뜨렸다. 안색은 별로 좋지 않지만 통통해 보이는 건 역시 임신했기 때문일까.

나는 자리에서 일어나 깊숙이 고개를 숙였다.

"임신을 축하드립니다."

"그렇게 정색하고 인사하시면 싫어요. 괜히 부끄럽잖아요."

호호호, 하며 미야기시 레이코는 립스틱을 잔뜩 바른 입술을 손으로 가리고 웃었다. 이 정도가 부끄럽다면 어떻게 임신했다는 사실을 엽서에 적어서 출판사에 보낼 생각을 했느냐고 묻고 싶었지만 참았다.

"이건 약소하지만 저희 회사의 마음입니다."

나는 양복 안주머니에서 축의금 봉투를 꺼냈다. 안에는 5만 엔이 들어 있다. 출산 후에 주는 것이 원칙이지만 굳이 지금 주는 것은 어떻게든 심리적 우위를 확보해서 연재를 계속하도록 하겠다는 편집장의 교활한 작전이다.

"어머머, 뭐, 이런 것까지."

그러면서두 미야기시 레이코는 사양하겠다는 말은 한마디도 하지 않고 그걸 날름 받아 넣었다.

그때 노크 소리가 나더니 문이 열렸다. 아까 그 모기가 쟁반에 커피를 받쳐 들고 들어왔다.

"아, 이거 감사합니다."

커피 잔을 테이블에 내려놓는 그의 앙상한 손을 바라보며 고개를 숙였다.

"여보, 이것 봐. 이런 걸 주시지 뭐야."

미야기시 레이코가 5만 엔이 든 축의금 봉투를 팔락팔락 흔들었다. 그러자 모기가 그걸 확인하려는 듯이 안경을 고쳐 쓰고 눈을 실처럼 가늘게 떴다.

"야, 이거 고마워서 어쩌죠?"

"아, 아닙니다."

"그럼 천천히 말씀들 나누세요."

그는 축의금 봉투와 내 얼굴을 번갈아 보면서 한 발 한 발 물러나더니 방을 완전히 나간 뒤 문을 닫았다.

"남편 분은 오늘 회사를 쉬시는 모양이죠?"

모기가 끓여 준 커피를 한 모금 마시고 나서 물었다. 그런대로 마실 만한 커피였다. 그러고 보니 이 집에 와서 마실 것을 대접받은 적이 지금까지 한 번도 없었다.

"아아, 회사요. 그거, 관뒀어요."

미야기시 레이코가 시큰둥하게 말했다.

"관뒀다는 말씀은, 그러니까, 저…… 퇴직하셨다는 말씀인가요?"

"그렇죠. 아이를 가졌으니 가사를 제대로 돌볼 사람이 필요하잖아요. 가사 도우미를 들일까도 생각해 봤지만, 저 사람이 주부 역할을 하는 게 제일 낫겠다고 결론을 내렸어요."

미야기시 레이코 본인이 일을 그만두는 방안은 고려의 대상이 아니었던 모양이다. 수입을 고려하면 그러는 게 당연하리라.

"저, 남편 분은 어떤 회사에 근무하셨나요?"

"제 남편은 컴퓨터 기술자예요. 사내에서도 상당히 실력을 인정받았지만, 일이 힘들다고 늘 불평을 했죠. 그래서 본인도 이렇게 된 걸 기뻐하는 것 같아요. 보셔서 아시겠지만, 주부가 적성에 맞아요."

나는 무심코 고개를 끄덕였다. 세상에는 이런 부부도 있고 저런 부부도 있는 법이다.

"그런데 선생님,"

등을 쭉 펴며 자세를 고쳐 앉았다.

"연재 말씀인데요."

"아아, 그거요. 정말 죄송해요."

미야기시 레이코는 미안하다는 표정은 조금도 없이 꾸벅 고개를 숙였다.

"이런 때 그런 일이 생겨서 면목이 없어요. 나중에 꼭 보충하겠습니다."

"아니, 그게 말이죠,"

나는 혀로 입술을 축였다.

"선생님의 이번 작품은 반응이 무척 좋습니다. 다음 회를 빨리 읽고 싶다는 독자들의 편지가 끊이질 않아요."

잡지 자체가 많이 팔리지 않으니 그런 일이 있을 리 없지만 때로는 거짓말도 필요하다. 미야기시 여사는 내 말을 곧이곧대로 믿은 듯, "그렇겠죠. 그럴 거예요." 하며 고개를 끄덕였다.

•

"그래서 말인데요, 지금 연재를 중단한다는 건 너무 아까운 일이라고 생각합니다. 혹시 한 회 분량을 줄여서 연재를 계속하면 어떨까요? 만약 그렇게 해 주시면 큰 도움이 되겠다고 편집장님도 말씀하셨습니다."

"그건 안 돼요."

나의 간절한 부탁이 무색하게 미야기시 레이코는 딱 잘라 거절했다. 불끈 화가 치밀었다.

"왜죠?"

"의사 선생님이 그러셨거든요, 임신 중에 무리하면 안 된다고요. 스트레스가 쌓이는 일은 당치도 않다네요. 제 나이가 별로 젊지도 않잖아요. 이 아이가 처음이자 마지막일 가능성이 커요. 그래서 될 수 있으면 완벽한 조건하에서 아이를 낳고 싶어요."

"그건 그렇지만 독자들이……."

"독자들도 이해할 거예요. 게다가 그렇게 무리해서 계속 글을 쓰는 건 독자에게도 실례라고 생각해요. 그렇게 생각하지 않으세요, 가와시마 씨?"

"그건……."

이러면 안 된다고 생각하면서도 그녀의 논리에 말려들고 있었다. 이 여자와 논리로 대결하는 건 무리다.

"어떻게 좀 안 될까요? 저희가 정말이지 난감해서……."

읍소로 작전을 바꾸었다. 하지만 여사의 표정이 점점 굳어졌다.

"제가 글을 쓰지 않는다고 해서 회사가 망하는 건 아니잖아요. 만일 제게 무슨 일이 생기면 회사에서 책임지실 건가요? 책임을 질 수가 없겠죠. 아이를 대신할 수 있는 건 없으니까요. 그런데도 제게 계속 쓰라고 하시겠어요? 가와시마 씨, 제 배 속의 아이와 연재 중 어느 쪽이 더 중요해요?"

그야 연재가 더 중요하죠, 라고 솔직히 말할 수는 없었다. 나는 "음……." 하고 신음하고 말았다. 웬일인지 배까지 아파 왔다.

"아니, 그게……. 저는 쉬셔야 한다고 생각합니다. 하지만 그 인간이, 그러니까 편집장이……."

'내가 대체 무슨 말을 하고 있는 거야.'

내가 횡설수설하자 그녀는 "오다카 씨가 잔소리를 하는군요."라며 편집장 이름을 들먹였다. 나도 모르게 "그렇습니다."라고 대답해 버렸다.

"알았어요."

미야기시 여사는 자리에서 일어나 응접실 구석에 놓

인 무선 전화기를 집어 들었다. 그리고 익숙한 손놀림으로 버튼을 눌렀다.

"네, 미야기시입니다. 편집장님 부탁드립니다. ……아, 오다카 씨, 오래간만이에요. 지금 가와시마 씨와 함께 있는데요……."

미야기시 레이코는 조금 전에 내게 했던 말을 되풀이 했다. 목소리는 그보다 한층 높아졌고, 수화기에는 침이 마구 튀었다.

그녀가 한참 일방적으로 말하고 나자 이번에는 편집장이 말할 차례가 왔다. 그녀가 몹시 분노할 거라고 예상하며 기다렸지만, 의외로 여사는 방긋방긋 미소를 지었다.

"어머, 그래요? 역시 오다카 씨라면 이해해 줄 거라고 믿었어요."

내가 어리둥절한 눈으로 바라보는 가운데 통화는 평화롭게 끝났다.

"편집장님이 당분간 연재를 쉬자고 하는군요. 이제 됐죠?"

승리를 뽐내듯이 미야기시 레이코는 가슴을 쫙 폈다.

그렇다면 됐습니다, 라고 말할 수밖에 없었다. 나는 풀이 죽은 채 미야기시 레이코의 집을 나왔다. 그런데 회사에 돌아가자 편집장이 "이 멍청한 놈아!" 하고 호통을 치는 것이었다.

"너를 보낸 이유가 뭐라고 생각해? 축의금까지 갖다주면서 말이야."

"최종 결론을 내린 사람은 편집장 아니십니까."

"상황이 그러니 어쩔 수 없잖아."

꼴사나운 언쟁을 벌인 뒤 두 사람은 누가 먼저랄 것도 없이 한숨을 쉬었다.

"별수 없지. 일단 다음 호를 어떻게 메꿀지부터 생각해 보자고."

편집장의 이 한마디로 그 건은 미야기시 여사의 일방적인 승리로 끝났다.

미야기시 레이코가 작가로 데뷔한 것은 지금으로부터 3년 전이다. 어느 문학상의 신인상을 수상한 작품이 베스트셀러가 되었고, 그때부터 인기 작가의 반열에 올랐다. 현대적인 감성이 스민 문장과, 지루하지 않은 스토리 전개가 인기의 비결로 알려져 있지만, 내가 보기에는 독자를 젊은 여성으로 한정한 점이 성공의 최대 요인이다. 데뷔 당시 본인이 아직 30세 정도였다는 사실도 독자에게 동료 의식을 심어 주는 효과가 있었던 것 같다. 미야기시가 만일 우중충한 아저씨였다면 아무리 소설이 재미있더라도 지금처럼 잘나가지는 못했을 것이다.

그녀는 집필 동기가 '결혼하고 회사를 그만두니 한가해졌기 때문'이라고 했다. 그러던 것이 이제는 10만 부 정도는 가볍게 팔리는 인기 작가가 되었다. 그래서 지금처럼 제멋대로 굴기도 하는 것이다. 인기 없는 작가가 그런 짓을 했다가는 그대로 출판사와 영영 이별이다.

본인이 말했듯이 미야기시 레이코는 그 후 거의 일을 하지 않았다. 그동안 쓴 작품이라고는 짤막한 에세이 정도다. 그것도 늘 임신과 출산 얘기뿐이었다. 아마 그녀의 머릿속에는 그 생각밖에 없었을 것이다.

그해 말에 미야기시 레이코가 편집부로 엽서를 보냈다. 남자아이를 무사히 출산했다고 알리는 내용이었다. 하지만 곧바로 일을 시작하기는 힘들고, 다음 달부터 연재를 재개하겠다고 적혀 있었다. 편집장 지시가 떨어지기도 전에 나는 그녀에게 축하 전화를 걸었다. 전화를 받은 사람은 그녀의 남편인 모기였다. 여사는 당분간 아기와 함께 친정에서 산후 조리를 한다고 했다. 여사의 친정

집 전화번호를 물었지만 모기는 돼먹지 않게 거드름을 피우며 끝까지 가르쳐 주지 않았다.

"하는 수 없지. 하지만 다음 달부터는 사정을 봐주지 말자고."

편집장이 의지를 불태우듯이 말했다.

하지만 편집장의 그런 기세는 얼마 안 가서 김이 빠지고 만다. 그다음 달이 되자 이쪽에서 재촉하기도 전에 미야기시 여사 쪽에서 원고를 보내왔기 때문이다. 나는 환호작약하며 여사에게 감사의 전화를 했다. 그녀는 자택에 돌아와 있었다.

"무슨 말씀을요. 폐를 끼쳤으니 제가 사과드려야죠."

오랜만에 듣는 그녀의 목소리는 출산을 겪었기 때문인지 예전보다 자못 부드러웠다. 옆에서 '응애응애' 아이 우는 소리도 들렸다.

"아닙니다. 정말 감격했습니다. 조만간 인사를 드리러 갔으면 하는데, 다음 주가 어떨까요?"

"네, 다음 주요? 다음 주는 좀 힘들 것 같은데……."

"그럼 그다음 주는요?"

"음……."

미야기시 레이코가 잠시 생각에 잠기는 듯했다.

"저, 당분간 뵙기 힘들 것 같아요. 왜냐하면······ 아기가 있잖아요."

"아, 네······."

아기를 돌보려고 남편이 회사를 그만둔 것 아니었나? 하지만 오지 말라는데 부득부득 찾아갈 수도 없는 노릇이었다. 그럼 시간이 나실 때 찾아뵙겠다고 말하고 전화를 끊었다.

그 후로도 여사는 매달 마감 전에 또박또박 원고를 보내왔다. 임신 휴업 선언 전에는 이쪽에서 몇 번이나 재촉해도 "아직 영감이 떠오르지 않아서요."라며 질질 끌었으니 엄청난 변화가 일어난 것이다. 엄마가 되었고, 많지는 않아도 꼬박꼬박 가져다주던 남편의 월급이 없어져서 나름의 자각이 생긴 거라고 나는 해석했다.

그런데 출산 후 반년이 지나도 미야기시 여사를 만날 수 없었다. 용건은 전화로 해결했고, 원고는 팩스로 그때 그때 보내왔기 때문이다.

다른 출판사 사람들에게 물어봐도 상황이 비슷한 것 같았다. 오히려 편집자들은 원고가 일찍 도착한다며 좋아했다.

내가 미야기시 여사의 집을 방문하기로 한 것은 8월의

몹시 더운 어느 날이었다. 잡지 연재가 무사히 끝난 지도 2개월이 지나고 있었다. 그 원고를 단행본으로 출간하기 전에 교정지를 전해 줄 목적이었다. 원래는 우편으로 보낼 생각이었지만 아르바이트생이 깜빡하는 바람에 내가 퇴근길에 직접 전하기로 한 것이다.

여사의 집 가까이에서 전화해 지금 곧 방문하겠다고 하자 그녀는 "지금요? 그건…… 곤란해요. 일이 바빠서 말이지." 하며 당황스러워했다. 그런데 그녀의 그런 반응이 내 호기심을 자극했다.

"교정지만 전해 드리면 됩니다. 현관까지만 갈게요. 선생님은 일을 계속하셔도 됩니다."

이렇게까지 말하는데 거절할 수는 없을 것이다. 여사는 잠시 생각하더니 "알았어요. 그럼 남편한테 말해 둘 테니 두고 가세요."라고 내뱉듯이 말했다.

미야시의 집에 도착해 보니 현관 앞에 남편이 나와 있었다. 전보다 한결 야윈 듯하고 눈이 충혈되어 있었다. 가사와 육아가 얼마나 힘든지 말해 주는 듯했다.

"선생님은 잘 계시죠? 상당히 바쁘신 것 같던데요."

"네, 뭐, 그럭저럭 지냅니다. 여기까지 오셨는데 얼굴도 비치지 않아서 죄송합니다."

그는 기운이 없어 보이는 얼굴로 꾸벅꾸벅 고개를 숙였다. 그때 집 안에서 아기 우는 소리가 들렸다. 미야기시 여사의 남편은 잠깐 실례한다며 안으로 들어가더니 잠시 후 아기를 안고 나왔다.

"하하하. 잠시도 눈을 떼지 못한다니까요."

울고 있는 아기의 얼굴은 솔직히, 귀엽다고 말하기 힘들었다. 힘을 잔뜩 주고 있어서인지 마치 게 등딱지처럼 보였다.

"건강이 최고죠."

해도 그만 안 해도 그만인 말을 남기고 그 집을 나왔다.

대문을 나선 후 나는 왔던 길로 가지 않고 집 뒤쪽으로 돌아들었다. 그쪽에 여사의 작업실이 있다는 걸 알고 있었다.

담벼락에 손을 걸치고 까치발을 했다. 안뜰 저편에 커다란 창문이 보였다. 창문에는 흰 레이스 커튼이 드리워져 있었다.

그 커튼 너머로 분홍색 티셔츠를 입은 미야기시 레이코의 모습이 보였다. 오랜만이지만 그다지 변한 것 같지는 않았다. 컴퓨터 앞에 앉아 묵묵히 키보드를 두드리다가 때때로 목을 돌리거나 엉덩이 근처를 북북 긁기도 했다.

'특별한 이상은 없는 것 같군.'

무심코 주위를 둘러보았다. 창문 비스듬히 아래쪽에 놓인 커다란 에어컨 실외기가 붕, 모터 돌아가는 소리를 내고 있었다. 그걸 보자 에어컨 바람이 그리워진 나는 담벼락에서 물러나 집으로 향했다.

아무래도 미야기시 레이코가 대인 기피증에 걸린 것 같다는 소문이 출판계에 파다하게 퍼졌다. 출산한 지 1년이 넘었는데 누구 하나 그녀를 만나지 못했기 때문이다. 아이를 낳은 뒤 엄청난 뚱보가 됐다는 둥 성형 수술에 실패했다는 둥 갖가지 설이 난무했으나 그런 얘기는 나를 포함한 몇몇 편집자에 의해 부인되었다. 놀랍게도 나 이외에도 창문 너머로 그녀를 엿본 사람들이 있었던 것이다. 그중 한 명은 그러다가 동네 아줌마에게 들켜 하마터면 치한으로 몰릴 뻔하기도 했다.

최근에 그녀를 본 사람에 따르면 그녀는 여전히 열심히 일하고 있으며 때때로 일손을 놓고 그동안 조금 자란 아이를 돌보기도 한다고 한다.

"아이를 낳고는 가정적으로 변해서 출판계 사람 같이 괴상한 사람들과는 어울리기 싫어진 거 아닐까?"

그는 자조적으로 말했다. 그리고 "하지만 뭐, 어째. 일만 잘해 주면 우리야 상관없지."라고 덧붙였다.

실제로 일에 관한 한 그녀는 평판이 좋았다. 책도 출산 전과 다름없이 잘 팔렸다.

그러던 어느 날, 나는 말도 안 되는 장면을 목격하고 말았다.

햇살이 좋아 아직 4월이지만 겉옷을 벗고 싶을 정도로 따스한 날이었다. 나는 단행본 견본을 전해 주려고 오랜만에 미야기시 여사의 집을 찾았다. 대문에서 인터폰을 누르고, 언제나 그랬듯이 여사의 남편 목소리가 들리길 기다리고 있었다.

하지만 아무리 기다려도 그 가느다란 목소리는 들려오지 않았다. 오늘 오겠다고 미리 연락까지 했는데 집을 비우다니, 이해할 수 없었다.

집 뒤쪽으로 돌아가 전에 그랬던 것처럼 담 너머로 집 안을 들여다봤다. 역시 창에는 커튼이 드리워져 있었지만, 실내의 모습은 잘 보였다. 미야기시 여사는 방에서 일을 하고 있었다. 전에 봤던 광경과 똑같았다. 다른 점이라면 입고 있는 옷이 봄 분위기가 나는 스웨터로 바뀌었다는 정도랄까.

'집에 있으면서 왜 대답을 안 하지? 혹시 방음 장치를 해서 안 들리는 건가.'

그때 내 눈에 에어컨 실외기가 들어왔다. 아무리 따뜻하다고는 해도 아직 4월인데 실외기가 계속 돌아가고 있었다.

'전기 요금이 아깝지도 않은가?'

가난뱅이 근성이 있는 내가 그런 생각을 하고 있는데 여사가 무슨 낌새를 챈 듯 뒤돌아보더니 빙긋이 웃고는 일단 몸을 살짝 웅크렸다가 일어섰다. 품에는 아기를 안고 있었는데, 아장아장 걸을 정도로 자란 것처럼 보였다.

다시 한 번 인터폰을 누를 심산으로 집 앞으로 돌아오는데 검은색 아우디가 주차장으로 들어서고 있었다. 잠시 후 빼빼 마른 남편이 운전석에서 나왔다.

"죄송합니다. 사고 때문에 길이 막혀서요. 오래 기다리셨죠."

"아닙니다. 방금 왔습니다."

내 말에 그는 어쩐지 안심하는 눈치였다. 자동차 뒷문을 연 그는 좌석에서 하얀 옷을 입은 아이를 안아 내렸다.

"이 아이는 누굽니까?"

"우리 아이예요. 아이들은 참 금방 크죠?"

"네?"

어찌 된 영문인지 알 수 없었다. 그렇다면 아까 여사가 안고 있던 아이는 누구란 말인가. 쌍둥이라는 얘기는 들은 적이 없었다.

"왜 그러십니까?"

어리둥절해하는 내 표정을 보고 그가 불안한 듯 물었다. 그 두려움에 찬 눈이, 아이가 왜 둘이냐고 물어볼 마음을 앗아 갔다.

"아, 아무것도 아닙니다. 아이가 귀엽군요."

적당히 듣기 좋은 말을 내뱉은 후 책 견본을 건네고 그 자리를 떴다. 하지만 그 후로 마음이 영 개운치 않았다.

어느 날 나는 미야기시 레이코가 출산한 병원을 찾아 갔다. 사실은 쌍둥이가 태어났는데 그녀가 어떤 이유에서인지 그 사실을 숨기고 있다고 생각한 것이다. 그런데 내가 미야기시 레이코의 이름을 꺼내자마자 의사의 표정이 굳어졌다.

"왜요, 무슨 문제라도 있나요?"

싸울 듯이 덤벼드는 그 태도가 오히려 의구심을 불러 일으켰다. 그래도 나는 미야기시 선생의 산후 상태는 어떠나는 둥 일단 무난한 질문을 꺼냈다. 하지만 의사는 뭔가 못마땅한 듯이 점점 퉁명스러운 태도로 나왔다. 그리고 마침내는 시비를 걸러 오셨냐며 화를 내기까지 했다. 당황스러운 나머지 그대로 물러 나왔지만, 아무래도 병원에 뭔가 있는 것 같다는 생각을 지울 수 없었다.

나는 병원 주변 사람들에게 얘기를 들어 보기로 했다. 그 결과, 실로 흥미로운 정보를 얻게 되었다. 그 병원을 아는 중년 아줌마들이 입을 모아 하는 말이 그 의사는 실력이 없다는 것이다. 규모가 크고 현대적인 건물에 현혹되기 쉽지만 사실은 이미 몇 명이 죽었다고 했다. 다른 병원에 갔으면 살아났을 거라고도 했다. 어쩐지 불길한 예감이 들었다.

하지만 미야기시 여사와는 상관없는 일이라고 여겼다. 여전히 왕성하게 일을 하고 있으니 말이다. 게다가 의사가 실력이 없다는 것과 아이가 두 명이라는 사실은 아무리 생각해도 연결 고리가 없었다.

'대체 무슨 일이 있었던 거지.'

궁금했지만 일단 그 문제에서 손을 떼기로 했다. 그러다 그 일에 다시 관심을 두게 된 건 어느 경제 신문에 난 기사 때문이었다. 그 기사를 본 순간, 머리 한구석에 달라붙어 있던 뭔가가 툭 떨어져 나가는 느낌이 들었다. 하나의 가설이 확신처럼 떠올랐다.

나는 친구의 휴대 전화를 가지고 미야기시 여사의 집으로 향했다. 그날은 여느 때와 달리 인터폰을 누르지 않고 곧장 집 뒤쪽으로 갔다.

몸을 쭉 늘여 담장 안을 들여다보니 평소처럼 자리에 앉아 있는 여사의 모습이 보였다. 그걸 확인한 뒤 휴대 전화로 미야기시 여사의 집에 전화를 걸었다. 전화를 받은 사람은 그녀의 남편이었다.

"요쓰바 출판사의 가와시마입니다. 미야기시 선생님 계십니까?"

"아, 네. 잠시 기다리세요."

나는 창문으로 그녀를 바라보며 기다렸다. 그러나 그녀의 남편은 그녀를 부르러 오지 않았다. 그녀의 방으로 전화를 연결하는 것 같지도 않았다. 그리고 잠시 후 "안녕하세요. 기다리시게 해서 죄송해요." 하는 여사의 목소리가 수화기에서 흘러나왔다.

"네, 가와시마입니다. 일은 잘 되고 있으신지요?"

"아유, 여전히 바빠요. 그 출판사 원고는 좀처럼 쓰기 어렵네요."

"거참, 아쉽군요."

창문을 통해 보이는 미야기시 여사는 시종일관 변함없는 자세로 일하고 있었다. 그렇다면 나는 지금 대체 누구와 통화하고 있단 말인가.

적당히 얘기를 나누다가 전화를 끊고 미야기시 레이코의 집을 뒤로했다. 돌아오는 전철 안에서 나는 오려 둔 예의 경제 신문 기사를 꺼냈다. 거기에는 과거 미야기시 레이코의 남편이 근무했던 회사에서 가정용 고해상도 초대형 디스플레이를 개발했다는 내용이 실려 있었다.

솔직히 말해서 나는 편집자로서의 내 능력에 자신감을 잃고 말았다. 중간에 필자가 바뀌었는데도 전혀 눈치채지 못했으니 말이다. 하지만 그건 다른 편집자들도 마찬가지 아닌가. '매우 여성스러운 섬세한 묘사'라느니 하는 비평을 쓴 평론가들도 나와 다를 것이 없다.

그건 그렇고, 여사의 남편은 정말 대담한 짓을 저질렀다. 여사는 아마도 그 실력 없는 의사 때문에 죽었을 것이다. 요즘엔 출산 중에 죽는 경우가 거의 없다고 하지만 실은 그렇지도 않은 모양이었다.

여사의 남편은 병원과 결탁해 여사가 죽지 않은 것으로 꾸미기로 했음이 분명하다. 병원으로서도 평판이 더 나빠지는 일을 피하고 싶어 여사 남편의 제안을 기꺼이 받아들였을 것이다.

그런데 남편은 왜 그런 일을 꾸몄을까. 아마도 지금의 생활을 유지하고 싶어서 그랬을 것이다. 여사가 죽으면 수입이 없어지고 만다. 그는 자기가 대신 소설을 쓰고, 그걸 미야시 레이코의 이름으로 발표하기로 했을 것이다.

문제는 어떻게 해서든 여사가 여전히 살아 있는 것처럼 보여야 한다는 점이었다. 일단 전화는 변조기를 사용해 자신의 목소리를 여사의 것처럼 들리도록 했을 것이다. 생각해 보니, 내가 말한 후 그녀가 대답하기까지는 늘 조금씩 틈이 벌어져 있었던 것 같다.

그리고 창문을 통해 본 광경은 기사에 나온 초대형 디스플레이를 이용했을 것이다. 그는 전에 다니던 직장의 동료에게 부탁해 시제품 따위를 빼냈을 것이다.

그럼 여사의 모습이 모두 컴퓨터 그래픽이었단 말인가. 아이의 모습까지 만들어 둔 걸 보면 굉장히 빈틈없는 녀석이다.

이로써 에어컨의 수수께끼도 풀렸다. 초대형 디스플레이와 컴퓨터를 계속 사용했으므로 열이 많이 났을 것이다. 그 열을 식히려고 에어컨을 계속 켜 둔 것이다.

그건 그런데, 그 남편에게 그런 글솜씨가 있었다니.

바로 그 대목에서 머릿속에 번쩍 스치는 생각이 있었다.

사실은 예전부터 남편이 글을 쓰지 않았을까. 그런데 젊은 여류 작가가 썼다고 하면 더 잘 팔릴 것 같으니까 여사가 쓴 것으로 하지 않았을까.

그렇게 생각하자 앞뒤가 맞아떨어졌다. 최근 들어 마감 시간을 제대로 지키게 된 것은 회사를 그만둬서 집필에 전념하게 되었기 때문이다.

"그래서?"

내 얘기를 들은 편집장이 퉁명스럽게 물었다.

"그게 어쨌단 말이야?"

"어쨌다는 게 아니라……, 놀랍지 않으세요?"

"놀랍군."

"그렇죠?"

"하지만 그 일이 우리랑 무슨 상관이야?"

"……."

"우리에게 필요한 건 작가 미야기시 레이코라는 딱지야. 독자는 그 딱지가 붙어 있으면 책을 사지. 미야기시 레이코가 정말로 누구인지는 그들에게 아무 상관이 없어. 알겠나?"

"알겠습니다."

"그럼 가서 일해."

편집장은 내 책상을 가리켰다.

나는 편집장의 말을 수긍하며 내 자리로 돌아갔다.

맞아, 그런 거야.

미야기시 레이코가 사실은 그 모기였다는 사실이 밝혀지면 독자들은 나를 죽이려 들지 모른다.

덮자, 하고 생각했다.

그로부터 몇 년이 흘렀다. 미야기시 레이코의 책은 지금도 꾸준히 팔려 나간다. 하지만 그녀의 근황을 언급하는 사람은 출판계에 없다. 가끔 초보 편집자가 파티에서 "얼마 전에 처음으로 선생님의 모습을 창문을 통해 봤습니다. 깜짝 놀랐어요. 데뷔 당시의 사진과 모습이 거의 변하지 않았더군요."라고 말하는 정도다. 그럴 때면 나 같은 베테랑 편집자는 곧바로 돌아서서 다른 사람과 얘기를 나눈다.

여류 작가 ●

살의 취급 설명서

간다(헌책방이 밀집한 도쿄의 동네 이름-옮긴이)에는 곧잘 가지만, 헌책방에 들른 적은 지금까지 한 번도 없다. 누구의 소유였는지도 모를 책을 장갑도 끼지 않고 만진다는 게 상상만으로도 싫었기 때문이다. 무엇보다 요즘엔 책을 거의 읽지 않는다. 활자를 읽는 경우는 구인 정보지를 볼 때 정도다. 최근 1, 2년간은 서점의 신간 코너에서조차 발길이 멀어졌다.

그런데 웬일인지 그날만은 휘적거리며 그 헌책방에 들어가고 말았다. 라면집 옆에 있는 좁은 가게다. 낡고 바래고 지저분한 책들이 입구까지 쌓여 있어서 자칫하다가는 얼마 전에 산 치마가 더러워질 것 같았다.

헌책방 안에는 남자밖에 없었다. 책장에 꽂혀 있는 책들을 유심히 들여다보는가 하면, 뽑아 들고 읽기도 했다. 각자 자신만의 세계에 빠져 다른 사람은 눈에 들어오지도 않는 듯했다. 오타쿠들이라고 생각했다. 책 오타쿠들.

무슨 책인지 하나하나 들여다보기도 싫증이 날 정도로 즐비하게 꽂혀 있는 책등을 바라보면서, 이런 곳에 더 있을 필요가 없다는 생각이 들었다. 이런 데서 도대체 뭘 찾겠다는 건가. 여기는 이 세상에서 나와 인연이 가장 먼 곳이다.

하지만 나는 왜 그런지 그곳을 나올 수 없었다. 이 헌책방 앞을 지나가다가 여기는 뭔가 있을 것 같아서 들어왔다. 뭔가가 나를 불렀다.

나는 산더미 같은 책을 멀거니 바라봤다. 이곳의 무엇이 나를 끌어당겼을까.

잠시 그러고 있다가 마음속으로 스스로를 비웃었다. 바보 같기는. 도저히 빠져나갈 길이 없는 막다른 골목에 몰린 나머지 이상한 환상을 품은 것이 분명하다.

나가자. 나가서 쓴 커피라도 마시는 게 백배 낫다.

그렇게 결심하고 밖으로 나가려는 순간 그 책이 눈에 들어왔다.

그 책은 출구에서 제일 가까운 책장의 첫째 단에 꽂혀 있었다. 두께는 1센티미터 정도. 겉표지도 달아나고 없는 하얀색 책이었다.

살의(殺意) 취급 설명서.

제목이 그랬다. 하지만 그 글자도 상당히 닳아서 자세히 들여다보지 않으면 읽기 힘들었다. 왜 그 책에 눈길이 갔는지는 나도 잘 모르겠다.

정신을 차리고 보니 그 책을 사서 헌책방을 나오고 있었다. 책을 계산대에 놨을 때 헌책방 주인이 잠시 의미심장한 표정으로 내 얼굴을 본 것 같기도 하다. 하지만 그는 지극히 사무적인 목소리로 "천육십 엔입니다."라고 말했을 뿐이다.

1,060엔. 재미 삼아 쓰기에 적당한 금액이다.

비좁은 원룸에 돌아와 간단히 저녁을 때우고 사 온 책을 테이블 위에 놓았다. 살의 취급 설명서. 정말 이상한 제목이다. 생각해 보니 소설인지 수필인지도 모른 채 사 버렸다. 설마 실용서는 아니겠지.

그런데.

책의 제1장에 다음과 같은 문장이 씌어 있었다.

'살의는 누구에게나 쉽게 생길 수 있습니다. 그러나 그 사용 방법에 관해서는 올바른 지식이 널리 알려져 있지 않은 실정입니다. 어설픈 지식으로 사용할 경우 매우 비참한 결과를 낳을 수도 있습니다. 이 책은 처음으로 살의를 사용하려는 분이 안전하고 올바르게 살인을 실행하

는 방법을 알려 드립니다. 다 읽으신 후에는 목적을 달성할 때까지 소중히 보관하시기 바랍니다.'

그다음 페이지를 넘겨 보았다. 목차가 적혀 있었다.

목차

"으, 이게 뭐야!"

나도 모르게 책을 팽개쳐 버렸다.

그건 소설도 수필도 아닌, 말 그대로 취급 설명서였다. 어쩌다 쓸데없는 물건을 사 버렸네.

자랑은 아니지만, 나는 취급 설명서를 엄청 싫어한다. 비디오건 스테레오건 전자 제품을 사면 취급 설명서가 반드시 따라오는데, 그런 걸 제대로 읽어 본 적이 없다. 스위치를 적당히 만지작거리면서 기본 조작법을 대충 마스터하는 것이 내가 전자 제품과 사귀는 나름의 방식이다. 그래서 고성능 기계를 들여놓고도 그 성능을 10분의 1도 활용하지 못한다는 말을 친구들에게 듣는가 보다.

내가 취급 설명서를 읽지 않는 이유는 두 가지다.

우선, 마음을 잡고 읽어도 반드시 도중에 뭐가 뭔지 알 수 없게 된다. 그리고 내가 모르는 단어나 의미가 명확하지 않은 용어가 나오면 짜증이 난다. 2년 전에 산 노트북 컴퓨터를 한 번도 사용하지 않고 벽장 속에 처박아 둔 이유도 그 때문이다.

취급 설명서를 읽지 않는 또 하나의 이유는 거기에 거짓말이 적혀 있기 때문이다. 나도 몇 번인가 기계가 제대로 작동하지 않아서 취급 설명서를 읽어 본 적이 있다. 그러나 단 한 번도 만족스러운 결과를 얻지 못했다. 그 좋은 예가 비디오 예약 녹화다. 아무리 취급 설명서대로 해도 녹화가 되지 않았다. 그래서 불안한 나머지 꼭 녹화하고 싶은 프로그램이 있을 때는 그 프로그램이 방송되는 시각에 텔레비전 앞에 앉아 비디오가 제대로 작동하는지 지켜봐야 했다. 그래서는 예약의 의미가 전혀 없지 않은가. 화를 내다가 내린 결론은 '취급 설명서에는 거짓말이 씌어 있다'라는 것이었다.

나는 사 온 책을 내팽개치고 텔레비전을 보려고 리모

컨을 눌렀다. 하지만 채널을 여기저기 돌려 봐도 시시한 드라마나 뉴스, 맛집 탐방 프로밖에 나오지 않아서 금방 꺼 버렸다. 그리고 다시 팽개쳤던 책을 바라봤다.

생각해 보면 참으로 묘한 책이다. 살의라는 것은 각자가 마음속에 품는 것이고, 그것에 의한 충동으로 범행에 이르게 된다고 생각해 왔다. 전자 제품처럼 스위치를 켜고 끄거나 손잡이를 돌려 조정하는 것은 아닐 터였다.

그 책을 다시 한 번 집어 들었다. 그리고 '준비'라는 제목이 붙은 페이지를 펼쳤다. 거기에는 다음과 같이 적혀 있었다.

대상을 확실히 합니다.

죽일 상대를 한정하세요. (복수의 경우에는 모드 2 참조.) 그 일이 끝나면 상대와 자신의 관계를 명확히 하세요.

나는 책에서 고개를 들었다. 야구치 이쿠미의 화려한 얼굴을 떠올렸다.

이쿠미는 여대를 다니던 시절에 알게 된 친구다. 지금 와서 생각해 보면 더없이 어리석은 짓이었지만, 그녀를 친구라고 생각한 시기가 있었다. 그러나 그건 나만의 착각이었고 그녀는 나를 이용할 생각만 했다. 이제는 그걸 안다.

책을 좀 더 읽어 봤다. '살의의 개요와 기본 조작'에는 살의가 싹트는 메커니즘과, 함부로 살의를 품어서는 안 된다는 주의 사항이 적혀 있었다. 설교조여서 그 부분은 읽다가 건너뛰었다.

다음은 '살의의 초기화'다.

초기화하십시오.

오랫동안 괴로워하다 보면 증오심만 남고 대체 왜 살의를 품었는지 불확실해지기도 합니다. 이런 경우, 처음으로 살의를 품었을 때를 회상하고 마음을 정리하세요.

그러네, 하고 나는 생각했다. 최근에는 이쿠미의 행동을 떠올리기만 해도 증오심이 들끓어서, 무엇 때문에 그녀를 용서할 수 없는지조차 알 수 없게 되었다.

좋아, 살의를 초기화해 보자. 나는 과거의 기억을 더듬었다.

계기는…… 오가타 요이치였다.

나와 요이치는 한 회사에 다니고 있었다. 원래는 부서

도 같았다. 그래서 우리 둘은 친해졌고, 마침내 연인으로 불리게 되었다. 장래를 확실히 약속하지는 않았지만 그와 결혼하고 싶다고 생각했다. 그 사람 역시 그랬을 것이다. 회사 사람이라면 누구나 우리 관계를 알고 있었다. "식은 언제 올려?" 그런 질문을 수없이 받았다.

관계가 틀어진 것은 이쿠미 따위에게 그를 소개했기 때문이다.

어느 날 밤, 둘이서 술을 마시다가 이쿠미가 갑자기 내 애인을 소개해 달라고 했다. 지금 당장 불러내라는 것이었다. 그를 귀찮게 하고 싶지 않았지만, 이쿠미의 다음과 같은 말에 마음이 움직였다.

"정말로 너한테 빠졌다면 언제라도 달려오게 돼 있어."

갑작스럽다며 응하지 않는다면 그건 상대가 너를 중요한 존재로 여기지 않는다는 증거라고 주장했다. 나는 발끈해서 "그럼 전화해 볼게."라고 말했다.

내가 전화하자 요이치는 싫어하기는커녕 오히려 기쁜 내색을 했다. 약 30분 후 그가 나타났을 때는 이쿠미에게 승리했다는 생각에 도취되었다.

그러나 그게 잘못이었다. 이쿠미가 학창 시절부터 마음에 드는 남자는 반드시 자기 것으로 만들고야 말았다는 것을 기억했어야 했다. 그리고 경계했어야 했다. 요이치가 잠시 자리를 비웠을 때 이쿠미는 내 귀에 대고 속삭였다.

"멋진 남자네. 부럽다."

그런데 나는 너무 들뜬 나머지 거기다 대고 요이치의 장점을 주절주절 늘어놓았다. 심지어 그가 부잣집 아들이라는 사실까지.

요이치는 워낙 친절한 사람이다. 그건 그의 장점인 동시에 단점이기도 했다. 그 점도 나는 주의했어야 했다. 질투라고 여겨져도 좋으니, 이쿠미가 그에게 "골프 좀 가르쳐 주세요."라고 부탁했을 때 "나도 같이 배울래."라고 말했어야 했다. 하지만 그러지 못했다. '멋진 남자를 빌려준다'는 기분에, 우월감에 빠져 있었던 것이다. 이쿠미가 속으로 입맛을 다시고 있다는 것도 모른 채. 정말 바보였다.

변화는 그로부터 한 달쯤 뒤에 나타났다. 나를 대하는 요이치의 태도가 묘하게 어색해지기 시작했다. 나랑 있으면 몹시 거북해하는 것이었다. 그리고 이쿠미에게 소개한 지 3개월 만에 그는 주뼛거리며 내게 이별을 통보했다. 아닌 밤중에 홍두깨란 바로 이런 경우를 두고 하는 말일 것이다.

이유를 묻자 이쿠미와의 관계를 털어놓았다. 그녀가 몇 번인가 골프에 초대했고, 함께 플레이하는 동안 그녀에게 빠져들었다고 했다. 나는 그의 말을 믿지 않았다. 그가 빠져든 것이 아니라 이쿠미가 유혹했을 것이다.

나는 울면서 이쿠미에게 항의했다. 그러자 그녀가 곤혹스러운 표정을 지으며 말했다.

"네게는 정말 미안해. 하지만 그가 나를 선택한 이상 어쩔 수 없잖아. 너도 마음이 떠난 남자를 붙들고 있어 봐야 행복하지 않을 거야."

그 말에 내가 불같이 화를 내자 "네게 그를 독점할 권리는 없잖아. 아내도 아닌데."라고 뻔뻔하게 나왔다.

나는 어떻게든 요이치의 마음을 돌려 보려고 애썼다. 하지만 이쿠미가 뒤에서 조종하고 있어선지 끝내 그는 다시 생각해 보겠다는 말을 하지 않았다.

나와 그의 관계가 틀어졌다는 사실이 회사에도 알려졌다. 사람들은 나를 멀찍이서 둘러싸고 동정과 호기심에 가득 찬 눈으로 바라봤다. 노처녀 선배 하나는 노골적으로 동정의 말을 하기도 했다. 그런 호박한테까지 "같이 좋은 남자를 찾아보자." 따위의 말을 듣고 싶지는 않았다.

그리고 며칠 전, 인사이동이 있었다.

예상치 않게 나는 다른 부서로 발령을 받았다. 지루하고 눈에 띄지 않는 부서로, 이렇다 하게 하는 일이 없는 곳이다. 그 부서 직원 대부분은 정년이 얼마 남지 않은 남자들이었다.

왜 그런 곳으로 나를 보냈을까. 이유는 분명했다. 우리 회사에서는 사내 결혼을 하는 경우 여자 쪽을 다른 부서로 보내는 게 관례인데, 그건 사귀다 헤어졌을 때도 마찬가지였다.

나는 전에 있던 부서가 마음에 들었다. 업무 자체는 남자 사원을 보좌하는 것이어서 일을 직접 기획한다거나 거래를 맡지는 않았지만, 무엇보다 화려한 분위기에서 일할 수 있었다. 유명인들을 만나기도 했고, 때로는 사람들을 접대하기도 했다. 회사의 꽃이라며 다들 나를 추어올렸다.

그랬는데 이제는 촌스러운 사무복을 입고 커피를 타거나 송년회 일정을 짜야 했다. 그 송년회로 말하자면 상상하는 것만으로도 우울하다. 여성 참가자는 나 혼자뿐이고 늙어 빠진 아저씨들과 온천 여행을 가는 것이니 무슨 즐거움이 있을까.

나는 회사를 그만두기로 결심했다. 그래서 최근에는 구인 정보지를 자주 보았다. 하지만 불경기여서 조건이 좋은 회사를 찾기 힘들었다. 이럴 거면 차라리 물장사를 할까도 생각해 봤지만, 그런 곳에서 일하다가 만일 아는 사람이라도 만나면 나를 어떻게 생각하겠는가. 비웃음거리가 되고 싶지는 않았다.

아아! 아아! 내가 왜 이런 생각까지 해야 한단 말인가. 그러니까 이쿠미는 나쁜 년이다. 그녀가 나의 요이치를 빼앗아 갔기 때문에 불행이 줄지어 몰려온 것이다. 그런 년은 죽어야 한다.

조금 희미해졌던 증오심이 생생하게 되살아났다. 지금 당장 죽여 버리고 싶다. 참을 수가 없다.

나는 책을 덮고 일어나서 좁은 방 안을 이리저리 왔다 갔다 했다. 이쿠미를 어떻게 죽일까, 그 생각에만 몰두했다.

다음 날 점심시간에 회사 근처 가게에서 식칼을 샀다. 물론 옷을 갈아입고 안경도 바꿔 썼다. 머리 모양까지 바꾸어 변장했다.

밤이 되자 이쿠미가 사는 아파트 주차장으로 가서 먼

저 옷 위에 검은 트레이너를 걸쳤다. 그러면 옷에 피가 튀어도 눈에 띄지 않을 것이다. 그리고 주차장의 자동차들 사이에 몸을 숨겼다. 이쿠미는 매주 한 번 영어 회화 교실을 다닌다. 주제넘게 자가용으로 말이다. 그나저나 돌아올 때가 됐는데.

그때 자동차 엔진 소리가 들리더니 빨간 승용차가 주차장으로 들어왔다. 이쿠미의 차다. 후진으로 세우고 나서 시동이 꺼졌다. 나는 식칼을 꽉 쥐었다. 손에서 땀이 흘렀다.

차 문이 열리고, 줄무늬 스타킹을 신은 쭉 빠진 다리가 나타났다. 뒤이어 이쿠미가 모습을 드러냈다. 그녀가 차 문을 닫고 가방을 어깨에 멘 후 씩씩하게 걸음을 내디뎠다. 하이힐이 또각거리는 소리가 주차장에 울려 퍼졌다.

나는 식칼을 쥔 손에 한껏 힘을 주고 달려 나가려고 했다. 그런데 다리가 움직이지 않았다. 이 바보야, 뭘 꾸물거려. 서두르지 않으면 타이밍을 놓친단 말이야!

하지만 나는 끝내 그 자리에서 꼼짝하지 못했다. 이쿠미의 등짝이 아파트 안으로 사라지는 모습을 확인하고서야 꾸물꾸물 일어섰다. 식칼 손잡이가 땀으로 축축했다.

집에 돌아와서도 한동안은 멍했다. 그토록 굳게 결의

를 다졌건만, 결정적인 순간에 뒷걸음질 친 자신이 한심했다.

예의 살의 취급 설명서를 다시 꺼냈다. 어제는 '살의의 초기화'까지만 읽었었다. 나는 뒤에 나오는 '조정'이라는 항목을 읽어 봤다. 그리고 아아, 그래서 실패했구나, 하고 깨달았다.

거기에는 다음과 같은 글이 씌어 있었다.

살의를 초기화함으로써 상대를 증오하기 시작했을 때의 감정을 되찾았다면, 다음으로 그 느낌을 조정합니다. 이 순서를 생략하면 막상 범행을 저질러야 할 때 기가 꺾이거나, 설령 범행에 이른다고 해도 함부로 덤비다가 어처구니없는 실수를 저지르게 됩니다.

그렇구나. 이 대목을 읽었다면 아까 같은 실수를 하지 않았을 텐데. 책에서 말하는 조정 단계는 다음과 같았다.

살의의 정도가 다음 중 어느 레벨인지 생각해 본 후 그 지시에 따르세요.

레벨 1. 상대를 죽일 수 있다면 자신은 죽어도 좋다. ☞ 23쪽

레벨 2. 상대를 죽이기만 한다면 체포되어도 좋다. ☞ 24쪽

레벨 3. 체포되는 것은 싫지만 약간의 불행은 각오한다.

　　　☞ 26쪽

레벨 4. 자신은 아무 고통 없이 상대를 죽이고 싶다. ☞ 30쪽

당연히 레벨 4지. 30쪽을 펼쳤다. 거기에 적힌 내용을 읽고 나는 조금 충격을 받았다.

레벨 4로는 살의가 부족합니다. '살의의 증가'(다음 쪽)나 '범행 포기'(153쪽) 중 하나를 선택하세요.

그래? 나는 한숨을 쉬었다. 자신은 아무런 고통도 없이 상대만 죽이겠다는 건 너무 자기중심적인가. 생각해 보니 그런 것도 같았다. 그럼 레벨 1은 아무 문제가 없을까 싶어 23쪽을 펼쳐 봤다.

레벨 1은 충동 살의가 지나칩니다. 아래의 수순을 밟아 냉정해지세요.

　1. 죽으면 아무것도 이룰 수 없다는 사실을 자각한다.

　2. 최악의 경우 자신은 죽고 상대는 살아남을 수도 있다고

생각해 본다.

그래, 아무리 살의가 넘쳐도 냉정을 잃으면 안 되겠지.
역시 조정이 필요한 것이다.

어쨌든 나는 범행을 포기하고 싶지 않아 31쪽, '살의의
증가'를 펼쳤다.

〈살의의 증가〉

만일 범행에 이르지 못했다면 상대가 행복해지는 광경을 상
상하세요.

만일 죽이지 못한다면…… 행복해지겠지, 이쿠미는.
요이치네 집은 부자다. 결혼하면 집을 사 줄 것이다. 그
것도 월급쟁이는 평생 일해도 살 수 없는 호화 저택을.
가사 도우미도 한두 명 고용할 테니 이쿠미는 가사를 돌
보지 않아도 될 것이다. 물론 회사도 그만두겠지. 예쁘게
차려입고 파티에 가거나, 자신과 마찬가지로 돈 많은 부
인들과 사치 경쟁을 벌일 것이다. 해외여행도 즐길 것이
다. 그것도 하와이 4박 6일 따위가 아니라 세계 일주나
'파리 한 달 살기' 같은 여행을 말이다. 이런, 빌어먹을.

그게 모두 내 것이었는데, 내가 손에 넣을 수 있었는데. 그걸 그녀가 가로챘다. 그 멍청한 것이. 머리는 텅 비고, 가슴이 크다는 것밖에 내세울 게 없는 주제에.

해외여행을 생각하다 보니 그녀의 신혼여행이 연상되었다. 어디로 갈지는 모르겠지만 그녀는 보나마나 신혼여행 사진을 엽서에 인쇄해서 지인들에게 뿌릴 것이다. 자신이 승리했다는 걸 과시하려고. 그렇게 썩어 빠진 성격이다.

죽이고 싶다. 죽이지 못하면 분이 풀리지 않을 것이다. 이쿠미를 죽일 수만 있다면 약간의 희생은 각오해야 하지 않을까.

거기까지 생각이 미쳤을 때, 이건 레벨 3에 해당한다고 느꼈다. 레벨 3은 26쪽이다. 펼쳐 봤다.

레벨 3은 범행에 적합한 상태입니다. '살의의 관리'(87쪽)를 정독한 후 '살의의 발휘'(99쪽)로 가세요.

좋아, 이걸로 살의의 조정은 끝난 모양이다. 그러고 보니 이쿠미를 죽이고 싶다는 마음이 부글부글 끓어오르는 것 같다. 그런데도 머리는 냉정하고, 아무것도 두려워

살의 취급 설명서 ●

하지 않겠다는 각오가 생겨났다.

지시에 따라 87쪽을 펼쳤다. 그리고 나는 그만 얼굴을 찡그렸다.

〈살의의 관리〉

살의를 유저 관리 모드로 바꿉니다. 제어할 수 없는 경우에는 일단 레벨 업 한 후 멀티 모드로 레벨 다운 하세요.

뭐냐, 이거.

왜 갑자기 이렇게 어려운 단어들이 나오는 거지.

책 맨 뒤에 있는 용어 해설 페이지를 찾아 봤다. '유저 관리 모드'에 관해 이렇게 설명되어 있었다.

'살의를 조작 가능한 상태로 만드는 것. 정신 조작 항목 참조.'

무슨 말인지 모르겠다. '정신 조작'이라는 항목은 책을 아무리 뒤져 봐도 찾을 수 없었다.

뭐, 모를 수도 있지, 라고 생각하고 '살의의 관리'를 좀 더 읽어 보려 했지만, 의미를 알 수 없는 단어들이 너무 많이 나와 곤혹스러웠다. 별로 중요한 내용 같지 않아서 건너뛰기로 했다. '살의의 관리' 마지막 부분에는 다음과 같은 내용이 적혀 있었다.

　살의의 레벨을 유지하는 것은 매우 중요한 일이니 반드시 관리 항목을 체크한 뒤 범행에 들어가세요.

　음, 역시 이 부분이 중요한가 보다고 생각했다. 하지만 항목이 너무 많아 다 읽자니 갑갑해서 혹시 문제가 생기면 다시 읽기로 하고 '살의의 발휘'로 넘어갔다. 99쪽이다.

　〈살의의 발휘〉
　레벨이 안정되었는지 확인한 후 다음 지시에 따라 살의를 발휘합니다.
　1. 발휘 계획 입안 ☞ 112쪽
　2. 발휘 방법 선택 ☞ 121쪽
　3. 사후 처리 ☞ 130쪽

　각각의 항목을 눈으로 대충 훑었다.

　금요일 밤. 이쿠미의 아파트 근처에서 전화를 걸었다.
　"볼일이 있어서 이 근처에 와 있는데, 지금 찾아가도

될까?"

"이렇게 늦게?"

이쿠미는 노골적으로 싫은 티를 냈다.

"잠깐이면 돼. 금방 돌아갈 거야. 그럼 조금 이따 보자."

그녀가 뭐라고 대답하기 전에 나는 전화를 끊어 버렸다.

나를 본 그녀는 전혀 반갑지 않다는 표정을 지었다.

"나, 내일 아침 일찍 약속이 있어."

"어머, 그렇구나. 요이치 씨랑 데이트하니?"

이쿠미는 대답하지 않았다. 나는 신발을 벗고 집 안으로 들어갔다. 현관에 검은 하이힐이 놓여 있었는데, 요이치가 좋아하는 스타일이다. 그래서 나도 한 켤레 갖고 있다.

"와인을 사 왔어. 잔 좀 내올래?"

사 들고 온 화이트 와인을 그녀에게 보였다.

"나는 지금 별로 마시고 싶지 않은데."

"그러지 말고 같이 마시자."

이쿠미는 마지못해 와인 잔을 두 개 꺼내 왔다. 병을 따고 와인을 잔에 따랐다.

"이쿠미와 요이치를 위하여 건배!"

나는 와인 잔을 치켜들었다.

"지금 비꼬는 거야?"

이쿠미가 나를 힐끗 노려봤다.

"그럴 리가. 진심이야. 이젠 하나도 신경이 안 쓰이는걸."

"그렇다면 다행이지만."

이쿠미는 혀로 핥듯이 와인을 마셨다.

아무러면 신경이 안 쓰이겠니? 하고 나는 마음속으로 중얼거렸다.

한동안 말없이 와인을 마시다가 이쿠미가 자리를 떴다. 이때를 애타게 기다리고 있었다. 가방 속에 감춰 온 흰색 독약을 그녀 잔에 털어 넣었다. 마시면 몇 분 안에 죽는 강력한 독약이다. 그러고서 시침을 떼고 다시 와인을 마셨다.

이쿠미가 돌아왔다. 손에 조그만 상자 같은 걸 들고 있었다.

"너한테 줄 게 있어. 여태 기회가 없어서 주지 못했지만."

"뭔데?"

빨리 와인이나 마셔! 하고 속으로 외치며 물었다.

"한번 열어 봐."

그녀 앞에 놓인 와인 잔에 신경을 쓰면서 상자를 열었

다. 안에 들어 있는 물건은 금 브로치였다. 중세 기사가
지니고 다녔음 직한 칼 모양이었다.

"우정의 검이라는 거야."

살짝 치뜬 눈으로 나를 보며 그녀가 말했다.

"나, 네게 정말 몹쓸 짓을 했어. 요이치에게 프러포즈
를 받았을 때 얼마나 고민했는지 몰라. 너와의 우정을 깨
고 싶지 않았거든."

흥, 무슨 개소리야. 내가 그따위 말에 속을 줄 알아!

이쿠미가 고개를 숙였다.

"하지만 그를 사랑하는 마음을 나도 어쩔 수 없었어.
미안해."

"사과할 필요까지는 없는데. 내가 그 사람 아내도 아닌
데 독점할 권리가 있느냐고 네가 그랬잖아."

"너무 심한 말을 한 것 같아."

이쿠미는 고개를 푹 꺾었다. 그리고 잠시 후 다시 고개
를 들었다.

"하지만 믿어 줘. 진심이 아니었어. 내 손으로 우정에
종지부를 찍으려고 그런 말을 한 거야. 그러는 편이 서로
에게 좋다고 믿었거든. 하지만 역시 너를 잃고 싶지 않아.
그래서 네게 주려고 이걸 샀어. 내가 너무 멋대로인 건 알

지만······."

이쿠미가 눈물을 흘리기 시작하자 나는 당황스러웠
다. 그녀가 우는 모습을 학창 시절부터 여러 번 봐 왔지
만, 그것은 반드시라고 해도 좋을 만큼 죄다 거짓 울음이
었고 진짜로 눈물을 흘리는 일은 없었기 때문이다.

"이쿠미······."

"미안해. 정말 미안해."

그녀가 흐느껴 울었다.

"용서해 줘. 제발 부탁이야."

용서하지 않을 거야. 그런 소리가 내 안에서 들려왔다.
하지만 그건 아주 작은 소리였다. 오히려, 어쩔 수 없잖
아, 라는 생각이 싹트고 있었다.

이쿠미가 와인 잔으로 손을 뻗었다. 그녀의 손이 잔에
닿기 전에 나는 내 잔을 집어 드는 척하며 그녀의 잔을
밀어 넘어뜨렸다. 독이 든 와인이 바닥에 쏟아졌다.

집에 돌아오니 후회스러웠다. 아무래도 이쿠미에게
당했다는 생각이 들었다. 그녀는 옛날부터 거짓으로 우
는 데 선수였다. 그 기술을 갈고닦아 이제는 눈물까지 자
유자재로 흘리게 된 것 아닐까.

이쿠미가 준 브로치도 자세히 보니 어쩐지 싸구려 티가 난다. 더구나 우정의 검이란 말은 들어 본 적도 없다. 생각하면 생각할수록 그냥 돌아온 게 분했다.

왜 제대로 살의를 발휘하지 못했을까. 그따위 말에 넘어가다니, 내가 어떻게 된 게 분명하다.

살의 취급 설명서를 다시 찾아봤다. 끝부분에 '문제 해결' 항목이 있었다. 전자 제품이 고장 났을 때 대응하는 요령과 비슷한 내용이 적혀 있다. 그중에는 이런 것도 있었다.

증상 : 생각만큼 살의가 생기지 않아 도중에 좌절하고 말았다.

원인 :

1. 정신이 집중되지 않는다.

   (대처법―정신을 집중한다.)

2. 사실은 상대가 그다지 밉지 않았다.

   (대처법―범행을 포기한다.)

3. 제대로 조정되지 않는다.

   (대처법―살의를 관리한다.)

역시. 지난번에 읽다가 건너뛴 '살의의 관리'라는 부분이 핵심인 듯하다. 내키지는 않았지만 다시 한 번 그 부분을 읽어 보기로 했다.

살의가 도중에 소멸되지 않도록 살의를 유지합니다. 유저 관리 모드로 돌리고, 레벨을 조정한 뒤 매뉴얼 조작을 실행합니다. 그때 모드 전환 타이밍에 주의하세요(55쪽 참조). 레벨을 메모리에 기억시키는 경우에는 정신 조작을 실행합니다. 순서는 확장 유닛을 사용하는 경우와 같습니다. 또한 마인드 컨트롤로 지시하는 경우는 모드 2를 참조하세요.

나는 책을 집어던졌다. 안 되겠다.

절망적인 기분이 들었다. 처음부터 끝까지 무슨 말인지 전혀 모르겠다. 이걸 해독하지 못하는 한 살의를 품고 사람을 죽일 수 없단 말인가. 내겐 불가능한 일이다.

수개월이 지난 후 엽서가 한 장 도착했다. 뒷면에 이쿠미와 요이치가 캐나다에서 스키를 타는 사진이 인쇄되어 있었다. 신혼여행 사진이다.

그 사진을 보니 다시 증오가 들끓었다.

빌어먹을, 두고 보자.

하지만 동시에 또 하나의 내가 이렇게 속삭였다. 나는

절대 살인 같은 엄청난 일은 저지르지 못할 거야.

그 취급 설명서는 아직 내 책장에 꽂혀 있다. 때때로 꺼내서 들여다보지만, 금세 머리가 아파져서 도로 꽂아 놓는다. 그런 행동을 반복한다.

그리고 나의 살의는……,

지금 벽장 속에서 노트북 컴퓨터와 함께 먼지를 뒤집어쓰고 있다.

보상

자동차 두 대가 동시에 지나기 어려울 만큼 좁은 골목에 똑같은 모양의 조그만 집들이 즐비하게 늘어서 있었다. 똑같은 자재를 사용한 낮은 문기둥과 좁은 주차장, 길에 바짝 붙어 있는 현관문. 사는 사람들까지 똑같지 않을까 생각될 정도다.

구리바야시라고 적힌 문패는 모퉁이에서 두 번째 집에 붙어 있었다. 자전거가 문밖에 놓여 있는 것은 자전거를 들여놓을 만큼 앞마당이 넓지 않기 때문일 것이다. 그러고 보니 어느 집 앞에나 자전거가 놓여 있다. 두 대가 놓여 있는 집도 있다. 역에서 멀리 떨어진 곳이니만큼 자전거가 필수품일 것이다. 길 양쪽에 놓인 자전거 때문에, 그러잖아도 좁은 골목이 더 좁아져서 지나다니기 힘들지만, 사정이 피차 마찬가지라서 불평하는 사람이 없나 보다.

이런 식으로 집이 다닥다닥 붙어 있으면 소음이 심하

지 않을까. 후지이 미호는 지금부터 찾아갈 집이 어떨지 조금 걱정스러웠다.

인터폰을 누르자 그 집 주부인 듯한 여자의 목소리가 들렸다. 미호는 하시모토 씨 소개로 왔다며 자신을 밝혔다. 이내 현관문이 열리고, 이 조그만 단독 주택에 어울리는 평균적인 체구의 중년 여성이 나타났다. 그러나 그녀의 얼굴에서 짐작되는 나이는 미호의 예상과 달랐다. 아무리 봐도 어린아이가 있을 것 같지 않다. 물론 피아노를 반드시 어린 나이에 시작해야 한다는 법은 없지만.

미호는 고개를 숙여 인사하고 가방에서 명함을 꺼냈다.

"처음 뵙겠습니다. 후지이 미호입니다."

상대 여성은 명함을 힐끗 본 뒤 미호의 얼굴과 몸을 빤히 바라보고 나서 입을 열었다.

"들어오세요."

"실례하겠습니다."

집에 들어서면서 미호는 알 수 없는 위화감을 느꼈다. 이 일을 시작한 지 몇 년이 되었지만, 처음 방문하는 집에서는 늘 환대를 받았다. 그런데 이 집 주부는 왠지 마뜩잖아 하는 것 같다. 마치 귀찮은 손님이라도 온 듯한 얼굴이다. 왜 그럴까.

주부는 미호를 3평 정도의 다다미방으로 안내했다. 평소에 응접실로 비워 둘 만큼 공간적인 여유가 없어서인지 벽 앞에 나란히 놓인 조립식 가구에 책과 생활용품이 잔뜩 채워져 있다. 텔레비전에는 게임기가 연결되어 있었다.

주부가 사라지고 나서 조금 있자니 누군가 계단을 내려오는 소리가 들렸다. 아이일 거라고 미호는 짐작했다. 몇 살쯤일까. 남자아이일까 여자아이일까.

그런데 문을 열고 나타난 사람은 머리숱이 적은 중년 남자였다. 아까 본 주부의 남편, 즉 이 집 주인인가 보다고 미호는 생각했다.

"아, 안녕하세요."

남자가 어딘지 모르게 굳은 표정으로 미호의 맞은편에 앉았다. 손에는 명함 두 장이 들려 있었다. 한 장은 아까 미호가 부인에게 건넨 것이다. 나머지 한 장을 남자가 테이블 위에 놓았다.

"이렇게 먼 곳까지 찾아와 주셔서 감사합니다. 구리바야시라고 합니다."

명함에는 가전제품 생산 업체 이름이 인쇄돼 있었다. 구리바야시의 직함은 조명 기기 설계 과장인 듯하다.

아버지 명함을 줘서 어쩌자는 건가 생각하며 미호는 그걸 가방에 넣었다.

"댁에서 오시는 길인가요?"

구리바야시가 물었다.

"그렇습니다."

"시간이 얼마나 걸리던가요?"

"30분쯤 걸린 것 같아요."

"30분이라……, 그렇군요. 그렇다면 여기까지 오시는 데는 별문제 없겠는데요?"

"네, 문제는 없습니다. 더 멀리 가기도 하는걸요."

"그래요? 다행이군요."

구리바야시는 안심하는 듯했다.

"저……."

미호가 약간 머뭇거리며 말을 꺼냈다.

"아이는 어디 있나요?"

"아이요? 글쎄요, 어디 갔을까……. 학원에 갔나?"

구리바야시가 머리를 긁적거리며 눈길을 다른 곳으로 돌렸다.

"몇 살이죠?"

"나이 말인가요? 부끄럽지만, 딱 쉰입니다."

"아니요, 구리바야시 씨 말고 아이의……."

"네? 아아, 우리 애 나이요. 중3이니까 몇 살인가……, 열다섯 살인가? 한창 말썽 부릴 나이죠."

여전히 굳은 표정이던 그가 빙긋이 웃었다.

중학교 3학년이면 수험생일 텐데, 하고 미호는 의아해했다.

"공부에 방해되지 않을까요?"

"네?"

구리바야시가 눈을 크게 떴다.

"중3인데 피아노를 배워도 고교 입시에 지장이 없을까요?"

미호가 구체적으로 묻자 구리바야시가 입을 쩍 벌리더니 당황한 표정을 지었다.

"저……, 하시모토 군에게 뭐라고 얘기를 들으셨습니까?"

"그게……, 이 댁에 피아노를 배우고 싶어 하는 아이가 있어서 선생을 찾고 있다고요."

하시모토는 현재 미호가 피아노를 가르치는 여자아이의 아빠다. 구리바야시의 회사 부하 직원이라고 했다.

"허허……."

구리바야시가 머리를 긁적이고 나서 "그 친구한테는 피아노 선생님을 찾고 있다고만 얘기했는데……"라고 중얼거렸다.

"저, 뭐가 잘못됐나요?"

"아니, 그러니까……, 잘못된 건지 어떤지는 모르겠는데, 들으신 것과는 사정이 조금 다릅니다."

"그게 무슨 뜻이죠?"

"그게 말이죠, 피아노를 배울 사람은 우리 아이가 아니라, 에, 그……,"

구리바야시가 헛기침을 한 뒤 자세를 바로 하고 그녀를 보았다.

"접니다."

"네?"

말을 잇지 못하는 미호의 모습에 구리바야시는 실망한 듯했다. 그는 헤헤헤, 하고 서글퍼 보이는 웃음을 웃으며 "역시 이상한가요?"라고 되물었다.

"아니요, 그, 이상하다고 할 것까지는 없지만, 제가 들은 얘기랑, 저, 좀 달라서요."

미호도 미소를 지어 보이려 했지만, 생각과 달리 뺨에서 경련이 일어나는 것을 스스로도 느낄 수 있었다.

"이상하겠죠."

구리바야시가 양손을 마주 비볐다.

"이 나이에 피아노라니 말입니다."

"전에 피아노를 치셨어요?"

그렇다면 이해가 된다고 생각했지만 그는 고개를 저었다.

"전혀 쳐 본 적이 없습니다. 피아노는커녕 하모니카도 불 줄 모릅니다."

"그런데 왜 느닷없이……."

"네, 그러니까, 바로 그겁니다. 갑자기, 그, 피아노를 배우고 싶어진 겁니다."

"아……."

"저, 하시모토 군한테는 이런 사실을 비밀로 해 주시겠습니까. 제 아이가 배운다고 생각한다니 그대로 놔두죠, 뭐."

"아, 네. 그럴게요."

"그리고,"

구리바야시가 눈을 약간 치켜뜨고 그녀를 보았다.

"안 되겠습니까, 제가 배우면?"

미호는 허둥지둥 고개를 저었다.

"아니요, 안 될 것 없습니다. 오히려 바람직한 일이라고 봐요. 나이가 들더라도 새로운 일에 도전해야 한다고 생각합니다."

"그럼 받아 주시는 건가요?"

"네, 물론입니다."

미호는 머리를 끄덕이며 대답했다. 나이가 들어서 배우는 사람은 의욕이 있는 만큼, 어린아이들보다 가르치기 쉽다는 얘기를 음대 친구들에게 들은 적이 있다. 게다가 피아니스트가 되겠다는 것도 아니니 부담을 갖지 않아도 된다.

"그래요? 받아 주시는 겁니까? 이거 다행입니다, 다행이에요."

거절당할까 봐 걱정했는지 구리바야시의 얼굴에서 조금 전까지 보였던 굳은 표정이 사라졌다.

"저, 그럼 레슨은 어디서 하나요?"

"아, 제가 안내하겠습니다. 2층입니다."

좁은 계단을 올라가자 여닫이문과 미닫이문이 하나씩 있었다. 2층은 방이 두 개인 듯했다. 구리바야시가 미닫이문을 열었다.

"여깁니다."

그가 조금 겸연쩍어하며 말했다.

그곳은 2평이 조금 넘는 크기의 다다미방이었다. 방 한쪽 벽에 서랍장 두 개가 나란히 놓여 있고 그 맞은편에 피아노가 있었다. 방이 좁아서인지 그것은 마치 거대한 암석처럼 보였다. 피아노가 이렇게 큰 물건이었던가 하고 미호는 방 안을 둘러보며 새삼 생각했다.

"딸아이 방도 물건이 가득 차 있어서 여기밖에 둘 데가 없었어요. 거기 그 창문으로 들여놓느라고 고생 좀 했습니다."

광택이 나는 피아노를 손으로 문지르며 구리바야시가 말했다.

"최근에 사셨나요?"

"네, 지난주에요."

그렇다면 자신이 배우려고 피아노를 샀다는 얘기다. 그만큼 결의가 굳은 것인지, 아니면 충동적으로 행동하는 스타일인지 아직은 판단이 서지 않았다.

"저, 그러면…… 레슨은 언제부터 해 주시겠습니까? 저는 오늘부터라도 좋습니다만."

구리바야시가 두 손을 마주 비비며 물었다.

그가 하도 적극적으로 나오는 통에 미호는 약간 기가

질렸다.

"오늘은 약속이 있어서요. 다음 주부터 하면 어떨까요? 월요일이 좋으시다고 들었는데, 매주 월요일 8시부터 9시까지 어떠세요?"

"아, 네……."

구리바야시가 왜 그런지 떨떠름한 표정을 지었다. 그리고 머리를 긁적이며 "선생님." 하고 그녀를 불렀다.

"횟수를 조금 더 늘려 주시면 안 될까요?"

"횟수를요? 그럼 일주일에 두 번으로 할까요?"

"아니, 그게…… 좀 더 많이요."

"주 3회로요?"

"아니요. 저, 매일 오실 수는 없습니까?"

"매일요?"

미호가 눈을 동그랗게 뜨며 허리를 뒤로 젖혔다.

"월요일부터 일요일까지 매일요. 그리고 8시부터 9시까지 한 시간은 너무 짧아요. 좀 더 오래 가르쳐 주시면 안 되겠습니까? 가령 6시부터 9시까지라든지, 아니면 7시부터 10시까지라든지요. 물론 선생님 형편에 맞추겠습니다만."

"잠깐만요, 잠깐만요."

미호가 두 손을 내저으며 말했다.

"열의가 대단하신 건 알겠지만, 레슨 횟수만 늘린다고 좋은 건 아닙니다. 레슨과 레슨 사이에 구리바야시 선생님께서 얼마나 열심히 연습하느냐가 중요하죠."

"물론 연습은 충분히 할 겁니다."

구리바야시가 단호하게 말했다.

"그러시겠죠. 하지만, 제가 내 드리는 과제를 하루 만에 마치는 건 현실적으로 불가능해요. 설령 마친다 해도 완전히 익혀서 본인 것으로 만들지 않으면 의미가 없고요."

"그런가요……."

구리바야시가 풀 죽은 표정을 지었다.

"그렇게 서두르실 필요 없어요. 천천히, 느긋하게 배워나가시기를 권합니다. 이런 말씀을 드리기는 좀 뭐하지만, 피아니스트가 되시려는 것도 아니잖아요."

미호의 말에 구리바야시는 약간 매서운 눈초리로 그녀를 쏘아봤다. 그녀의 말이 뜻밖인 듯했다. 하지만 그는 천천히 고개를 끄덕인 후 "알겠습니다."라고 중얼거렸다.

시간을 조율한 끝에 매주 월요일과 목요일에 한 시간씩 레슨을 하기로 결정했다. 미호는 두 번도 많다고 생각했지만 구리바야시는 양보하지 않았다.

미호가 그 방을 나서는데 소녀 하나가 계단을 뛰어 올라왔다. 중3이라는 딸인 듯했다. 동그란 얼굴이 엄마를 꼭 빼닮은 그 아이는 미호를 발견하고 계단 중간에 멈춰 서더니 놀란 표정을 지었다.

"피아노 선생님이야."

구리바야시가 미호를 딸에게 소개했다. 그리고 미호에게도 "딸 유카입니다."라고 말했다.

"안녕하세요."

미호가 웃으며 인사했다. 하지만 유카는 고개만 까딱하고 그대로 자기 방으로 들어가 버렸다.

"뭐야, 제대로 인사도 안 하고. 죄송합니다, 선생님. 몸만 커다랬지 속은 아직도 어린아이라니까요."

구리바야시가 미안한 듯 말했다.

제대로 인사를 하지 않는 건 유카 엄마도 마찬가지였다. 미호가 현관에서 신발을 신고 있는데도 부엌에서 나와 보지 않았다. 수돗물 흐르는 소리가 들리는 걸 보면 부엌에 있는 게 분명했다.

막연한 불안감을 느끼며 미호는 그 집을 나왔다.

그다음 월요일에 미호는 약속대로 구리바야시의 집을 방문했다. 그는 마음씨 좋은 할아버지 같은 표정으로 그녀를 맞았다. 부인의 모습은 보이지 않았다.

레슨을 시작하기 전에 미호는 구리바야시가 음악에 어느 정도 기초 지식이 있는지 알아보기 위해 몇 가지 질문을 해 봤다. 결과는 그녀의 예상을 뛰어넘었다. 물론 나쁜 쪽으로. 그는 음악에 관한 한 아무런 지식도, 할 줄 아는 것도 없었다. 악보도 전혀 볼 줄 몰랐다. 대답한 것이라고는 "높은음자리표라는 건 그거잖아요. 그, 달팽이처럼 생긴 거. 무슨 뜻인지는 모르겠지만요."

"음악 수업을 받으신 적은 있으세요?"

비꼬려는 것이 아니라 정말로 의심스러워서 그렇게 묻자 구리바야시는 숱이 별로 없는 머리를 긁적거리며 쓴웃음을 웃었다.

"그야 물론 있지요. 하지만 저랑 음악은 아무 관계가 없다고 여기고 수업을 제대로 듣지 않았어요."

그리고 그는 한숨을 내쉬며 "이럴 줄 알았으면 진지하게 듣는 건데 말이죠."라고 간절한 표정으로 덧붙였다.

"이럴 줄 알았으면, 이라니요?"

그 말이 어쩐지 마음에 걸린 미호가 다시 물었다.

"아니요, 아무것도 아닙니다. 후회된다는 뜻이지요."

서둘러 수습하려는 듯이 그가 말했다.

구리바야시의 실력을 파악한 미호는 예정대로 준비해 온 교재를 꺼냈다. '피아노 연습'이라는 제목이 붙은 교본으로, 4세부터 학교에 들어가기 전까지의 어린이를 대상으로 만든 교재였다.

"창피하다고 생각하실지 모르지만, 무슨 일이건 기본이 중요하잖아요. 피아노를 처음 접하시는데 어른, 아이를 따질 필요는 없다고 생각합니다."

어린이용 교본에 대해 구리바야시가 거부감을 보일 것으로 예상한 미호가 선수를 쳤다. 하지만 그럴 필요가 없었다. 그가 고개를 크게 끄덕이며 말했던 것이다.

"당연하죠. 저도 그러는 게 좋다고 생각합니다."

그러고는 들뜬 표정으로 『피아노 연습』을 펼쳤다.

첫날은 건반 하나를 계속 누르는 연습만 했다. 손가락이나 리듬을 바꾸기는 하지만 매우 단조로운 연습인 건 틀림없었다. 그런데도 구리바야시는 불만스러운 내색 없이 미호의 지시에 따라 묵묵히 손가락을 움직였다. 피아노를 친다는 사실만으로도 즐거운 듯했다.

이런 마음이 오래갔으면 좋겠는데, 하고 미호는 그의

옆모습을 바라보며 생각했다.

하지만 레슨 횟수가 늘어나면서 그것이 쓸데없는 걱정이었음을 그녀는 인정해야 했다. 피아노를 향한 구리바야시의 집념은 조금도 흔들림이 없었다. 그의 연습량이 만만치 않다는 것은 레슨과 레슨 사이에 늘어난 실력으로 알 수 있었다. 그에게 특별한 재능이 있었던 건 아니다. 오히려 재주나 감각이 없다고 할 수 있었다. 그런데도 미호가 레슨을 하러 가 보면 지난번에 내 준 과제를 확실하게 연습해 놓곤 했다.

한번은 미호가 레슨을 마치고 나왔다가 두고 온 물건이 있어서 되돌아간 적이 있었다. 방금 레슨이 끝났는데도 2층에서 피아노 소리가 흘러나오고 있었다. 위를 올려다보니 커튼에 비친 그림자가 흔들거렸다.

화요일은 미호에게 구리바야시를 소개한 하시모토 씨 집에 가는 날이다. 그 집의 초등학교 6학년짜리 딸을 미호는 음대 졸업 이후 5년째 가르치고 있었다. 피아노에 소질이 있는 그 아이는 실력이 쑥쑥 늘었고, 하시모토 부부는 그것이 미호가 잘 가르치기 때문이라고 평가하는 듯했다.

어느 날 저녁, 레슨을 마치고 돌아가려는 미호에게 하시모토가 말을 걸었다.

"구리바야시 씨 딸은 어때요? 지금도 레슨을 받나요?"

"네, 물론입니다."

레슨을 시작한 지 두 달이 흘러 있었다.

"일주일에 두 번 가고 있어요."

"두 번이나요? 그 아이도 대단하네요. 몇 살이지요?"

"아, 저, 구리바야시 씨 딸이 아니에요."

"아니, 딸이 아니라고요? 그 댁은 아이가 하나밖에 없는 걸로 아는데요."

"아, 그게 그러니까……"

미호는 비밀로 해 달라던 구리바야시의 부탁을 떠올렸다.

"제가 가르치는 아이는 구리바야시 씨의 친척 아이예요."

"아아, 그래요? 구리바야시 씨 딸이 아니었군요. 아하, 이제야 이해가 갑니다."

하시모토가 납득이 간다는 얼굴로 고개를 끄덕였다.

"뭐가요?"

"그게 말이죠, 구리바야시 씨가 피아노 선생님을 소개

해 달라고 했을 때 좀 뜻밖이라고 생각했거든요. 그분이
아이에게 피아노 레슨을 시킨다는 건 상상하기 어려운
일이라서요."

"왜요?"

"왜냐하면, 음악에 관심이라고는 없는 사람이니까요.
음악뿐 아니라 예술이라면 뭐든지 바보 같은 짓이라고
여기는 분이에요. 그따위 건 없어도 아무 지장이 없다면
서, 음악을 듣는다고 밥이 나와 빵이 나와, 그렇게 묻곤
하는걸요."

"아니, 정말이에요?"

뜻밖의 얘기였다. 미호가 아는 구리바야시와는 너무
나 달라서, 그 둘이 동일인물인지 의심스러울 정도였다.

"관심이 없었다는 말을 하시긴 했지만……."

"음악뿐만이 아니에요. 프로 야구 같은 스포츠나 유행
에도 관심이 전혀 없는 분이에요. 우리끼리 얘기지만, 그
분과 둘이 있으면 무슨 얘기를 꺼내야 할지 난감할 정도
라니까요. 그래서 결국 업무 얘기만 하게 되는걸요."

"그러면 일이 취미인가 보군요."

"좋게 말하면 그렇지요. 하지만 그분의 경우에는 늘 그
런 식이라 일에서도 손해를 볼 정도예요. 부하 직원들이

거북해하는 건 어쩔 수 없다 쳐도, 윗분들마저 재미없는 사람이라고 여기는 건 치명적이죠. 일은 잘하지 못해도 골프 하나로 부장이 된 분도 계시니까요."

"그렇군요."

구리바야시가 음악 수업을 제대로 듣지 않았다며 후회하던 일을 떠올렸다. 어쩌면 그는 매사에 관심이 없는 성격이 자신의 결점임을 깨닫고 피아노를 배우기로 결심했는지도 모른다. 만일 그렇다면 회사에서의 말과 행동도 이전과는 달라졌을 터였다.

"요즘은 구리바야시 씨가 어떠신가요? 역시 일밖에 모르시나요?"

하시모토의 대답은 미호의 기대를 저버렸다.

"글쎄요, 여전하다고 할까요. 아니, 오히려 전보다 더 심해진 것 같아요. 오늘만 해도 점심시간까지 일하시더군요. 물론 집에도 일거리를 가져가셨을 겁니다."

구리바야시가 집에서 피아노 연습을 한다는 말을 들으면 하시모토는 어떤 표정을 지을까. 그의 얘기를 들으면서 미호는 그런 생각을 했다.

구리바야시가 발표회 얘기를 꺼낸 것은 레슨을 시작

한 지 약 3개월이 흘렀을 때였다.

처음에는 하시모토의 딸에 관해 얘기하고 있었다. 하시모토 군 딸이 해마다 발표회에서 연주를 한다는데 그게 사실이냐고 구리바야시가 물었다.

"발표회라고는 하지만 그렇게 대단한 건 아니에요. 저희 선생님이 주최하시고, 아는 사람만 참석하는 작은 모임 같은 거죠."

"그래도 어쨌든 여러 사람 앞에서 연주하는 거잖아요. 관객도 있고요."

"네. 뭐, 그렇죠. 하지만 대부분 친척이에요."

"흠……."

구리바야시가 건반을 바라보며 팔짱을 꼈다. 이마에 주름을 세우고 생각에 잠기는 듯했다.

"저, 그건 왜요?"

그가 고개를 들고는 미호의 눈을 똑바로 바라보았다.

"선생님, 저도 그 발표회에 나갈 수 있을까요?"

"네에?"

미호가 눈을 휘둥그레 떴다.

"발표회에 나가신다면, 혹시 연주하시겠다는 말씀인가요?"

"네. 무대에서 연주하는 모습을 사람들에게 보이고 싶습니다."

구리바야시의 진지한 눈빛으로 보아 빈말이 아닌 것은 분명했다.

"하지만 참가자래야 거의 어린이들이고, 어른이라도 음대생 두셋이 고작인데……."

"그래도 나가면 안 되는 건 아니죠?"

"네, 그야 그렇죠."

"다음 발표회가 언제입니까?"

"아마 10월 9일, 토요일일 거예요."

"10월 9일이라……."

구리바야시가 벽에 걸린 달력으로 눈을 돌렸다. 오늘은 7월 1일이다. 다시 미호를 바라보는 그의 눈동자에는 살짝 핏발이 서 있었다.

"선생님! 부탁입니다. 제발 10월 발표회에 나갈 수 있게 해 주세요!"

그가 대뜸 고함을 지르며 고개를 숙이는 바람에 미호는 자신도 모르게 움찔하며 뒤로 물러섰다.

"하지만, 말씀드리기는 죄송한데, 구리바야시 씨는 아직 발표회에서 연주할 만한 수준이……, 물론 '고양이 왈츠' 정도라면 치실 수도 있겠지만, 그런 곡을 연주하고 싶지는 않으시잖아요. 그래도 어느 정도 수준이 있는 곡을……."

"열심히 연습하겠습니다. 죽을힘을 다해서 노력하겠습니다. 그러니까 제발 발표회에……. 부탁드립니다."

그가 의자에서 내려와 바닥에 무릎을 꿇었다.

"만일 그때까지 해도 안 된다면 '고양이 왈츠'라도 상관없습니다. 무대에 오르게만 해 주세요."

그리고 바닥에 머리를 댔다.

"이러지 마세요! 어서 일어나세요."

"그럼 제 소원을 들어주시는 거죠?"

미호는 한숨을 내쉬며 허옇게 드러난 그의 정수리를 바라보았다.

"이유를 말씀해 주실 수 있을까요? 그렇게까지 간절히 바라시는 데는 뭔가 이유가 있을 것 같은데요."

구리바야시는 이마를 바닥에 댄 채 한동안 침묵했다. 이윽고 그가 나지막한 목소리로 말했다.

"보상하고 싶어서요."

"보상이라니요?"

"저는 오랫동안 한 남자의 마음을 짓밟아 왔습니다. 그걸 보상하고 싶습니다. 죄송하지만 지금은 여기까지밖에 말씀드릴 수 없습니다."

"구리바야시 씨……."

그는 무릎을 꿇은 채 돌처럼 꼼짝하지 않았다. 그런 그를 보며 미호는 자신의 가슴속에서 뭔가가 꿈틀대는 것을 느꼈다. 결코 나쁜 예감은 아니었다.

"알겠습니다. 한번 해 보죠."

"정말입니까?"

구리바야시가 고개를 번쩍 들었다. 그의 눈이 빛나고 있었다.

"고맙습니다. 고맙습니다."

그러고서 꾸벅꾸벅 고개를 숙였다.

그런 그의 모습을 보면서 미호는 하시모토의 얘기를 떠올렸다. 이것이 과연 일밖에 모르는 사람의 얼굴일까 싶었다.

곡은 바흐의 '미뉴에트'로 하기로 했다. 이 곡이라면 구리바야시도 들어 봤을 터이고, 어른 남자가 무대에서 연주해도 그다지 어색하지 않을 것 같았다.

문제는 시간이었다.

3개월 연습해서 곡을 연주할 수 있을지 의문이었다.

구리바야시는 이전보다 한층 진지한 태도로 연습에 매진했다. 건반을 두드리는 그의 표정을 옆에서 보고 있노라면 소름이 끼칠 정도였다. 미호 역시 최선을 다해 그를 지도했다.

그러던 어느 날, 여느 때처럼 미호가 구리바야시의 집 앞에서 인터폰을 누르자 웬일인지 그의 아내가 현관까지 나왔다. 이 집을 처음 방문한 날 이후 그녀와는 한 번도 마주친 적이 없었다.

"그이가 회사에 갑자기 일이 생겨서 방금 나갔어요. 그래서 오늘은 아무래도 레슨을 쉬어야 할 것 같다고 전해 달라네요. 여기까지 오셨는데 죄송해요."

그녀가 전혀 죄송하지 않은 얼굴로 말했다.

"그렇군요. 어쩔 수 없죠. 그럼 다음에 다시 오겠습니다."

안녕히 계세요, 하고 돌아서려는데 "저, 잠깐만요." 하고 구리바야시의 아내가 미호를 불렀다.

"드리고 싶은 말씀이 있는데, 시간 좀 내 주실 수 있을까요?"

"네, 시간은 괜찮습니다만."

미호는 고개를 끄덕였지만 어쩐지 예감이 좋지 않았다.

두 사람은 1층 다다미방에 마주 앉았다. 구리바야시의 아내가 잠시 주저하다가 결심했다는 듯이 입을 열었다.

"남편이 피아노 발표회에 나간다고 하던데, 사실인가요?"

"네, 사실입니다. 혹시 무슨 문제라도……?"

"역시."

구리바야시의 아내가 인상을 쓰며 입술을 일그러뜨렸다. 그리고 미호를 보며 말했다.

"그 발표회에 나가지 말라고 선생님이 설득해 주세요."

미호가 놀라서 그녀를 바라보았다.

"나가면 안 될 이유라도 있나요?"

"그야, 꼴사나우니까요."

그녀가 얼굴을 찡그렸다.

"꼴사납다니요……, 물론 용기가 대단히 필요한 일이기는 하지만 꼴사납다는 말씀은……."

미호의 얘기가 끝나기도 전에 그녀가 고개를 젓기 시작했다.

"선생님은 아무것도 몰라요. 동네 사람들이 그이를 얼마나 비웃는지 아세요? 피아노 소리가 들려서 그 집 딸이 연습하는 줄 알았더니 남편이었어, 좋은 취미네, 그런 소리들을 한다고요."

"비웃는 건 아닐 거예요."

"비웃는 게 아니면 뭐겠어요. 그 나이에 피아노라니
……. 게다가 발표회까지 나간다고요? 사람들이 알면 배
꼽을 잡을 거예요."

"비웃는 사람이 있으면 또 어떤가요. 남편 분도 취미를
즐길 권리는 있지 않을까요?"

"취미라면 바둑이나 장기 같은 것도 있잖아요."

구리바야시의 아내가 눈썹을 치켜세웠다.

미호는 한숨을 내쉬었다. 무슨 말을 해도 소용없을 것
같았다.

"어쨌든 사모님 부탁은 들어드릴 수 없어요. 지금까지
그래 왔던 것처럼 구리바야시 씨를 응원할 거예요."

잔뜩 인상을 쓴 구리바야시의 아내를 뒤로한 채 집을
나서려던 미호는 문득 떠오르는 생각이 있어서 되돌아
섰다.

"구리바야시 씨가 발표회 얘기를 한 이유가 가족이 보
러 와 주길 바라서는 아닐까요?"

구리바야시의 아내는 덜컥 놀란 듯한 표정을 지었지
만, 이내 고개를 흔들었다.

"설마……, 아닐 거예요."

"아닙니다. 틀림없어요. 사모님, 제발 따님과 함께 발표회를 보러 와 주세요. 10월 9일, 시민 회관입니다."

"말도 안 돼요."

날카롭게 외치는 그녀의 관자놀이가 파르르 떨렸다.

"그런 델 가다니. 꼬, 꼴사납게……."

그리고 부르르 진저리를 쳤다.

미호는 잘래잘래 고개를 젓다가 "그럼 저는 가 보겠습니다."라고 인사하고 그 집을 나왔다. 그리고 곧장 역으로 향했다. 구리바야시의 아내에게 화가 나서인지 걸음이 상당히 빨랐다. 그래서 앞에서 걸어오던 여학생이 미호를 보고 걸음을 멈췄을 때도 금방 알아채지 못했다. 그 학생이 고개를 숙이며 인사했을 때에야 그녀는 퍼뜩 놀라 멈춰 섰다. 구리바야시의 딸 유카였다. 사복을 입은 걸 보니 학원에서 돌아오는 길인 듯했다.

"안녕. 늦었네."

미호가 먼저 말을 건넸다.

유카는 고개를 까딱하고 나서 다시 걸음을 옮기려고 했다.

"잠깐만."

유카를 불러 세웠다.

"잠깐 얘기 좀 할 수 있을까? 아버지 일로 말이야."

유카는 망설이는 눈치였다. 시계를 보고 나서 집 쪽을 힐끔 바라봤다. 그러고서야 겨우 고개를 끄덕였다.

두 사람은 가까운 햄버거 가게로 들어갔다. 미호는 유카에게 아버지가 피아노를 배우기 시작한 일에 관해 어떻게 생각하는지 솔직히 얘기해 달라고 했다.

"아빠가 피아노를 치면 엄마가 히스테리를 일으켜서 우울해요."

아이스크림을 먹으며 유카가 말했다.

"너는 어떤데? 아빠가 피아노를 치는 게 싫어?"

"별로 그렇지는 않아요. 치고 싶으면 치는 거죠, 뭐. 여태까지는 일밖에 몰라서 재미가 없었는데, 그걸 하면 좀 나아지지 않을까 싶기도 하고요."

"그래?"

미호는 약간 안심했다. 유카는 아버지를 이해해 주는 것 같았다.

"하지만,"

유카가 덧붙였다.

"가끔 섬뜩할 때도 있어요."

"섬뜩하다니, 왜지?"

"사람이 변했으니까요. 전에는 잔소리가 심해서 제 얼굴만 보면 공부해라, 공부해라, 그랬는데 요즘엔 전혀 그런 말을 안 하거든요. 오히려 젊을 때만 할 수 있는 일을 지금 당장이라도 시작하라고 해요."

"피아노를 배우고서부터 그러셨니?"

미호의 말에 유카는 고개를 저었다.

"아빠가 변했다고 느낀 건 피아노를 배우기 전부터예요."

"그렇구나."

미호는 묽은 커피를 한 모금 마셨다.

"심경에 뭔가 변화가 있으셨나?"

그러자 유카가 양 팔꿈치를 테이블에 얹으며 말했다.

"머리가 이상해진 거 아닐까요?"

"뭐라고?"

미호가 놀라서 유카의 얼굴을 바라보았다. 농담은 아닌 것 같았다.

"며칠 전에 자다가 화장실에 갔는데, 아빠가 세면대 거울을 바라보면서 중얼거리고 있더라고요. 무서워서 그날 밤에는 다시 화장실에 못 갔어요."

"그랬어?"

아닌 게 아니라 약간 무섭긴 하겠지만 전혀 이해할 수 없는 일도 아니었다.

"혼잣말을 하신 것뿐이잖아. 무서울 것까지는 없을 것 같은데."

하지만 유카는 그 말은 들은 척 만 척 하고 "아빠, 옛날에 머리를 수술한 적이 있대요."라고 대답했다.

"정말?"

"네, 어릴 적에요. 꽤 큰 수술이었대요. 그리고 6개월쯤 전에는 뇌 전문 병원에도 갔어요. 엄마는 모르나 본데, 제가 진료권을 봤거든요. 그래서 알아요."

"그게 이번 일이랑 무슨 상관인데? 지나친 상상이야."

저도 모르게 큰 소리를 내고 말았다. 유카의 얘기를 듣고 왠지 등골이 오싹해졌던 자신이 부끄러워진 탓도 있었다.

그런 미호에게 아랑곳하지 않고 유카는 "그럼 다행이고요."라고 사뭇 차분한 목소리로 대답했다.

여름이 지나도 구리바야시의 필사적인 연습은 계속되었다. 아직 아쉬운 부분은 있지만, '미뉴에트'는 제법 완성도가 높아지고 있었다.

"여기까지 온 건 모두 선생님 덕분입니다. 진심으로 감사드립니다."

어느 날 저녁, 레슨이 끝난 뒤 구리바야시가 진심 어린 표정으로 말했다.

"구리바야시 씨가 노력한 결과죠. 솔직히 말해서 이렇게까지 실력이 향상될 줄은 몰랐습니다."

미호의 대답은 인사치레가 아니었다.

구리바야시가 고맙다며 고개를 숙였다.

"사실은 발표회에서 입을 의상도 준비했습니다."

"의상을요?"

"사이즈가 딱 맞는 턱시도가 있어서 빌렸습니다. 어울릴지는 모르지만, 아무튼, 공식적인 무대니까요."

허심탄회하게 얘기하고 난 구리바야시가 미호의 놀란 듯한 표정을 보고 "이상할까요?"라고 물었다.

미호는 허둥지둥 손을 내저었다.

"아니요, 하나도 이상하지 않아요. 아주 멋질 거예요."

"그럴까요? 사실 좀 부끄럽기는 합니다."

구리바야시가 머리를 긁적거렸다.

"저, 부인과 따님은 발표회에 오시나요?"

미호의 물음에 지금까지 밝았던 구리바야시의 미소가 쓴웃음으로 바뀌었다. 그는 고개를 저었다.

"뭐, 괜찮습니다. 와 주면야 좋겠지만, 싫다면 어쩔 수 없지요. 그리고 이건 제 문제니까요."

"보상, 이라고 하셨죠?"

"그렇습니다. 보상입니다."

스스로 확인하듯이 그가 고개를 깊이 끄덕였다.

"보상해 줄 상대는 발표회에 오시나요?"

"그 남자요? 네, 물론 옵니다. 그 사람이 오지 않으면 말이 안 되죠."

그리고 그는 다시 한 번 고개를 끄덕했다.

10월 9일은 금방이라도 비가 쏟아질 듯이 하늘이 우중충했다. 예년보다 발표회를 찾은 관객이 많은 건 그 때문인지도 몰랐다. 평소에는 엄마들이 대부분인데 이날은 아버지가 함께 온 가족도 많았다. 아마 비가 올 때를 대비해서 운전 기사로 동원되었을 것이다.

하시모토도 그랬다. 지금까지 얼굴을 비친 적이 한 번도 없었는데 이날은 참석했다. 그는 대기실에서 열심히 딸을 격려하고 있었다.

"알았지? 긴장하지 말고. 실력만 발휘하면 충분해. 평소보다 잘해야겠다고 생각할 필요는 없어."

하지만 이미 발표회에 익숙한 딸은 "알았다니까. 알았으니까 아빠는 제발 자리로 돌아가."라며 귀찮아했다.

하시모토가 대기실을 나가려는 참에 구리바야시가 들어왔다. 구리바야시를 알아보지 못한 하시모토는 대기실 밖으로 나가고 나서야 뒤를 돌아보며 눈을 크게 떴다.

"구, 구리바야시 과장님. 어떻게 여기에……. 게나가, 게다가,"

그가 침까지 튀기며 물었다.

"그 옷차림은 대체 뭡니까?"

구리바야시가 살짝 겸연쩍은 표정을 지었다.

"아니, 뭐, 사정이 좀 있어."

"무슨 사정요?"

"곧 알게 되실 거예요."

옆에 있던 미호가 구리바야시 대신 대답했다.

"자리로 돌아가신 후에 프로그램을 한번 보세요. 그럼 알아요."

"아, 프로그램요? 어디 뒀더라……."

하시모토가 양복 주머니를 뒤지며 대기실을 나갔다.

●

미호는 다시 구리바야시를 향해 돌아섰다.

"드디어 무대에 오르는 날이 왔네요. 힘내세요."

"조금 긴장됩니다. 하하하, 이거 아무래도 실수할 것 같은데요."

"그럴 리가요. 열심히 연습하셨잖아요."

"제발 그랬으면 좋겠습니다."

그때 대기실을 노크하는 소리가 들렸다. 그리고 백발에 금테 안경을 낀 야윈 남자가 얼굴을 들이밀었다.

"여기 혹시 구리바야시 씨가……."

"마나베 선생님!"

구리바야시가 환성을 질렀다.

"야! 이거 오랜만일세."

마나베라고 불린 남자가 흐뭇하게 웃었다.

"잠시 실례하겠습니다."

구리바야시가 미호에게 양해를 구하고 대기실 밖으로 나갔다.

미호는 문 옆에 서서 바깥 상황을 살펴봤다. 구리바야시와 마나베가 복도에 서서 이야기를 나누고 있었다. 마나베라 불린 남자는 싱글벙글 웃고 있고 구리바야시는 연신 고개를 숙였다.

잠시 후 발표회가 시작되었다. 피아노를 배운 지 얼마 안 된 아이부터 연주하는 것이 일반적인 순서였고, 구리바야시는 네 번째로 연주하기로 되어 있었다.

미호가 객석에 가 보니 마나베가 맨 앞자리에 앉아 있었다. 그녀는 부모들에게 인사하며 마나베에게 다가가 그의 옆에 앉았다. 마나베가 살짝 놀란 듯한 표정으로 그녀를 바라보았다. 미호가 구리바야시의 피아노 선생이라고 자신을 소개하고 나서야 그의 표정이 누그러졌다.

"아아, 그러시군요. 고생이 많으셨겠습니다."

"저, 실례지만 구리바야시 씨와는 어떤 관계이신지요?"

그녀가 눈 딱 감고 물어보았다.

잠시 생각하던 남자가 "그 친구가 혹시 저에 관해 무슨 말이라도 했습니까?"라고 물었다.

"아니요, 아무 말씀도 안 하셨어요. 하지만,"

그리고 미호는 말했다.

"보상해야 할 사람이 있다면서 그분도 오늘 여기 오실 거라고 하셨습니다. 혹시 그분이 선생님이 아닐까 싶어서요."

그러자 마나베가 눈을 깜빡이더니 "아니, 저는 그 사람이 아닙니다."라고 말했다. 그리고 주머니에서 명함을 한

장 꺼냈다.

거기에는 '도와 의과 대학 제9교실 교수, 마나베 고조'라고 적혀 있었다.

"대뇌 생리학을 주로 연구합니다."

"대뇌……."

언젠가 딸 유카가 한 말이 떠올랐다.

"혹시 구리바야시 씨의 뇌에 병이 있나요?"

"아니, 아니요, 그렇지 않습니다. 병은 아니에요. 다만 보통 사람과는 조금 다른 점이 있지요."

"다른 점이라니, 어떤……?"

"구리바야시 씨가 선생님께는 어차피 얘기할 거라고 했으니까 제가 말씀드려도 상관없겠지요. 사실 그는 '분리 뇌' 환자입니다. 무슨 말인지 잘 모르시겠지요. 사람의 뇌가 좌뇌와 우뇌로 이루어져 있다는 사실은 아십니까?"

"네, 알아요."

"좌뇌와 우뇌는 일반적으로 신경 다발 같은 것으로 연결되어 있습니다. 뇌량이라고 하죠."

"뇌량요……."

"구리바야시 씨는 초등학교 때 뇌량을 절단하는 수술

을 받았어요. 심각한 선천성 질환이 있었기 때문이죠. 뇌량을 절단하면 그 질환을 치료하는 데 효과가 크거든요."

"그래도 괜찮은가요? 그러니까…… 우뇌와 좌뇌가 나뉘어도요."

"그런 사례가 많이 있고, 대개는 정상적으로 생활하고 있습니다. 구리바야시 씨 역시 얼마 전까지 아무 문제 없이 살아왔고요."

"얼마 전까지요?"

"그가 최근에 우연히 어떤 책을 봤다고 합니다. 뇌 분리 수술을 받은 사람들을 대상으로 한 여러 가지 테스트의 결과를 소개한 책이죠. 내용은 주로 '스페리'라는 노벨상 수상 학자의 리포트에서 인용됐습니다."

그 이름을 처음 듣는 미호는 그저 고개만 끄덕였다.

"그 책에는 구리바야시 씨가 충격을 받을 만한 결과가 적혀 있었습니다. 그것은, 뇌 분리 수술을 받은 사람의 경우 좌뇌와 우뇌에 별도의 의식이 존재한다는 내용이었습니다."

"네? 설마……."

"실험 결과를 보면 그렇게 생각할 수밖에 없습니다. 말하기와 글쓰기로 표현되는 '본인의 의사'라는 것이 실은 전적으로 좌뇌에서 나오고, 우뇌에는 우뇌의 의식이 따로 있다는 거예요."

"믿기지 않는군요. 그런 상태로 정상적인 생활을 할 수 있나요?"

"보통 사람의 신체는 하나의 의식이 통제합니다. 하지만 분리 뇌 환자의 경우에는 두 개의 뇌가 팀을 이루어 신체를 통제한다고 생각하면 됩니다. 그리고 그 팀워크가 아주 훌륭하죠."

"하지만 두 개의 의식이 서로 다투지는 않나요?"

"다투지는 않더라도 약간의 이견이 생기기는 하는 것 같습니다. 어느 남성의 경우 아침 7시에 일어나야 하는데 늦잠을 잤더니 누군가가 뺨을 때리더랍니다. 눈을 떠 보니 자신의 왼손이 뺨을 때리고 있었대요. 왼손의 움직임을 관장하는 뇌는 우뇌입니다. 좌뇌는 아직 자고 있는데 우뇌가 깨어나서 약속 시간에 늦지 않도록 경고한 것이죠."

"그런 일이⋯⋯."

"비슷한 사례가 많습니다. 그래서 어느 학자는 우뇌에만 접촉을 시도해 보기로 했습니다. 그러나 언어를 사용할 수는 없었죠. 언어는 좌뇌의 영역이니까요. 대신 그는 연상 게임 같은 방법을 사용했습니다. 질문 내용을 영상화해서 극히 짧은 시간 동안 왼쪽 눈에만 보여 주는 겁니다. 그런 다음 질문에 대한 답을 왼손을 사용해서 적게 했죠. 이 방법은 멋지게 성공했습니다. 그때까지 신비에 싸여 있던 우뇌의 의식을, 지극히 일부이기는 하지만 알아낼 수 있게 된 거죠."

마나베의 설명은 이해하기 쉬웠다. 하지만 그의 얘기가 현실이라고 믿기는 힘들었다. 미호는 멍하니 그의 입만 바라보았다.

"그 책을 읽은 구리바야시 씨는 자신의 우뇌에 별개의 의식이 있을지 모른다는 걸 알고 안절부절못하게 됩니다. 아니, 정확히 말하자면 구리바야시 씨의 좌뇌가 그렇게 생각한 거죠. 그래서 그는 그 책의 저자를 만나 보기로 결심합니다. 그리고 저를 찾아왔죠. 제가 바로 그 저자였으니까요."

"아! 그렇군요."

"구리바야시 씨는 제게 말했어요. 자신도 우뇌와 접촉하고 싶다, 특히 지금까지 살아온 자신의 인생을 우뇌가 어떻게 생각하는지 알고 싶다고요. 그렇게 복잡한 내용을 우뇌에게 질문하기는 어렵다고 했더니 이렇게 묻더군요. 그럼 우뇌는 어떤 직업을 원했는지 알고 싶다고요. 일밖에 모르는 사람에게 인생이란 다름 아닌 직업을 의미하겠지요."

"그래서, 알 수 있었나요?"

"그렇습니다."

마나베가 고개를 끄덕였다.

"그렇게 질문한 사례는 과거에도 몇 번 있었습니다. 덕분에 방법을 알고 있어서 별로 어렵지는 않았죠. 그 결과 구리바야시 씨는 자신이 희망하던 또 하나의 직업을 알게 됩니다."

"그 직업이 혹시⋯⋯."

미호는 무대로 눈길을 돌렸다. 초등학교 2학년 남자아이가 연습곡을 무사히 연주하고 내려오는 참이었다.

"네, 맞습니다."

마나베가 침착한 음성으로 말을 이었다.

"생각하신 대롭니다."

"역시⋯⋯."

"우뇌가 원하던 직업을 알았을 때 낙담하던 구리바야시 씨의 모습은 애처로워서 지켜보기 힘들 정도였습니다. 우뇌의 생각이 자신의 생각과 너무 달라서 실망한 거라고 저는 해석했습니다. 그러나 그게 아니라는 걸 그가 오늘 이 발표회에 나온다는 얘기를 들었을 때 깨달았습니다. 그는 우뇌의 의식을 무시해 왔던 자기 자신을 책망했던 겁니다."

'저는 오랫동안 한 남자의 마음을 짓밟아 왔습니다.'

그의 말이 미호의 귓가에 되살아났다. 한 남자라는 말은 구리바야시 안에 있는 또 하나의 의식이었던 것이다.

드디어 수수께끼가 모두 풀렸다. 왜 그가 갑자기 피아노를 배우려고 했는지, 왜 그토록 발표회에 나오기를 희망했는지. 애절함과 뜨거운 무엇이 미호의 가슴속에 차올랐다.

바로 그때 턱시도 차림의 구리바야시가 무대에 모습을 드러냈다.

긴장한 기색이 역력한 그는 경직된 몸짓으로 관객에게 인사한 후 피아노 앞에 앉았다. 침을 삼키는 모습을 멀리서도 알아볼 수 있었다.

관객들은 중년 남자가 나오자 당황한 듯했다. 쿡쿡 웃는 사람이 있는가 하면 수군거리는 소리도 들렸다. 다들 호기심에 찬 눈길로 그를 바라보았다. 하지만 그런 반응이 오래 계속되지는 않았다. 중년 남자가 이 무대에 오르기까지 얼마나 용기가 필요했을지 충분히 짐작할 수 있었기 때문이다. 관객의 시선이 점차 따스하게 바뀌어 갔다.

그때 객석 한쪽 문이 열렸다. 그리고 구리바야시의 아내와 딸이 불안한 표정으로 들어오는 모습이 미호의 눈에 들어왔다.

무대 위의 구리바야시는 그 사실을 알아차리지 못한 듯했다. 그의 눈에는 건반과 악보밖에 보이지 않을 것이다.

정적 속에서 '미뉴에트'가 시작되었다.

영광의 증언

마사키 고조는 선술집에서 어묵 한 접시와 맥주 한 병을 비우고 집으로 향했다. 그것이 그에게는 가장 사치스럽게 주말을 보내는 방식이다. 오늘은 토요일이고, 그가 다니는 금속 가공 회사는 아직 주 이틀 휴무제가 아니었다. 심지어 토요일에도 납기를 맞추느라 오늘처럼 늦도록 잔업을 하는 경우가 많았다. 싸구려 손목시계는 밤 12시 근처를 가리키고 있었다.

그는 주머니에 손을 찔러 넣고 구부정하게 등을 굽힌 채 길바닥을 내려다보며 어둑어둑한 길을 걸었다. 아파트에 돌아가도 기다리는 사람은 없다. 올해로 마흔다섯인데 아직 독신이다. 한 번도 결혼한 적이 없다. 신붓감을 소개해 주겠다고 나서는 친한 친구도 그에게는 없다.

"좀 더 여기저기 돌아다녀 보지 그래. 안 그러면 어떻게 사람을 만나겠나. 자네는 너무 소극적이어서 탈이야."

얼마 전에 사장이 한 말이다. 사장이 내심 그를 답답하게 여긴다는 사실을 고조도 알고 있었다. 입이 너무 무겁고, 듣기 좋은 말이라고는 한마디도 하지 않는 어두운 녀석이라고 다른 직원에게 얘기했다고 한다.

고조는 결코 사람을 싫어하지는 않았지만, 남과 대화할 때면 화제를 찾는 일이 여간 고역이 아니었다. 무슨 얘기를 꺼내야 좋을지 도무지 알 수 없었던 것이다. 상대가 말을 붙이면 얼마든지 대답할 수 있는데, 하고 그는 늘 생각했다. 하지만 아무런 볼일 없이 그에게 말을 거는 사람이 있을 리 없었다.

길 건너편에서 남자 하나가 걸어왔다. 키가 크고, 고조보다 젊은 데다 세련된 옷을 입었다. 저런 남자라면 분명 여자들에게 인기가 있을 것이다. 그와 스쳐 지나칠 때 고조는 얼굴을 가렸다. 괜히 눈이라도 마주쳤다가 싸움이 나면 큰일이다. 어렸을 때부터 싸움이라고는 해 본 적이 없다.

조금 더 걸어 아파트 근처까지 왔을 때다. '퍽' 하는 소리가 들렸다. 그는 걸음을 멈추고 소리가 나는 쪽으로 고개를 돌렸다. 좁은 골목이 보였다. 거기서 소리가 나는 듯했다. 그는 작업복 바지 주머니에 손을 찔러 넣은 채 살짝 골목 안을 들여다봤다.

남자 둘이 밀치락달치락하고 있었다. 마른 남자와 뚱뚱한 남자다. 헉헉거리는 숨소리가 고조에게까지 들렸다.

싸우는가 보다, 그렇게 판단하고 그는 서둘러 그 자리를 떴다. 술에 약해서 맥주 한 병으로 거나하게 취해 있었지만, 싸우는 걸 보고 술이 확 깨 버렸다.

아무도 기다리지 않는 집에 돌아오자 그는 상의를 벗고, 아침에 출근했을 때와 마찬가지로 여전히 깔려 있는 이불 위에 드러누웠다. 그리고 텔레비전을 켠 뒤, 어제 빌려다 놓은 성인 비디오를 틀었다. 길에서 봤던 장면은 이미 그의 머릿속에 없었다.

잠시 후 화면에 젊은 여자 얼굴이 커다랗게 비쳤지만 그는 리모컨의 빨리 감기 버튼을 눌러 섹스 신이 나오는 부분을 찾았다. 그리고 바지를 벗은 후 팬티를 내렸다.

떠들썩한 소리에 눈을 떴다. 시계를 보니 이제 겨우 오전 8시를 지나고 있었다. 소리는 창밖에서 들려온다. 얼굴을 비비고 밖을 내려다보았다. 그의 집은 2층이다.

거리에 경찰차가 몇 대 세워져 있고 그 주변에 사람들이 모여 있었다. 어제 고조가 싸움을 목격했던 골목으로 경찰들이 드나들었다.

고조는 잠옷 대신 입고 있던 스웨터 차림 그대로 밖으로 나와 구경꾼들 뒤로 다가갔다.

"저, 무슨 일이 있어요?"

앞에 서 있는 중년 여자에게 물었다.

"골목길에서 살인 사건이 일어났나 봐요."

여자는 대답하고 나서 고조의 차림새를 보더니 얼른 그 자리를 떠났다. 언제 빨았는지 알 수 없는, 퀴퀴한 냄새가 나는 스웨터를 입고 있으니 여자가 도망치는 것도 무리는 아니었다. 그는 동네 사람들과 말을 섞어 본 적이 별로 없다.

'살인이라고…….'

고조는 마른침을 삼켰다. 저 골목에서? 그렇다면 어제 목겼했던 일과 관계가 있을까.

"이 동네는 밤이면 어수선해서 말이지."

옆에서 그런 소리가 들렸다.

"그러게 말이야. 가로등 관리도 엉망이고."

"가슴을 칼로 찔렀대. 아마 노상강도겠지. 불경기라서 그런지 이런 사건이 많네."

"아이고, 끔찍해."

부부인 듯한 두 사람의 대화를 들으며 고조는 목을 길

게 뽑아 골목 쪽을 들여다봤지만 시체는 이미 치운 것 같았다.

오후 들어 고조의 집에 아파트 주인이 월세를 받으러 왔다. 집주인은 일흔이 가까운 할아버지다. 그가 현관에 선 채 고조의 집을 슬쩍 들여다보고는 얼굴을 찡그렸다.

"자네, 청소 좀 하고 살지 그러나. 집이 먼지투성이에다 뭔지 모를 냄새도 나는데 그래?"

그러면서 코를 킁킁거렸다.

"아, 죄송합니다. 오늘 청소하려고 했어요."

"그러게, 그럼. 이 아파트, 자네 혼자 사는 게 아니니까."

할아버지가 못마땅한 표정으로 말했다.

월세를 건넨 후 고조는 "살인 사건이 일어났다죠?" 하고 물었다.

할아버지는 못마땅한 표정인 채 고개를 끄덕였다.

"세상이 왜 이렇게 시끄러운지, 원. 이 동네 소문도 점점 나빠지고 말이야."

세를 들려는 사람이 없을까 봐 걱정인 모양이었다.

"죽은 사람은 누구랍니까?"

"자세히는 모르겠지만, 큰길에 있는 중국집 주인이라지, 아마. 나는 그 집은 가 본 적이 없는데."

고조도 그 중국집에는 간 적이 없었다.

"단서는 찾았대요?"

"글쎄, 목격자가 없어서 형사가 이 근방에서 탐문 수사를 벌이고 있다더군. 하지만 어렵지 않겠어? 어젯밤에 살해되었다던데, 밤에는 이 부근에 사람이 별로 없잖아."

그러고서 나가려는 집주인을 고조가 붙들었다.

"저기요……."

"왜?"

집주인이 희끗희끗한 눈썹을 찡그렸다.

"혹시 주인어르신 댁에도 형사가 왔었나요?"

"우리 집에는 아직 안 왔어. 뭐, 와 봤자 해 줄 말도 없고. 우리는 잠자리에 일찍 드니까."

"저희 집에도 올까요?"

"이 집에? 글쎄. 올지도 모르지. 왜 그러는데?"

집주인의 목소리에 짜증이 섞여 있었다.

잠시 망설이던 고조가 마침내 결심하고 입을 열었다.

"실은 봤거든요."

"보다니, 뭘?"

"그러니까 그, 살인 현장요. 어젯밤에 말이죠."

"뭐야?"

집주인이 눈을 휘둥그렇게 떴다.

"그 말, 사실인가?"

"네, 집에 오는 도중에요. 12시쯤 됐으려나. 그 골목에서요."

집주인이 고조를 향해 돌아섰다.

"그럼 경찰에 가서 얘기해야지, 엄청난 증언인데. 빨리 경찰에 연락하게!"

침이 고조의 얼굴에까지 튀었다.

"아니, 하지만, 사건이랑 관계가 없을지도 모르고……."

"그건 경찰이 판단할 일이지. 어쩌면 중요한 실마리가 될지도 모르잖아. 알았어. 내가 연락하지."

그러고서 주인은 고조의 집을 나가 계단을 내려갔다. 월세가 든 봉투를 신발장 위에 둔 채로.

그로부터 30분 뒤, 형사들이 찾아왔다. 네모난 얼굴에 고집스러워 보이는 남자와 눈매가 사나운 젊은 남자였다. 둘 다 회색 양복 차림이었다.

"어제 일을 되도록 자세히 설명해 주세요."

얼굴이 네모난 형사가 말했다. 표정이 매우 진지했다.

고조가 긴장한 표정으로 이야기를 시작했다.

"……선술집을 나와서 골목 근처까지 걸어왔어요. 12시

쯤이었을 겁니다. 그런데 골목 쪽에서 소리가 들리길래
가 보니까 남자 둘이 있었습니다."

"뭘 하고 있던가요?"

"그게……."

싸우고 있었다고 말하려다 말았다. 싸우는 걸 봤다면
왜 말리지 않았느냐고 다그칠 것 같아서였다. 싸움을 말
렸다면 중국집 주인이 살해되지 않았을지도 모른다.

"딱히 뭘……, 그저 서서 얘기를 나누고 있었습니다."

"골목에 서서 얘기를 나눴단 말이죠, 그 두 사람이?"

네모난 형사가 확인하듯 물었다.

"그렇습니다."

형사가 알겠다는 듯이 고개를 끄덕였다. 그 모습을 본
고조는 자신의 증언이 부자연스럽지는 않았나 보다고
생각하며 안심했다.

"그 두 사람의 인상이나 체격을 기억하십니까?"

"한 사람은 뚱뚱하고 키가 작았고, 다른 한 사람은 야
위고 키가 컸습니다."

두 형사가 동시에 끄덕거렸다. 한쪽이 피해자의 체격
과 일치해서일 것이다.

"얼굴은요, 기억나세요?"

"얼굴…… 말인가요? 아니, 저, 자세히 못 봐서 기억이 안 납니다."

젊은 형사가 드러나게 실망하는 표정을 지었다. 이 정도 증언은 도움이 되지 않는다고 생각하는지도 몰랐다. 고조는 걱정이 되기 시작했다.

"그 남자의 얼굴을 보면 기억이 떠오를까요?"

나이 든 형사 쪽이 물었다. 고조는 그 질문이 고마웠다.

"네, 아마 그럴 겁니다."

다행이라는 듯이 나이 든 형사가 고개를 한 번 끄덕했다. 젊은 형사도 만족한 듯 뭔가를 메모한다.

"그 외에 기억나는 특징은요? 특히 그 야위고 키 큰 남자 쪽 말이죠."

"특징이라면……?"

"예를 들면 복장이라든가요."

"복장이……."

뭔가 떠올려야 할 것 같아서 초조했다. 지금까지 그가 증언한 내용은 아무래도 형사들에게 도움이 별로 안 되는 듯했다.

그때 문득 머릿속에 기억 하나가 되살아났다.

"아, 맞다!"

고조는 손뼉을 쳤다.

"줄무늬 스웨터를 입고 있었어요."

"줄무늬요, 확실합니까?"

"틀림없어요. 그게 그러니까……, 회색과 빨간색 줄무늬였습니다. 네, 맞아요."

고조는 그 색깔을 선명히 떠올릴 수 있었다. 둘 중 한쪽이 그런 옷을 입고 있었다. 그런데 어느 쪽이었더라…….

야윈 쪽, 이었다고 그는 말했다.

"야윈 남자 쪽이 그런 옷을 입고 있었습니다."

형사들의 눈빛이 지금까지와는 확연하게 달라졌다. 나이 든 형사가 눈짓하자 젊은 형사는 잠깐 실례하겠다며 고조의 집을 나갔다.

"그 밖에 또 떠오르는 게 있습니까?"

"그 밖에요? 아니요, 다른 건 별로 기억나지 않습니다. 아! 하지만,"

고조가 형사를 향해 고개를 휙 돌렸다.

"어떤 얼굴이었는지 알 것 같습니다."

"어떤 얼굴이었죠?"

"뺨이 홀쭉하고, 눈썹이 옅고, 머리카락이 길었던 것 같습니다."

자신 있게 대답했다. 느닷없이 그토록 명료하게 떠오른 이유는 그 자신도 알 수 없었다.

마사키 고조의 증언을 단서로 수사 당국은 사건 다음 날 야마시타 이치오를 체포했다.

야마시타는 여러 면에서 범인으로서의 조건을 충족했다.

그는 살해된 시모다 하루키치의 사촌 동생으로, 제대로 된 직업도 없어 하루키치에게 돈을 자주 빌렸다. 최근 들어 그 액수가 100만 엔 가까이 되자 하루키치가 돈을 갚으라고 다그쳤다고 한다.

사건 당일에 야마시타는 밤 10시경 동거 중인 여자의 아파트를 나왔다. 여자에게는 볼일을 마치는 대로 돌아오겠다는 말을 남겼다고 한다. 그때의 복장이 흰 면바지에 빨강과 회색 줄무늬 스웨터였다고 여자가 증언했다. 그 스웨터는 그의 방에서 발견됐다.

그러나 야마시타는 범행을 부인했다. 그는 그날 밤 시모다 하루키치를 만난 건 사실이지만, 그건 빌린 돈의 일부를 갚기 위해서였다고 했다. 만난 곳은 살해 현장에서 200미터쯤 떨어진 공원으로, 그곳에서 현금 20만 엔을 건네고 헤어졌다고 주장했다.

그 20만 엔을 어떻게 마련했느냐는 질문에 야마시타는 처음엔 대답을 하지 않았다. 하지만 그러다가는 혐의를 벗어나기 어렵겠다고 판단했는지 마작을 해서 돈을 땄다고 자백했다. 그리고 그 주장은 사실로 밝혀졌다. 물론 그렇다고 혐의가 사라진 것은 아니다. 살해된 시모다 하루키치에게서 20만 엔이 발견되지 않았던 것이다.

경찰은 범인이 입었다는 스웨터에 관한 증언 외에 골목에서 두 남자가 얘기를 나누었다는 증언도 중시했다. 범인과 피해자가 서로 아는 사이라는 것을 말해 주기 때문이었다.

몇 번의 조사 후 수사관은 마사키 고조를 경찰서로 불러 매직미러를 사이에 두고 그에게 야마시타의 얼굴을 보여 줬다.

"그 남자가 틀림없습니다."라고 고조는 증언했다.

"하여간 그때 나는 기분이 좋아서 걷고 있었어요. 선술집에서 한잔 걸친 뒤였거든요. 아아, 이번 주도 열심히 일했구나, 하고 생각하면서 집으로 돌아가는 길이었죠. 그런데 그 골목 옆을 지날 때 무슨 소리가 들리는 거예요. 그런 곳에 사람이 있을 리 없는데 말이에요. 그래서 뭐지, 하며 무심코 봤더니 그 두 사람이 있더라고요. 뚱뚱한 남자랑 야위고 키 큰 남자가 마주 보고 서 있었어요. 분위기가 험악하다고 할까, 어쨌든 느낌이 이상했죠. 그래서 두 사람의 인상이 기억에 남았던 건데, 특히 야윈 쪽을 유심히 봐 두길 잘했지 뭡니까. 결국 그쪽이 범인이었으니까요. 네, 맞아요. 빨강과 회색 줄무늬 스웨터요. 옷한번 화려하네, 얼핏 그렇게 생각했어요. 하지만 그게 나중에 귀중한 증언이 될 줄은 그때는 꿈에도 몰랐답니다."

종이컵에 담긴 커피에는 거의 입도 대지 않은 채 고조가 말했다. 공장 휴식 시간이었다. 시간제 아르바이트를 하는 할머니들이 고조의 무용담을 듣고 있었다.

"아이고, 대단한 공을 세웠구먼."

할머니 하나가 감탄한 듯 말했다. 다른 할머니들도 일제히 고개를 끄덕였다.

"아니요, 뭐, 대단한 건 아닙니다. 우연히 봤을 뿐이죠. 하지만 물론 제가 아무것도 기억하지 못했다면 아직도 범인을 잡지 못했을 테니 어떻게 보면 공을 세웠다고 할까요."

"공도 이만저만한 공이 아니지."

할머니가 말했다.

"그런가요? 네, 뭐, 그럴지도 모르죠."

고조는 기분 좋게 식은 커피를 마셨다.

아르바이트 할머니 중에는 고조의 이 얘기를 벌써 두 번째 듣는 사람도 있었다. 하지만 몹시 들떠서 열변을 토하는 그를 아무도 말릴 수 없었다. 정규직 사원들이 휴식 시간이 되어도 휴게실에 나타나지 않는 이유는 이 목격담을 이미 신물이 날 정도로 들었기 때문이었다.

"이건 형사들한테 들은 얘긴데요,"

고조가 주머니에서 담배를 꺼내 불을 붙인 뒤 거드름을 피우는 것처럼 천천히 한 모금 빨았다.

"아무래도 제가 재판정에도 가야 할지 모른다네요."

"아니, 재판정에까지?"

할머니들의 얼굴에 순수한 경의의 빛이 떠올랐다. 처음 듣는 얘기였기 때문이다.

"그것도 보통 일은 아니네. 역시 중요한 증인이구먼."

"네, 뭐, 그런가 봐요. 경찰로서는 제 증언에 모든 게 달려 있으니까요. 제 한마디로 유죄인지 아닌지 판가름이 나는 거죠. 그렇게 생각하면 좀 뭐한 게, 범인이 나쁜 놈인 건 사실이지만 만에 하나 사형이라도 당한다면 뒷맛이 안 좋을 것 같거든요. 그래서 마음이 좀 무거워요."

고조는 얼굴을 찌푸렸지만 그 눈은 행복해 보였다.

실제로 요 며칠은 그에게 영광의 나날이라고 해도 지나친 말이 아니었다. 살인 사건의 범인을 체포하는 데 결정적인 증언을 했다고 하면 누구나 얘기를 듣고 싶어 한다. 그리고 들은 후에는 놀라거나 감탄한다.

이런 일은 지금까지 그의 인생사에서 단 한 번도 없었다. 누구에게도 주목을 받지 못한 채 존재감 없이 살아왔다. 그리고 아마도 죽을 때까지 그럴 거라고 생각했다.

그런데 그 사건 이후 모든 것이 180도 변했다. 그의 증언은 여러 사람에게 영향을 미쳤다. 예를 들면 그가 목격했다고 말하자 한 사람이 처벌될 위기에 놓인 것이다.

동네에서도 고조가 증언한 일은 유명했다. 그가 근처 가게에 물건을 사러 가거나 했을 때 그 얘기를 늘어놓았기 때문이다.

"실은 내가 범인의 얼굴을 목격해 버렸거든. 그래서 경찰에 불려 가고, 고생 좀 했지."

여기까지 말하면 대부분은 놀라며 다음 얘기를 듣고 싶어 한다. 그런 상대에게 짐짓 거드름을 피우며 목격담을 털어놓는 것이다. 그 덕분인지 요즘 들어서는 동네 주부들도 그를 보면 인사를 했다. 때로는 "그 사건은 그 후에 어떻게 됐어요?" 하고 물어보는 사람도 있었다. 그럴 때 고조는 스타가 된 듯한 기분을 맛봤다.

거듭 말하다 보니 그의 얘기는 조금씩 정리가 되어 갔다. 불확실했던 점도 어느 사이엔가 모두 보완되어 있었다. 그런 것이 바로 '각색'이라는 것을 그는 자각하지 못했다. 각색한 내용이 마치 사실인 것처럼 그 자신도 착각하기 시작한 것이다.

사건 일주일 후 토요일에 평소처럼 선술집에 들른 고조는 그 집 주인에게 아직 자신이 목격담을 얘기하지 않았다는 사실을 깨달았다.

"범인이 아직 범행을 인정하지 않았다죠?"

지나가는 말처럼 슬쩍 선술집 주인에게 물어보았다.

머리에 수건을 동여맨 주인은 살짝 당황하는 표정을 지었다.

"아……, 범인이라면 누구……?"

"그거 있잖아요. 지난번에 골목에서 시체가 발견된 사건요."

그걸 벌써 잊었느냐고 힐난하는 듯한 말투였다. 그런

엄청난 사건을 벌써 잊다니. 웬만한 사람은 평생 겪지 못할 사건을.

"아아, 그 사건요. 글쎄요, 어떻게 됐을까……. 요즘 통신문을 안 봐서 잘 모르겠네요."

선술집 주인이 사건보다는 화로의 불 조절에 신경이 더 쓰인다는 듯한 태도로 말했다.

고조는 혀를 차고 싶은 심정이었다. 아직 일주일도 지나지 않았는데 이토록 무심해지다니. 바로 옆에서 일어난 사건인데.

하지만 선술집 주인만 그런 것이 아니었다. 공장 직원이나 마을 사람들도 언젠가부터 점점 사건 얘기를 하지 않았다.

그들로서는 자신들과 무관한 사건을 날이면 날마다 생각할 이유가 없었다. 시간이 지남에 따라 잊히는 게 당연하다. 게다가 고조의 얘기에도 진절머리를 내고 있었다.

고조만 그런 사실을 몰랐다. 모를 뿐 아니라 초조함 비슷한 감정을 느끼기 시작했다. 그의 마음속에서 이번 사건은 자신의 존재 가치와 직결되는 일이었다. 사건이 잊히면 자신도 잊힐 것 같았다. 또다시 그 평범하고 무미건조한 생활로 되돌아가야 한다.

"그 범인 말인데요,"

고조는 맥주를 잔에 따라 우선 목을 축였다.

"제가 우연히 현장을 목격해서 경찰에게 범인의 특징을 가르쳐 줬거든요. 그래서 체포된 거예요."

"아니, 그래요?"

선술집 주인이 놀라는 표정을 지었다.

"그렇다니까요. 제가 지난주에도 여기 왔었잖아요. 한잔하고 집에 가는 도중에 목격한 거예요."

"우와! 그거 대단하네요."

얘기를 처음 들은 선술집 주인은 고조가 기대했던 반응을 보였다. 그는 어느새 유창해지기까지 한 말투로 목격담을 늘어놓았다. 선술집 주인이 "그거 놀라운데요!"라든지 "대단하군요."라며 장단을 맞추자 고조는 갈수록 매끄럽게 혀를 놀렸다.

평소보다 맥주를 한 병 더 마시고 고조는 선술집 의자에서 일어섰다. 불콰해진 얼굴을 밤바람이 기분 좋게 스쳤다.

지난주와 같은 길을 걸어 아파트로 돌아가기로 했다. 그때는 일이 이렇게 될 줄 꿈에도 몰랐지 뭐야, 하고 중얼거리면서 걷던 그는 문득 발걸음을 멈췄다. 어느 장면 하나가 뇌리를 스쳤기 때문이다.

지난주에 선술집을 나선 뒤의 일이었다. 예의 골목에 닿기 전에 남자 하나가 그를 스쳐 지나갔다. 그 남자의 모습이 떠올랐다. 그러자 머리가 갑자기 뜨거워졌다. 그리고 심장이 빠르게 뛰기 시작했다.

관자놀이에서 식은땀이 흘러내렸다. 기분 나쁠 정도로 차가운 땀이었다. 이어서 다리가 떨려 왔다. 그는 서 있기도 힘들어 비틀거리며 걸음을 옮겼다.

"빨강과 회색 줄무늬, 빨강과 회색 줄무늬……."

염불처럼 입안에서 되뇌었다.

빨강과 회색 줄무늬 스웨터는 그때 스쳐 지나간 남자가 입었던 옷이다. 홀쭉한 뺨에 옅은 눈썹, 긴 머리카락도 마찬가지다. 그 남자의 인상이다.

그러니까 골목에서 사건을 목격하기 직전에 본 남자의 특징을 범인의 것으로 착각한 것이다.

그리고.

그 사람이 야마시타 이치오다. 고조를 스쳐 지나간 남자가.

야마시타와 스쳐 지나간 뒤 고조는 골목에서 두 남자를 봤다. 그 둘은 다투고 있었다. 따라서 야마시타는 범인일 수 없다. 고조는 야마시타의 무죄를 증명할 수 있는 유일한 증인인 것이다.

경찰서로 가야 한다고 생각했다. 진실을 말해야 한다.

하지만 경찰이 내 얘기를 들으면 뭐라고 할까.

형사의 분노에 찬 얼굴이 떠올랐다. 고조의 증언을 토대로 야마시타를 체포했는데 이제 와서 그의 무죄를 입증하겠다니, 하며 화내는 게 당연하다.

주위 사람들이 다시는 자신을 상대해 주지 않을 거라는 생각도 들었다.

"잘난 척 떠들어 대더니, 착각이었다면서?"

"아니, 그런 거였어? 어쩐지 이상하더라. 그런 멍청한 놈이 범인의 특징을 기억할 리 없지."

"그놈한테 휘둘린 경찰도 괴롭겠어."

"뭐니 뭐니 해도 체포된 사람이 제일 화가 나겠지. 그녀석이 착각하는 바람에 체포되다니, 날벼락이지 뭐야."

"이번에는 그 사람의 무죄를 증언했다지?"

"그걸 어떻게 믿겠어. 그 바보 같은 놈 얘기를 말이야."

사람들의 비웃음이 들리는 듯했다. 그런 경멸 후에는 지금까지보다 한층 차갑고 어두운 무시가 기다리고 있을 것이다.

•

진실을 밝혀서는 안 된다고 생각했다. 이대로 밀고 나갈 수밖에 없다. 나는 보았다. 범인이 빨강과 회색 줄무늬 스웨터를 입은 모습을. 그 사람이 야마시타였는지 아닌지는 모른다. 인상이 비슷하다고 했지 그 사람이라고 단언한 건 아니잖아. 착각할 수도 있지. 책임은 경찰에 있다. 내 잘못이 아니다. 만일 야마시타가 범인이 아니고 그날 밤 우연히 빨강과 회색 줄무늬 스웨터를 입고 있었다면 그건 우연의 일치다. 범인도 야마시타도 똑같은 옷을 입었던 거다. 그런 거다.

무거운 발걸음으로 아파트를 향해 걸으며 고조는 앞으로 어떻게 할 것인지를 정했다. 첫째, 자신이 착각했다는 사실을 누구에게도 알리지 말 것. 둘째, 지금까지 했던 증언을 절대 번복하지 말 것.

이윽고 예의 골목 앞에 이르렀다. 그는 그날 밤처럼 골목 안을 들여다봤다. 생각 이상으로 골목 안이 어두웠다.

'아니!'

그는 침을 꿀꺽 삼켰다.

이렇게 어두워서는 차림새나 인상을 구분할 수 없다. 그렇다면 지난주에 여기서 그 남자들을 봤을 때도 마찬가지였을 것이다.

제기랄, 도대체 왜 이렇게 어두운 거야, 하며 주위를 둘러봤다. 그 해답은 머리 위에 있었다. 전신주에 달린 가로등의 전구가 오래돼서 불빛이 희미해진 것이다.

위장에 뭔가 무거운 것이 가득 찬 느낌이었다. 뺨이 파들파들 경련을 일으키는 채로 그는 허둥지둥 아파트로 돌아왔다. 그리고 깔려 있던 이불 위에 주저앉았다.

혼란스러운 머리를 필사적으로 굴렸다.

경찰은 가로등이 저런 상태라는 걸 알까.

밤에 현장을 조사하지 않았다면 아직 모를 것이다.

하지만 언젠가는 알게 될지도 모른다. 혹은 재판에서 피고인 측 변호인이 반론할지도 모른다. 그렇게 어두운 골목에서 줄무늬 색깔까지 알아볼 수 있느냐고.

고조는 창문에서 현장을 내려다봤다. 가로등이 여전히 어두웠다.

그는 휘청거리며 일어서서 방 안을 둘러봤다. 싱크대 위에 붙어 있는 전구가 눈에 들어왔다. 가로등에 사용된 전구와 크기가 같았다.

그는 전구를 움켜쥐고 힘껏 비틀어 빼냈다.

한편 그 시각, 수사 당국은 급변하는 사태에 당혹감을

감추지 못하고 있었다.

"그래서, 뭐라는 거야. 그쪽이 진범이라는 얘기야?"

이번 사건의 지휘자인 경장이 부하에게 화난 목소리로 물었다.

"네, 아무래도 그런 것 같습니다. 현장 상황에 관한 진술이 사실과 일치하고, 흉기를 버렸다는 장소에서 피 묻은 나이프도 발견됐습니다. 게다가 피해자의 지갑까지 지니고 있었습니다."

부하 형사가 대답했다.

"그 지갑에 돈도 들어 있었나?"

"네, 현금으로 10만 엔쯤 들어 있었습니다. 나머지는 써버렸다는군요."

"이런, 제기랄."

경장이 짜증이 가득한 표정을 지었다.

그들이 난처해하는 것은 오늘 다른 경찰서에 체포된 강도의 자백 때문이었다. 그가 자신이 시모다 하루키치를 죽였다고 자백했다는 것이다. 시모다와는 전혀 모르는 사이로, 돈이 있을 만한 사람을 털려는 차에 우연히 시모다가 나타났다고 한 모양이다.

"범행 당시의 복장은?"

"갈색 점퍼를 입고 있었답니다."

"뭐야, 그럼 고조라는 자의 증언과 다르잖아."

"네. 게다가 그 목격자의 말로는 두 사람이 골목에서 얘기를 나누었다고 했는데, 그것도 사실과 다릅니다."

"이거야, 원."

경장이 우두둑 소리가 나도록 고개를 돌렸다.

"이래서 그런 무지렁이 말을 믿으면 안 된다니까."

"그리고 확인은 안 해 봤지만, 가로등 얘기도 들으셨죠?"

"전구가 오래됐다는 얘기 말이야?"

"네. 그래서 골목 안에 있는 사람의 복장까지는 자세히 보이지 않을 것 같습니다. 그 목격자가 뭔가 착각하지 않았나 싶습니다."

고조는 밤 12시가 되기를 기다렸다가 살그머니 집을 나왔다. 손에는 싱크대 위에서 빼낸 전구가 들려 있었다.

예의 전신주 밑에 다다르자 그는 전구를 바지 벨트에 끼우고 주위에 아무도 없는 것을 확인한 후 전신주에 뛰어올랐다. 그리고 손발에 힘을 잔뜩 주어 기어오르기 시작했다.

무슨 일이 있어도 오늘 밤 안으로 전구를 갈아 끼워야 한다. 잘하면 경찰이 모른 채 넘어갈지도 모른다. 내 증언이 허점투성이라는 걸 말이다. 누구도 그 사실을 몰라야 한다.

평소에 운동을 하지 않아 배가 불룩 나온 그에게 전신주를 오르는 일은 엄청난 도전이었다. 숨을 헉헉 몰아쉬고 입에서는 침까지 흘리며 위로 향했다. 땀방울이 눈을 적셨다.

마침내 가로등이 손에 닿는 곳까지 올라왔다. 그는 왼팔을 쭉 뻗어 가로등의 전구를 빼냈다. 그걸 입에 문 뒤, 벨트에 끼워 두었던 전구를 손에 쥐었다.

아까처럼 왼팔을 쭉 뻗었다. 그리고 가로등에 끼우려는 순간……, 전신주에서 주르르 미끄러져 내리기 시작했다.

바닥으로 떨어질 때까지 갖가지 생각이 그의 머릿속을 오갔다. 차라리 이대로 죽어 버리는 게 낫겠다는 생각도 그중 하나였다.

그러나 그는 죽지 않고 경찰에게 발견될 때까지 정신을 잃고 있었다.

본격 추리 관련 기념상품 감정 쇼

1

진찰을 마친 의사가 청진기를 벗어 가방에 넣었다. 주사는 놓지 않았다.

"결국 손을 쓸 수 없게 된 건가요?"

다다미 위에 깔린 이불 속에서 야마다 데쓰키치가 물었다. 닭 모가지같이 야윈 주름투성이 목이 바들바들 떨렸다.

"그렇지 않습니다. 영양만 잘 섭취하시면 좋아질 겁니다."

환자와 눈을 맞추지 않은 채 의사가 말했다.

"치료다운 치료도 안 해 주시면서 그런 말씀 마세요. 하지만 선생님, 저는 선생님께 감사해하고 있습니다. 선생님 덕분에 예상보다 오래 살았으니까요. 이젠 여한이 없습니다."

"그런 말씀 마세요."

"제발 솔직히 말씀해 주세요. 제가 앞으로 얼마나 살까요?"

"그런 터무니없는 질문에는 답하지 않겠습니다."

"그러지 마시고 가르쳐 주세요. 앞으로 몇 달이나 남았습니까? 혹시 한 달도 안 남았나요?"

"아직 멀었습니다. 걱정하지 마세요."

그리고 의사는 자리에서 일어나 아들 부부에게 고개를 끄덕였다. 며느리 이쿠코가 의사를 배웅하려고 일어섰다. 아들 시로도 일어서려는데 데쓰키치가 "너는 여기 있거라." 하고 그를 붙들었다.

"네."

시로가 아내에게 눈짓하자 이쿠코가 혼자서 의사를 현관까지 배웅했다.

"시로, 이리 와 보거라."

쉰 목소리로 데쓰키치가 말했다.

시로가 무릎걸음으로 다가와 데쓰키치의 머리맡에 앉았다. 그리고 자신보다 딱 마흔 살이 많은, 연로한 아버지를 내려다보았다.

"왜요, 아버지?"

"시로, 나는 이제 살 날이 얼마 남지 않았다."

"무슨 말씀이에요, 아버지답지 않게."

"아니다. 괜스레 마음이 약해져서 하는 말이 아니야. 내 몸은 내가 제일 잘 알아. 그리고 죽는 건 두렵지 않다. 그보다, 죽기 전에 네게 하고 싶은 말이 있단다."

"갑자기 왜 정색을 하고 그러세요."

"내가 재산이라고 할 만한 걸 남기지 못했구나. 남긴 거라고는 이 집뿐인데, 이런 시골에 있는 집을 팔아 봐야 얼마 되지도 않을 거야."

"그런 얘기라면 그만두세요."

"그러지 말고 들어 봐. 그래도 하나는 네게 물려주고 싶은 게 있구나. 수십 년 동안 누구에게도 보여 주지 않은 물건이란다. 나만 아는 비밀이지."

"너무 거창하게 말씀하시는 거 아닌가요?"

시로가 슬그머니 웃음을 지었다.

하지만 아버지가 농담을 하는 것 같지는 않았다. 그는 기침을 두세 번 한 뒤 이렇게 말했다.

"불단 옆에 있는 서랍을 열면 오른쪽 구석에 길쭉한 상자가 있을 거야."

시로는 아버지 말대로 불단 서랍을 뒤졌다. 아닌 게 아니라 길이가 1미터쯤 되는 나무 상자가 들어 있었다.

"열어 보거라."

시로는 상자 뚜껑을 열었다. 거기에는 길이 약 1미터, 두께 몇 센티미터 정도의 나무 막대기가 두 개 들어 있었다. 둘 다 상당히 지저분했다.

"뭐예요, 이 막대기는?"

그러자 데쓰키치가 빙그레 웃었다. 얼굴의 주름 모양이 크게 달라졌다.

"그걸 네게 주마. 나중에 어려운 일이 생기걸랑 처분하려무나."

"처분이라니요. 아무리 봐도 값이 나가는 골동품 같지는 않은데요."

"골동품 따위가 아니다. 하지만 뭐, 그런 종류라고 해 두자. 관심이 없는 사람에게는 쓰레기에 지나지 않지만 관심이 있는 사람에게는 크게 가치가 있는 물건이다."

"이런 막대기에 누가 관심을 둔다고 그러세요."

"그걸 지금부터 얘기해 주려는 거야. 하지만 다른 사람에게는 절대 얘기하지 말거라."

그리고 데쓰키치의 기나긴 이야기가 시작되었다. 시로는 처음에는 별 관심이 없어서 적당히 듣는 척했지만 어느새 그 얘기에 빠져들고 말았다. 그것은 엄청난 내용이었다. 데쓰키치가 왜 그 막대기를 소중히 간직해 왔는지 알 수 있었다.

그로부터 두 달 뒤 데쓰키치는 세상을 떠났다.

2

"자, 그럼 시작해 볼까요. '본격 추리 관련 기념상품 감정 쇼' 시간입니다.

오늘도 동서고금을 막론한 불가사의하고도 드라마틱한 본격 추리 사건에 관련된 다양한 물건을 그 분야 전문 감정사에게 감정을 받아 보겠습니다. 저는 사회자 구로다 겐지입니다."

"함께 사회를 맡은 시로야마 아리사입니다."

코미디언 출신 남자 탤런트와 전직 모델의 인사로 프로그램의 막이 올랐다. 이어서 일렬로 앉아 있는 감정사들이 소개되었다. 오늘의 특별 감정사는 덴카이치 사건 관련 프로인 가베카미 다쓰야. 이 시점에서 시청자들은 아아, 오늘은 덴카이치와 관련된 물품이 나오겠구나, 하고 눈치챘을 것이다.

"그럼 첫 번째 의뢰인을 모셔 보겠습니다. 나와 주세요!"

시로야마의 혀 짧은 소개와 동시에 뒤쪽에 있는 커튼이 열리더니 드라이아이스 안개와 함께 한 사람이 걸어 나왔다. 회색 양복 차림의 왜소한 남자였다.

"한노에서 온 모, 모, 모토야마 모토오입니다."

남자가 자신을 소개했다. 상당히 긴장한 듯, 목소리가 떨렸다.

"네, 모토야마 씨. 그렇게 긴장하실 것 없습니다. 자, 무슨 물건을 가지고 오셨습니까?"

사회자 구로다 겐지가 물었다.

"네, 그러니까, 이, 이겁니다."

모토야마가 손에 들고 있던 액자를 가슴 앞에 세웠다. 하지만 거꾸로 되어 있어 시로야마가 서둘러 바로잡았다.

액자 속에는 만 엔짜리 지폐가 한 장 들어 있었다.

"아아, 만 엔짜리군요. 왜 이걸 들고 나오셨을까요? 인쇄가 잘못되었다거나 번호가 특수하다면 가치가 있을지 모르겠습니다만, 그런 경우라면 다른 프로그램에 나가시는 게 좋겠습니다."

사회자가 그렇게 너스레를 떨며 방청객의 웃음을 유

도했다.

"아, 아닙니다. 저, 이건 말이죠, '요릿집 치비타케 살인 사건'에서 사용된 지폐 중 한 장입니다."

"아니, 요릿집 치비타케 살인 사건 말입니까?"

사회자가 깜짝 놀란 시늉을 하며 파트너인 시로야마를 바라봤다.

"그 사건에 관해 알아볼까요?"

"네. 그럼 VTR를 보시죠."

전직 모델 사회자가 생긋 웃었다.

재현 비디오가 시작되고 내레이션이 흘렀다.

"사건은 도쿄 시타기타자와에 있는 요릿집 치비타케에서 일어났다. 그날 그 건축 회사 사장은 평소 알고 지내던 중의원 의원과 그곳에서 만나기로 되어 있었다. 그래서 평소처럼 약속 시각보다 10분 정도 일찍 도착해 맨 안쪽 방에서 기다리고 있었다. 그의 비서인 젊은 남자가 다른 방에서 대기하고 있었던 점도 평소와 다름없었다. 상대인 중의원 의원은 약속 시각보다 10분 늦게 나타났다. 요릿집 여주인은 의원을 방으로 안내했다. 하지만 거기서 그 두 사람이 목격한 것은 사장이 무참히 죽어 있는 모습이었다. 사장은 목에서 피를 많이 흘린 채 숨이 끊어져 있었다. 그리고 그의 주위에는 만 엔짜리 지폐가 수없이 흩어져 있었다. 그 돈은 그날 의원에게 건네기로 했던 것이었다. 한편 재력가인 경위 다카야시키 히데마로는 이날 우연히 그 요릿집의 다른 방에서 연회를 즐기고 있었다. 사건이 일어났다는 얘기를 들은 그는 즉시 요릿집에 있는 사람들을 밖으로 나가지 못하도록 조치하고 직접 수사에 나섰다. 그 결과 중요한 사실을 알게 되었다. 사장이 방에서 혼자 머물렀던 20분 남짓 동안 요릿집을 나간 사람이 아무도 없다는 것이었다. 즉 범인이 여전히 요릿집 안에 있다는 얘기였다. 잠시 후 도착한 부하들에게 다카야시키는 요릿집 내부를 샅샅이 뒤지는 것과 동시에 요릿집에 남아 있던 사람들을 몸수색하도록 지시한다. 흉기를 찾아내는 일이 선결 과제라고 본 것이다. 그런데 웬일인지 어디서도 흉기가 발견되지 않았다. 맨 먼저 의심의 대상이 된 것은 당연히 주방에 있는 칼 종류였다. 하지만 그곳에는 목격자가 여럿 있어서 그곳에 있던 칼이 흉기로 사용되었을 가능성은 전혀 없었다. 그렇다면 흉기는 대체 어디로 사라진 것일까. 그리고 범인은 과연 누구일까.'

　여기서 잠시 재현 비디오가 중단되고, 스튜디오에 있

는 사회자의 얼굴이 텔레비전 화면에 비쳤다.

"야, 엄청난 사건이군요. 이 사건은 소위 다카야시키 히데마로 시리즈 중 하나로, '사라진 흉기' 유형이라고 할 수 있습니다. 그럼 진상은 과연 무엇이었을까요?"

"계속해서 VTR를 보시죠."

시로야마가 교태를 부리듯이 말했다.

'사체를 자세히 조사한 결과, 살인은 두 가지 순서를 거쳤음이 판명되었다. 즉, 먼저 둔기로 후두부를 가격해서 사장을 기절시킨 후 칼로 경동맥을 자른 것이다. 그렇다면 흉기가 두 개여야 했다. 칼도 찾지 못한 마당에 후두부를 가격한 둔기까지 찾아야 하게 생긴 것이다. 수사관들 사이에 초조감이 감돌았다. 그런데 돌연 다카야시키 히데마로가 집게손가락을 치켜세우고 늘 그랬듯이 이렇게 외쳤다.

"내게 듀팡의 영혼이 찾아왔다. 이번에야말로 수수께끼를 모조리 풀어 보이겠다."

이어서 그는 말했다.

"흉기는 처음부터 우리 눈앞에 있었다. 하지만 그 흉기는 멋지게 그 모습을 바꾸었다. 아니, 사실은 원래의 모습으로 돌아갔다. 그래서 우리 눈에는 띄지 않았던 것이다. 눈을 크게 뜨고 자세히 보라. 저것이야말로 두 개의 흉기다!"

그리고 그가 가리킨 것은 사체 주변에 흩어져 있는 만 엔짜리 지폐들이었다.

"단단하게 묶은 지폐 뭉치는 둔기 그 자체다. 그리고 새 지폐 한 장은 칼날이다. 사용한 뒤 사체 주위에 뿌리면 그만. 피가 묻어 있어도 아무도 수상히 여기지 않는다. 그렇다면 범인은 결국 한 사람이다. 피해자와 함께 돈다발을 들고 온 사람, 바로 당신이야!"

다카야시키가 사장 비서를 손가락으로 가리켰다. 비서는 고개를 떨구고 그 자리에서 무릎을 꿇었다. 이것이 그 유명한 '요릿집 치비타케 살인 사건'이다.'

재현 비디오가 끝나자 남녀 사회자가 박수를 치는 장면으로 화면이 전환되었다. 방청객들 역시 꾸며 낸 티가 역력한 미소를 지으며 박수를 쳤다.

"그렇군요. 그런 트릭이 숨어 있었단 말이죠. 아닌 게 아니라 새 지폐를 말할 때 손이 베일 듯한, 이라는 표현을 쓰기도 하죠. 그 생각을 못했군요. 아니, 그럼 이 지폐가 사건에 사용된 만 엔짜리라는 말씀입니까?"

사회자가 모토야마 모토오가 두 손으로 들고 있는 액

자 속의 지폐를 가리키며 물었다.

"네, 맞습니다. 그때 흉기로 사용된 지폐 중 한 장입니다."

여전히 긴장한 표정으로 모토야마가 대답했다.

"모토야마 씨는 이걸 어떻게 손에 넣으셨죠?"

"그게 그러니까…… 실은, 당시 범행에 사용된 지폐는 모두 증거물로 보관되었다가 재판이 끝난 후에 은행에서 교환해 주었습니다. 그 은행에 근무하는 사촌이 저에게 주려고 한 장을 확보해 둔 겁니다."

"아아, 그렇군요. 그런데 이것이 당시 사건에 사용된 지폐라는 증거가 있습니까?"

"그건 지폐의 일련번호를 보면 알 수 있습니다."

"그렇군요. 그럼 곧바로 감정을 해 보겠습니다."

액자에 들어 있는 만 엔짜리 지폐가 감정사들에게 전해졌다. 감정사들이 액자를 둘러싸고 얘기를 주고받는다. 하지만 다카야시키 시리즈는 고정 멤버인 아야노코지 미치히코가 담당이어서 다른 감정사들은 그의 의견에 따르기로 되어 있다.

이윽고 감정이 끝나 감정사들이 각자의 자리로 흩어졌다. 이 모습을 본 사회자가 입을 열었다.

"자, 드디어 결과가 나왔나 봅니다. 과연 '요릿집 치비타케 살인 사건'에서 흉기로 사용된 만 엔짜리 지폐의 가치는 얼마일까요!"

감정사들 머리 위에 걸려 있는 전광판에 숫자가 표시되었다. 9,500엔이었다.

"아니, 9,500엔이란 말씀입니까? 이거 의외인데요."

시회자의 말과 동시에 의뢰인의 얼굴이 화면에 크게 비쳤다. 모토야마 모토오는 눈썹을 여덟팔자로 늘이드리고 눈물을 글썽거렸다.

"어떻게 된 일이죠?"

사회자가 감정사들을 바라보았다.

"아, 네. 이건 말이죠,"

더블슈트에 나비넥타이를 맨 야노코지 미치히코가 자신의 트레이드 마크인 콧수염을 움직거리며 말했다.

"일련번호로 볼 때 이것이 진품임은 분명합니다. '요릿집 치비타케 살인 사건'에서 사용된 만 엔짜리 지폐가 맞습니다."

"그런데 왜 9,500엔이죠?"

"네, 그게 말이죠, 먼저 그 사건에서 사체 주위에 뿌려진 만 엔짜리 지폐는 전부 합해 5,000장입니다. 그리고 그 5,000장의 가치가 모두 같냐 하면, 그렇지 않습니다. 그 쓰임에 따라 각각 가치가 다릅니다. 가장 값이 많이 나가는 지폐는 경동맥을 절단하는 데 사용되었던 것으로, 현재 약 100만 엔에 거래되고 있습니다. 오사카에 있는 미스터리 골동품상에서 보관하고 있는 것으로 압니다. 그 지폐는 아래쪽 3분의 1이 온통 피로 물들어 있으며, 재판에서 증거물로 사용했다는 증명서도 있습니다. 그 외에 보존 상태에 따라서도 가치가 달라집니다. 높은 가격이 매겨지려면 피해자의 피가 묻어 있어야 합니다. 무조건 많이 묻어 있다고 좋은 것이 아니라, 되도록 아름답게 묻어 있어야 좋습니다. 그런데 모토야마 씨가 보관하고 계셨던 지폐에는 유감스럽게도 피가 전혀 묻어 있지 않습니다. 이런 지폐는 3,500장도 넘게 있습니다. 피가 묻어 있는 경우 한 장 한 장에 개성이 담겨 있어서 가치가 높지만, 그렇지 않으면 그저 만 엔짜리 지폐에 불과해서 마니아들이 탐을 내지 않습니다. 이상입니다."

"하지만 이상하지 않습니까? 만 엔짜리 지폐니까 적어도 만 엔의 가치는 있을 텐데 왜 9,500엔이죠?"

어깨를 축 늘어뜨린 의뢰인이 안돼 보였던지 사회자가 반론했다.

"그건 말이죠, 이 지폐로 물건을 산다면 만 엔짜리로 사용할 수 있습니다. 하지만 이걸 '요릿집 치비타케 살인 사건'의 흉기로 누군가에게 팔려고 한다면 어떨까요. 일단 마니아는 사지 않겠지요. 보통 사람들은 기분 나빠 할 테고요. 결국 은행에 가서 교환할 수밖에 없는데, 은행에 가려면 교통비 등 비용이 들죠. 그래서입니다."

야노코지가 옅은 미소를 지으며 말했다.

"아하, 그렇군요. 자, 모토야마 씨, 들으신 바와 같습니다만……."

사회자가 미안한 듯이 의뢰인에게 말했다.

"잘 알겠습니다. 그럼 이걸로 집에 가는 지하철 표라도 사야겠네요."

낙담한 목소리로 모토야마가 대답했다.

"그러시는 게 좋겠습니다. 하지만 자동 발권기로 사는 편이 좋을지도 모릅니다. 창구에서 사려다가 혹시 이것이 불길한 지폐라는 걸 알면 거부당할 수도 있으니까요."

사회자의 말에 객석에서 탄성이 일었다.

"이거참, 아쉽습니다."

남자 사회자가 모델 출신 사회자에게 말을 건넸다.

"그러네요. 자신감이 넘쳐 보였는데 말이죠."

"하지만 이러니까 재미있는 거죠. 그럼 다음 분의 의뢰품을 보겠습니다. 두 번째 의뢰인, 나와 주세요!"

분위기를 전환하려는 듯 남자 사회자가 밝은 소리로 외쳤다.

두 번째 의뢰인은 여성으로, 그녀는 권총을 내놓았다. 탐정 포와로가 등장하는 '나일강 살인 사건'에서 사용된 권총이라고 한다. 그녀가 설명하는 도중에 객석에서는 실소가 터져 나왔다. 이 프로그램에는 포와로나 셜록 홈스와 관련된 물건이 곧잘 나오는데, 진품으로 판명된 적이 없었다. 만약 진품이 나왔다면 엄청난 발견이었을 것이다.

"과연 어떨까요. 포와로의 물건은 대부분 가짜였는데요."

사회자는 처음부터 믿지 않는 분위기다.

감정 결과 역시 예상대로였다. 이 분야 전문 감정사가 '무대 같은 데서 쓰이는 소도구일 것'이라고 판단했고, 값도 매기지 않았다. 이 프로그램에서는 진품에만 값을 매긴다.

이런 식으로 감정이 하나씩 처리되어 갔다. 모두 네 명이 등장했지만, 고가의 물품은 아직 하나도 없었다.

"자, 그럼 이제 오늘의 마지막 감정입니다. 의뢰인, 나와 주세요!"

"오카야마에서 오신 야마다 시로 씨입니다."

앞서 나온 출연자들과 마찬가지로 드라이아이스 안개 속에서 30대 남자가 나타났다. 그는 막대기를 하나 손에 들고 있었다.

3

"야마다 씨는 어떤 소장품을 가지고 나오셨습니까. 설마 그 막대기는 아니겠지요?"

사회자가 짐짓 시치미를 떼며 말했다.

"아니요, 실은 이 막대기입니다."

"아니, 이렇게 지저분한 막대기를요? 이게 대체 무슨 막대기입니까?"

"이건 저 유명한 '가베카미가 살인 사건'과 관련이 깊은 막대기입니다."

"네? 가베카미가 살인 사건이라면, 명탐정 덴카이치 다이고로가 해결한 그 유명한 사건 말씀입니까?"

"그렇습니다."

오오, 하고 객석이 술렁거렸다. 덴카이치와 관련된 물건은 이 프로그램에서 인기가 많다.

"이걸 어떻게 손에 넣으셨습니까?"

"별로 대단한 사연이 있는 건 아닙니다. 돌아가신 아버지가 사건의 무대인 나라쿠무라 출신이어서 우연히 갖게 되셨다고 합니다."

"호오, 그렇군요. 그렇다면 엄청난 가치가 있는 유품일지도 모르겠습니다. '가베카미가 살인 사건'이라면 모르는 사람이 거의 없잖아요."

"하지만 모르시는 분도 계실 테니까 그런 분들을 위해, VTR 스타트!"

모델 출신 사회자의 경박한 소개로 재현 비디오가 시작되었다.

'가베카미가 살인 사건은 덴카이치 탐정이 세상에 알려지는 계기가 된 사건이다. 또한 여러 점에서 큰 의미가 있는 사건이기도 하다. 그중에서도 가장 중요한 점은 이 사건이 현재까지 확인된바, 덴카이치가 맞닥뜨린 유일한 밀실 사건이라는 것이다.

사건은 어느 눈 오는 날에 일어났다. 나라쿠무라의 어

느 외진 농가에서 사쿠조라는 남자가 살해되었다. 사체가 발견됐을 때 집 주변에는 발견자의 것 외에 다른 발자국이 없었고, 문은 안에서 잠겨 있었다. 발견자가 문을 부수고 집 안으로 들어가 보니 문 안쪽으로 버팀목이 걸려 있었는지 문 옆에 나무 막대기가 나뒹굴고 있었다고 한다. 다시 말해서 살해 현장은 눈과 출입문에 의한 이중 밀실이었던 것이다. 친구 결혼식에 참석하러 이 마을에 온 덴카이치 다이고로는 우연히 이 난제에 도진히게 되고, 범행 시각이 눈이 내리기 전이었음을 알아낸 그는 눈의 무게에 눌려 문이 열리지 않게 된 점을 이용한 밀실 트릭 사건임을 간파한다. 버팀목인 줄 알았던 막대기는 실은 버팀목이 아니라 사건 해결에 혼선을 주려고 문 옆에 가져다 놓은 것이었다.

범인은 마을에서 가장 유서 깊은 가문의 여주인인 가베카미 사에코였다. 그녀는 자신의 어두운 과거를 숨기려고 살인을 기획했던 것으로 밝혀졌다.'

재현 비디오가 끝났다.

"몇 번을 봐도 정말 엄청난 사건이군요. 그럼 야마다 씨, 오늘 가져오신 그 막대기가 혹시……."

사회자의 말에 야마다가 고개를 크게 끄덕였다.

"그렇습니다. 밀실 트릭에 사용되었던 막대기입니다. 발견자가 문을 부수고 집 안으로 들어갔을 때 이 막대기가 문 옆에 나뒹굴고 있어서 다들 버팀목이 문에 걸려 있지 않았나 짐작했던 겁니다."

"아하, 그런데 명탐정 덴카이치가 트릭을 알아냈군요. 역시, 라고 해야 할까요. 아무튼 대단합니다. 그 막대기가 진품으로 밝혀진다면 정말 굉장한 사건이 아닐 수 없겠군요. 덴카이치 관련 물품이 많이 나오기는 해도 진품인 경우는 드무니까요. 게다가 '가베카미가 살인 사건'에 관계된 물건이라면 평가액이 상당할 것으로 기대됩니다. 자, 그럼 이제 감정을 시작하겠습니다."

사회자의 흥분 어린 말에 이어 감정사 중 초로의 남자가 일어서서 천천히 앞으로 나왔다. 고급스런 옷차림에 얼굴 생김도 품위가 있어 보이는 남자였다.

"실은 오늘 덴카이치 관련 물품이 나오기로 되어 있어서 이 분야 최고의 권위자를 모셨습니다. 바로 가베카미 다쓰야 씨입니다. 가베카미라는 성에서 시청자 여러분도 눈치채셨을 거라고 봅니다만, 방금 VTR에서 소개된 가베카미가의 친척입니다. 그런데 참, 가베카미 씨는 덴카이치 탐정의 친구이시기도 하다면서요?"

가베카미 다쓰야가 살짝 고개를 끄덕였다.

"그렇습니다. 조금 전에 VTR에서 언급된, 텐카이치 군이 참석한 결혼식이 바로 제 결혼식이었습니다."

"아아, 그래요?"

"그리고 범인 가베카미 사에코가 제 어머니입니다."

호오! 하는 소리가 여기저기서 흘러나왔다. 이 프로그램에서는 범인의 인척이 등장하는 경우가 드물지 않다. 사실상 감정을 가장 정확히 할 수 있는 사람은 범인과 관련이 있는 사람이기 때문이다.

가베카미 다쓰야는 미간에 주름을 세운 채 매우 진지하게 막대기를 바라봤다. 그리고 고개를 한 번 끄덕이더니 "잘 봤습니다."라고 말한 뒤 자기 자리로 돌아갔다.

"자, 답이 나온 모양입니다. 그럼 평가액을 산출해 주시기 바랍니다. '가베카미가 살인 사건'의 밀실 트릭에 사용됐던 막대기는 과연 얼마일까요?"

흥분된 사회자의 말에 이어 전광판에 숫자 0이 표시되었다.

아아, 하고 실망하는 소리가 스튜디오를 가득 메웠다.

"가짜란 말입니까, 가베카미 씨?"

사회자가 이해할 수 없다는 표정으로 감정사들 쪽을

바라보았다.

"대단히 유감스럽지만, 가짜입니다."

가베카미 다쓰야가 대답했다.

"분위기가 그 시대의 것에 가깝고, 연대도 맞아떨어지며, 나라쿠무라에서 많이 나는 나무를 사용했다는 점에서도 그럴듯해 보입니다."

"하지만 진품이 아니라는 거죠?"

"안타깝게도 그렇습니다."

"어떤 점에서 그런가요?"

"나무에 이름이 적혀 있지 않습니다. 그 시대, 그 마을에서는 그런 버팀목조차 소중한 도구여서 도둑맞거나 남의 물건과 헷갈리지 않도록 주의해야 했습니다. 그래서 모든 것에 이름을 써 놓았죠. 그런데 그 막대기에는 이름이 없었습니다."

"하지만 그 살해된 분의 집에서는 이름을 쓰지 않았을 수도 있지 않습니까?"

단념할 수가 없는지 사회자가 끈질기게 물고 늘어졌다.

"아니요, 이름이 반드시 적혀 있었을 겁니다. 살해된 사람 이름이 사쿠조이니 동그라미 안에 '사쿠'라는 글자를 써 넣은 서명이 막대기 양쪽 끝에 새겨져 있어야 합니다."

가베카미 다쓰야가 자신에 찬 어조로 말했다.

"네, 아……, 그런가요."

아직 미련이 남은 듯한 얼굴로 고개를 갸웃거리던 사회자가 의뢰인인 야마다 시로에게 물었다.

"어떻게 된 일일까요. 혹시 하실 말씀이 있습니까?"

사회자만큼은 낙담하지 않은 듯한 야마다 시로가 잠시 생각에 잠겼다가 입을 열었다.

"뭐 하나만 물어도 될까요?"

"네, 물론입니다."

"만일 이 막대기가 진품이라면 평가액이 얼마나 될까요?"

"어떻게 생각하십니까, 가베카미 씨?"

사회자 구로다 겐지가 가베카미에게 질문을 넘겼다.

"어려운 질문이군요. '가베카미가 살인 사건'은 덴카이치 탐정에게 기념할 만한 사건이니 다른 사건 관련 물품보다는 값어치가 높을 것입니다. 특히 밀실 트릭에 사용된 소도구라는 점에서 경매에 붙이면 천만 엔은 쉽게 넘지 않을까요."

"천만 엔이라, 엄청나군요! 정말 아쉽게 되었습니다."

사회자가 절레절레 고개를 저었다.

"우연히 손에 넣은 물건이 크게 가치를 발휘하기는 힘든 법이죠. 아쉽지만 야마다 시로 씨, 다음에 또 재미있는 물건을 발견하시면 가지고 나오시기 바랍니다."

"네, 잘 알겠습니다."

야마다가 고개를 꾸벅한 후 씩씩하게 걸어 나갔다.

4

방송국 건물에서 혼자 걸어 나오는 가베카미 다쓰야를 보고 시로가 재빨리 다가갔다. 가베카미가 살짝 놀란 표정을 지었다.

"무슨 일입니까?"

"가베카미 선생님, 실은 살펴봐 주셨으면 하는 물건이 하나 더 있습니다."

"그게 뭐죠?"

"막대기입니다."

시로가 대답했다.

"버팀목이죠. 아버지가 막대기를 두 개 남겨 주셨는데, 아까 보여 드린 막대기가 그중 하나입니다."

"어이가 없군요. 그 막대기가 두세 개나 있을 턱이 있나요."

"그러니까 하나는 가짜라는 얘기죠. 아까 보신 막대기가 가짜입니다. 나머지 하나가 진품이고요. 제발 다시 한번 감정해 주세요."

"그런 일이라면 방송국에 다시 신청해요."

가베카미 디쓰야가 걸음을 옮기려고 하는데 시로가 그의 팔을 잡았다. 가베카미가 시로를 노려보았다.

"거참, 끈질기네."

"제가 다시 감정을 신청하면 곤란해지는 쪽은 선생님입니다."

시로의 말에 가베카미가 눈을 부릅떴다.

"이런 무례한 사람을 봤나. 곤란해지기는 내가 왜 곤란해진단 말인가?"

"그러니까 그걸 설명해 드리려는 겁니다. 선생님을 생각해서요."

대꾸할 말을 찾는 가베카미의 눈동자에 얼핏 불안한 기색이 스쳤다.

"시간이 별로 없는데."

"오래 걸리지 않을 거예요. 물건은 저 차 안에 있습니다."

옆쪽에 주차된 세단을 가리키며 시로가 말했다.

가베카미 다쓰야를 조수석에 앉힌 뒤 시로는 운전석에 앉았다. 그리고 뒤쪽 좌석에 놓여 있던 상자에서 막대기를 꺼냈다.

"이겁니다."

귀찮은 표정으로 시로가 건네는 막대기를 받아 든 가베카미의 눈이 순간 당황한 빛을 띠었다. 그는 시로에게까지 들릴 정도로 거칠게 숨을 몰아쉬었다.

"이보게, 이건……."

"진품이지요?"

"그래, 틀림없어. 사쿠조의 사인도 있군. 이게 어디서 났지?"

"제 아버지가 사쿠조 씨 옆집에 살았습니다. 사건 당시 사체를 발견한 사람도 아버지고요. 그래서 이런저런 물건을 손에 넣으실 수 있었습니다."

"놀랍군. 그런데 왜 방송에는 다른 막대기를 가지고 나갔지?"

"이상한가요?"

"물론이야."

"사실은 먼저 보여 드린 막대기, 즉 선생님이 가짜라고 판단한 막대기가 경찰이 증거물로 보관했던 겁니다.”

“뭐라고? 말도 안 되는 얘기야!”

“하지만 사실인걸요. 왜 그렇게 됐는지 가르쳐 드리겠습니다. 도중에 막대기를 바꿔치기했기 때문입니다.”

“바꿔치기했다고?”

“결론부터 말씀드리겠습니다. 가베카미가 살인 사건의 범인은 선생님의 어머니가 아니었어요. 진범은 따로 있었습니다.”

“도대체 무슨……”

거기까지 말하고 가베카미는 그대로 표정이 굳어졌다. 그리고 잠시 후 “자네 지금 무슨 말을 하는 거지?”라고 겨우 내뱉었다.

“진상은 이렇습니다. 범인은 문 안쪽에 버팀목이 걸려 있었던 것처럼 꾸미려고 문 옆에 막대기를 던져 놓았습니다. 그것이 지금 선생님이 가지고 계신 막대기입니다. 그런데 말이죠, 그 막대기에는 중대한 결함이 있었습니다. 벌레가 심하게 갉아 먹어서 금방이라도 부러질 듯했거든요. 그 사실을 알게 된 가베카미 사에코는 초조했습니다. 그녀는 범인이 누구인지 알고 있었고 밀실 트릭도 꿰뚫고 있었으니까요. 벌레 먹은 막대기는 버팀목 역할을 할 수 없다는 것을 경찰이나 덴카이치 탐정이 알아챌까 봐 두려웠던 그녀는 그 막대기를 다른 것과 바꿔치기했습니다. 다시 말해 증거물로 경찰에 압수된 막대기는 가짜였던 거죠. 선생님의 어머니는 그 뒤로도 내내 진범이 누구인지를 감췄고, 결국에는 그녀 자신이 죄를 뒤집어쓰고 말았습니다."

시로의 얘기가 계속되면서 가베카미 다쓰야의 얼굴은 마치 표백이라도 한 것처럼 창백해졌다. 이마에서는 식은땀이 흘러내렸다.

"그, 그랬다는 증거가 이, 있나?"

"지금까지는 없었죠. 하지만 방금 그 증거가 생겨났습니다."

시로는 뒤 좌석에서 또 하나의 막대기를 집어 들었다.

"선생님께서는 이 막대기가 가짜라고 단언했습니다. 진품에는 사인이 있어야 한다면서 말이죠. 맞습니다. 지금 선생님이 손에 든 것이 진품입니다. 진범이 가져다 놓았던 막대기죠. 그런데 선생님께서 그런 사실을 어떻게 알았을까요? 이유는 하나밖에 없습니다. 선생님이 범인이기 때문이에요."

좁은 자동차 안이 무거운 공기로 가득 찼다. 가베카미

다쓰야가 낮은 신음 소리를 냈다.

"경찰에 신고할 생각이겠지? 하지만 공소 시효가 이미 지나 버렸는걸."

"그건 저도 압니다. 사실은 저희 아버지가 이 두 개의 막대기를 보여 주며 이렇게 말씀하셨습니다. 어려울 때 이걸 처분하거라, 분명 돈이 될 거다, 라고요."

"그렇군."

가베카미 다쓰야가 후, 한숨을 내쉬었다.

"얼마면 되겠나?"

"그건 아까 선생님이 말씀하셨잖습니까. 방송 중에요."

잠시 생각에 잠겼던 가베카미 다쓰야가 서글프게 웃으며 말했다.

"내 입으로 말한 이상, 그 값으로 사는 수밖에 없겠지."

"가격을 잘 매겨 주셔서 감사합니다."

차 안에서 두 사람은 악수를 나누었다.

유괴 전화 네트워크

일인용 전기냄비로 따끈하게 데운 두부를 안주 삼아 맥주를 마시면서 텔레비전 코미디 프로그램을 보고 있는데 전화벨이 불길하게 울렸다. 전화벨 소리에 불길하고 뭐고가 있을 리 없지만, 그 순간에는 실제로 그런 느낌이 들었다.

"네, 가와시마입니다."

"여보세요."

상대가 대답했다.

"이름이 가와시마란 말이죠?"

별 이상한 놈도 다 보겠네. 제가 전화해 놓고 '가와시마란 말이죠?'라니.

"네, 그렇습니다만, 누구시죠?"

그러자 후후, 하는 기분 나쁜 웃음소리가 들려왔다.

"죄송하지만 제 이름은 밝힐 수 없습니다."

끈끈하게 달라붙는 듯한 말투였다.

불길한 예감이 들어맞았다고 생각했다. 도시에 살면 이상한 전화가 걸려 오는 일이 드물지 않다.

"이봐, 용건이 뭐야? 장난 전화면 끊겠어. 바쁜데 장난질이야."

"잠깐, 잠깐. 그렇게 급하게 굴 거 없잖아요, 전화 요금도 내가 내는데. 사실은 댁한테 상담하고 싶은 일이 있어요. 꼭 좀 들어 줬으면 좋겠는데."

"뭔데, 상담하고 싶은 일이."

"사실은 말이죠,"

여기까지 말하고 남자는 거드름을 피우듯이 잠시 뜸을 들였다.

"내가 어린애를 데리고 있어요."

"어린애라니?"

"아주 귀여운 아이예요. 이렇게 귀여우니 부모는 얼마나 자랑스러울까요. 그런 아이를 데리고 있다 이 말입니다. 조금 더 과격한 표현을 쓰자면 납치해서 감금하고 있다고 할까요. 속된 말로 유괴라고 하죠."

"당신 지금 무슨 소리를 하는 거야!"

"걱정하지 않아도 지금은 잘 지냅니다. 소중하게 다루고 있으니까요. 손발은 묶여 있지만, 그 정도는 참아야죠. 혹시라도 도망치면 곤란하잖아요. 아 참, 그리고 재갈도 물렸구나. 소리를 지르면 위험하거든요."

"이봐!"

나도 모르게 목소리가 커졌다.

"대체 하고 싶은 얘기가 뭐지?"

"유괴 얘기죠. 어린애를 납치했다고 얘기하는 겁니다."

나는 흥흥, 코웃음을 쳤다.

"유괴 놀이를 하려면 좀 더 치밀하게 사전 조사를 했어야지. 아쉽겠지만 나는 애가 없거든. 결혼도 안 했는데 애가 있을 리 없지. 다른 집에 전화해 보지 그래."

그러고서 전화를 끊으려는 찰나, 남자의 목소리가 다시 들렸다.

"당신이 어떻든 상관없어요."

나는 수화기를 다시 귀 가까이에 댔다.

"뭐라고?"

"당신이 어떻든 상관없다고요. 가와시마 씨, 당신한테 아이가 있건 없건, 결혼을 했건 안 했건 나랑은 아무 상관이 없어요."

"그럼 왜 내게 전화를 했지?"

"그러니까 지금부터 그걸 설명할 참이에요. 서두르면

일을 그르칩니다."

남자가 여전히 끈적거리는 말투로 말했다. 나는 조바
심이 나기 시작했다.

남자가 말했다.

"사실은 말이죠, 내가 지금 돈이 필요해요. 아무래도 3
천만 엔은 있어야 할 것 같단 말입니다. 그런데 그렇게 큰
돈이 있을 리 없죠. 빌려줄 사람도 없고요. 그래서 유괴를
생각해 낸 겁니다."

"그걸 왜 나한테 고백하는데?"

"지금부터가 중요해요. 그래서 내가 아이를 유괴했어
요. 그다음은 당연히 몸값을 요구할 차례겠죠?"

"그렇겠지."

남자가 무슨 말을 하려는 건가 싶어 나는 불안한 마음
으로 그의 말에 동의했다.

"하지만 말이죠, 비열하다고 생각하지 않아요?"

"뭐가?"

"아이를 사랑하는 부모의 마음을 이용해 돈을 요구하
는 일 말입니다. 사람이 할 짓이 아니잖아요."

"잘도 아는군."

나는 고개를 끄덕였다.

"아아, 그래서, 그걸 깨닫고 유괴를 그만두려고?"

"아니, 아니, 그만두면 돈이 안 들어오잖아요. 그만둘 수는 없지요."

현기증이 일었다. 세상에는 참으로 별의별 인간이 다 있다는 걸 새삼 느꼈다.

"하지만 비열하다고 생각한다면서?"

"부모한테 몸값을 요구하는 건 그렇죠."

그리고 남자가 히히, 하고 기분 나쁘게 웃었다.

어쩐지 불길한 예감이 들었다.

"무슨 뜻이지?"

"부모한테 몸값을 요구하는 것은 양심에 찔리니까 다른 사람한테 돈을 내라고 해야겠다, 이겁니다. 그래서 말인데요, 가와시마 씨, 댁이 좀 내줬으면 해요."

"뭐야?"

내 입이 쩍 벌어졌다.

"내가 왜?"

"그야, 한마디로 말하자면 인연 때문이죠."

"인연이라니, 무슨 인연?"

"제가 지금 전화기 버튼을 아무렇게나 눌렀거든요. 그랬더니 댁이랑 연결됐어요. 이 나라에 전화를 가진 사람이 얼마나 되는지 정확히는 모르겠지만, 엄청난 확률을 뚫고 댁이 선택된 것만은 분명합니다. 대단한 인연 아닙니까? 저는 인연을 매우 소중하게 생각하는 사람이에요."

"웃기고 있네. 인연은 뭐가 인연이야!"

나는 그대로 전화를 끊어 버렸다. 그리고 잔에 남은 맥주를 들이켰다.

장난 전화였을 거라고 생각했다. 설마 그런 말이 진담일 리 있겠는가. 나는 데운 두부를 냄비에서 건지고, 잔에 다시 맥주를 따랐다. 빨리 기분 전환을 하고 싶었다. 그런데 맥주잔을 입으로 가져가려고 했을 때 다시 전화벨이 울렸다.

"여보세요."

퉁명스럽게 전화를 받았다.

"거, 성질 한번 급하시네."

조금 전 그 남자였다.

"성질이 급하면 출세하기 어려워요."

"별 참견을 다 하는군. 이만 끊겠어."

"끊어도 나는 괜찮지만, 나중에 후회하지 않겠어요?"

"후회하다니, 뭘?"

내가 그렇게 물어본 것은 남자의 목소리에 아까와는

다른 서늘함이 깃들어 있었기 때문이다.

"요컨대, 만일 몸값을 못 받으면 아이 생명을 보장할 수 없다는, 뭐, 유괴범이 상투적으로 하는 말이죠."

"나랑은 상관없는 일이야."

"글쎄요, 과연 장담할 수 있을까요?"

여전히 끈적끈적 달라붙는 말투로 남자는 얘기를 계속했다.

"댁이 돈을 내지 않으면 당장 어린아이의 시체가 발견될지도 몰라요. 그래도 괜찮겠어요? 그건 댁이 죽이는 거나 마찬가진데 말이에요."

"얼토당토않은 소리 마. 죽이는 사람은 너지."

"댁한테 아무 책임이 없다고 딱 잘라 말할 수 있을까요? 그러긴 어렵다고 보는데……. 틀림없이 평생 후회할 거예요."

뭐, 이따위 놈이 다 있어. 무시하고 전화를 끊을까 생각했다. 하지만 약간 망설여졌다. 그 틈을 타서 남자가 말했다.

"거봐요, 벌써 망설이시네.『왕의 몸값』이라는 소설을 아세요? 아니면…… 구로사와 아키라 감독의 '천국과 지옥'은요? 주인공이 자신의 운전사 아들을 구하려고 몸값을 준비하죠. 사람이란 그런 겁니다. 당신도 그들처럼 따뜻한 사람이에요. 다른 사람의 아이라고 해서 죽건 말건 나 몰라라 할 사람이 아니란 말이지요."

"그럴 수는 없겠지만 돈은 못 내지. 왜 내가 돈을 내야 한단 말이야."

"그러지 않으면 내가 곤란해지거든요."

그리고 그는 다시 히히 웃었다.

나는 한숨을 푹 내쉬었다.

"하나만 묻자."

"얼마든지요"

"정말 아이를 유괴했나? 장난치는 거 아니야?"

"정말입니다. 제가 농담이나 할 만큼 한가한 사람이 아니에요."

"증거를 대 봐. 아니지, 아이 목소리를 들려줘."

"가와시마 씨, 그럴 수는 없어요. 아이가 괜한 소리를 하면 곤란하니까요. 그리고 목소리를 듣는다고 알 수 있나요? 댁이 알지도 못하는 아이인데요."

일리가 있는 말이다. 나는 잠시 침묵했다.

"그 아이가 누구 아이인지는 알아?"

"압니다."

"그럼 가르쳐 줘. 정말 유괴됐는지 확인해 볼 테니까. 만약 정말이라면 내가 그 아이 부모한테 설명하겠어."

"그건 안 되죠. 모처럼의 내 배려가 소용없어지잖아요."

"그게 무슨 배려야, 대신 내가 피해를 보는데!"

"하지만 아이의 안부가 걱정돼서 안절부절못하지 않아도 되잖아요. 그래서 나도 사무적으로 일을 처리하는 겁니다."

이 남자가 지금 제정신인지 의심스러웠다. 미친놈 같지는 않지만, 진짜 미친놈은 의외로 미친놈 같지 않은 법이라는 얘기를 들은 적이 있다.

어쨌든 경찰에 신고하는 게 좋겠다는 생각이 들었다. 그런데 남자가 마치 내 머릿속을 들여다보기라도 한 것처럼 말했다.

"이것도 유괴범이 상투적으로 하는 말이지만, 경찰에는 신고하지 않는 게 좋아요. 수상한 움직임이 포착되면 거래를 중지할 겁니다. 그렇게 되면 아이의 시체가 바다에 떠오를 것이고 당신은 평생을 죄책감 속에서 살아갈 겁니다."

하하하, 하고 나는 일부러 소리 내어 웃었다.

"내가 경찰에 신고했는지 안 했는지 당신이 어떻게 알

지. 나를 감시라도 하겠다는 건가?"

"경찰이 움직이면 알겠지요. 당장은 아니더라도 반드시 알려지는 때가 옵니다."

"그게 언제야?"

"몸값을 주고받을 때요."

"아……."

"몸값을 수고받는 장소에 경찰이 얼씬거리기라도 하면 즉시 거래를 중지할 겁니다."

"멋대로 지껄이지 마. 몸값, 몸값, 하는데, 내가 몸값을 내겠다고 했어?"

수화기 저편에서 웃음소리가 들려왔다.

"드디어 본론으로 들어갔군요. 가와시마 씨, 나는 아이의 몸값으로 3천만 엔을 요구합니다. 즉시 준비해 주세요."

"흥, 누구 맘대로. 나한테는 그렇게 큰돈이 없어. 있어도 안 줄 테지만."

"그러지 말고 잘 생각해 보세요. 혹시 돈이 마련되면 아사히, 요미우리, 마이니치 신문의 사람 찾는 난에 '다로. 인연이 맺어졌으니 연락 바람.'이라고 광고를 실으세요. 사흘이 지나도 연락이 없으면 거래할 의사가 없는 걸로 알겠습니다."

"사흘까지 기다릴 필요도 없어. 지금 거절한다."

"후후후, 잠시 머리를 식히고 고민해 보시죠. 그럼 이만."

이번에는 남자가 먼저 전화를 끊어 버렸다.

나는 맥주를 마시며 두부를 먹었다. 하지만 식욕은 완전히 달아나고 말았다. 젓가락을 내팽개치고 텔레비전도 껐다.

끈끈하게 달라붙는 남자의 목소리가 귓가에 되살아났다.

생각하면 생각할수록 현실과는 거리가 먼 얘기였다. 누군지도 모를 아이의 몸값을 내가 낸다고? 그런 멍청한 일이 어디 있단 말인가.

나를 놀린 것이다, 이것이 가장 타당한 결론이다. 그렇게 생각하고 잊기로 했다. 그러나 마음 한구석이 찜찜했다. 만일 장난이나 농담이 아니라면…….

역시 경찰에 신고해야 한다는 생각이 들었다. 경찰에 알리면 아이를 죽이겠다는 범인의 협박이 마음에 걸렸지만, 그것까지 얘기하면 경찰이 알아서 처리할 것이다. 문제는 경찰이 내 얘기를 믿어 주느냐 하는 것이었다. 보나마나 상대도 안 해 줄 것이다.

아니야, 그래도 일단 연락이나 해 보자. 누군가에게 책임을 떠넘기지 않고서는 마음이 안정되지 않을 것 같았다.

수화기를 집어 들었다. 1, 1, 0을 누르자마자 전화를 끊었다. 문득 떠오르는 생각이 있어서였다.

'누군가에게 책임을 떠넘긴다……'

그래, 그거야! 누군가에게 책임을 떠넘기면 되는 일이다. 그 대상이 반드시 경찰일 필요는 없다. 아니, 경찰에 알리면 아이의 생명이 위태로워지는 등 여러모로 신경 쓰이는 일이 많아진다. 만일 문제가 생기는 경우, 내게 책임이 없다 해도 기분은 좋지 않을 것이다.

범인은 전화기 버튼을 아무렇게나 눌렀더니 나랑 연결되었다고 했다. 즉 범인이 반드시 나를 협박하려던 것은 아니었다.

나는 전화기를 바라보았다. 기분이 조금은 좋아졌다. 긴장과 흥분이 솟구쳤다.

두근거리는 마음으로 숫자가 적힌 버튼을 손이 가는 대로 눌렀다. 맨 처음 누른 번호는 연결되지 않았다. 번호를 바꾸어 다시 눌렀다. 이번에는 연결되었다.

"네, 스즈키입니다."

중년 여성이다. 게다가 교양 있는 말투였다. 어쩌면 부자 아줌마일지도 모른다. 나는 득의의 미소를 지었다.

"여보세요. 댁이 그 집 안주인이쇼?"

다소 위협적인 목소리로 물었다.

"네, 그렇습니다만……."

여자의 목소리에서 경계하는 느낌이 묻어났다.

"실은 말이야."

침을 한 번 삼키고 나서 말을 이었다.

"아이를 데리고 있어."

"네?"

그리고 여자는 잠시 침묵한 후 물었다.

"아이라면, 저, 사다아키 말인가요? 사다아키는 회사에서 회식을……."

"아니야, 아니야. 사다아키가 아니야."

나는 전화기를 귀에 댄 채 고개를 저었다.

"내가 유괴한 아이는 댁이랑은 아무 관계가 없어."

"아아, 그래요. 아니, 하지만 아이를 납치했다고……."

"유괴라니까."

헉, 하는 소리가 들렸다. 만족스러운 반응이다.

"헤헤, 놀랐을 테지. 그래, 나, 유괴범이야."

"어, 어느 집 아이를 유괴했나요?"

"그게 무슨 상관이야? 그쪽이랑 관계없는 아이야. 하지만 아이의 목숨을 구할 수 있는 사람은 그쪽뿐이지. 방금 그렇게 됐어."

"그, 그게 무슨 말이죠?"

"시금부터 내가 하는 말 잘 들어. 나는 아이를 유괴했어. 하지만 사정이 있어서 그 아이 부모에게는 몸값을 요구할 수가 없어. 그래서 그쪽이 대신 내줬으면 하는 거야. 내 말 알아듣겠어?"

하지만 상대는 대답이 없었다. 말을 잃은 건지 뭔가 생각하고 있는 건지 알 수 없었다.

침묵이 너무 오래 계속되어 불안해질 무렵 상대 여자가 입을 열었다.

"저……, 그 아이가 저랑은 관계없다고 하셨지요? 그런데 왜, 저, 제가, 그러니까, 그, 몸값을, 저, 내야 하죠?"

와하하, 당황스러워하는군. 당연히 그렇겠지.

이거 일이 재미있어지는걸.

"그쪽을 고른 건 우연이야. 운이 나빴다고 생각해. 그리고 3천만 엔을 준비하도록. 그게 몸값이야."

"3천만……. 그런 돈은 낼 수 없어요."

그렇게 말하는 것도 당연하겠지.

"돈을 내지 않으면 아이의 생명은 없어."

싸늘한 분위기가 풍기도록 목소리를 깔고 말했다. 그러자 오싹거리는 쾌감이 등줄기를 타고 흘렀다. 협박이라는 게 이렇게 즐거운 일일 줄은 몰랐다.

"하지만, 하지만요, 그 아이는 저랑 아무 상관이 없는 거죠?"

"뭐야, 자신과 상관없으면 죽어도 괜찮다는 얘기야?"

"그건 아니지만……."

"내일부터 사흘 시간을 주겠어. 그동안 돈을 준비해. 돈이 준비되면 아사히, 요미우리, 마이니치 신문의 사람 찾는 난에 '다로. 인연이 맺어졌으니 연락 바람.'이라고 광고를 실어. 그러지 않으면 아이는 죽는다."

"그렇게 잔인한……."

"그러길 원치 않으면 돈을 준비하든지. 미리 말해 두지만, 경찰에 신고하면 아이의 목숨은 없어. 아이가 바다에서 발견될 거야. 그리고 그쪽이 내버려 둬서 죽었다는 사실이 알려지도록 하겠어."

"잠깐! 잠깐만요. 남편이랑……, 남편이랑 상의해 볼

게요."

"그러시든가. 경찰에 알리지 않고 돈을 주면 그걸로 끝이야. 아이가 무사히 돌아가면 그 부모가 감사히 여기겠지. 그럼 다시 연락하지."

그러고서 나는 일방적으로 전화를 끊었다.

손바닥에 땀이 흥건했다. 수건으로 그 땀을 닦아 냈다.

이제 아이의 생명은 내 손에서 전화를 받은 여자에게로 넘어갔다. 몸값을 준비하든지 아니면 경찰에 연락하든지, 모든 건 그 여자가 결정할 일이다. 더는 나와 상관이 없다.

그건 그런데, 전화라는 게 참 무서운 도구라는 생각이 들었다. 조금 전까지만 해도 내가 협박을 당하는 처지였는데 지금은 그 반대가 아닌가. 더구나 세 사람 사이에는 아무런 관계가 없다.

그 여자는 과연 어떻게 나올까. 역시 경찰에 신고할까. 장난 전화일 가능성은 전혀 고려하지 않는 듯했지만, 그 남편의 "누군가에게 조롱을 당한 거야."라는 말 한마디로 사태가 정리되어 버릴지도 모른다.

내일부터 사흘간 신문 보는 재미가 쏠쏠할 것이다. 벌써 제삼자가 된 기분이었다.

•

사흘 연속 아사히와 요미우리, 마이니치 신문을 들여다봤지만 '다로'라는 글자를 발견할 수 없었다. 당연하다. 그런 협박 전화 한 통에 누가 남의 아이 몸값을 내놓겠는가.

범인 녀석은 뭐라고 할까. 마치 구경꾼이 된 기분이다. 단순히 장난에 불과했고, 이대로 아무 일 없이 지나가는 것 아닐까.

이런저런 생각을 하며 집에 돌아왔는데, 그런 나를 지켜보기라도 한 듯이 때맞춰 전화벨이 울렸다.

"여보세요, 가와시마 씨?"

목소리를 듣고 바로 알았다. 그 남자다.

"무슨 일이야? 이제 그쪽이랑은 할 얘기가 없는데."

"그렇게 흥분할 것까지는 없잖아요? 아무래도 거래가 성사되지 않은 모양이군요, 지난 사흘 동안 광고를 싣지 않으신 걸 보니."

"당연하지."

"그렇군요. 그럼 가엾긴 하지만 아이 목숨은 오늘까지예요. 저렇게 귀여운데 말이죠. 흠, 정말 불쌍하군요."

"그런 생각이 들면 죽이지 말고 부모한테 돌려보내지 그래."

"그건 안 되죠. 그럼 유괴한 의미가 없어지잖아요."

"마찬가지일 거야, 어차피 돈이 들어오지 않는다는 점에서는."

"이번에는 그렇겠죠. 하지만 다음번에는 달라질 거예요."

"다음번이라니?"

"내가 논이라면 어린아이 목숨도 빼앗는 살인마라는 걸 알면 다음번 거래 때는 댁도 태도를 바꿀 거란 얘기죠."

"멍청한 소리 하지 마. 몇 번을 해도 마찬가지야."

"글쎄요, 과연 그럴까요. 실제로 어린아이 시체가 발견되면 댁도 그런 식으로 냉정하게 나오지는 못할걸요. 사실은 아이에게 이미 독약을 먹였어요."

"뭐야?"

"후후후. 거봐요, 역시 기겁하잖아요. 걱정 마요. 치사량은 아니니까. 몸 상태가 조금 나빠진 정도랄까. 난들 사람을 죽이고 싶겠어요? 이래 봬도 아이가 별 탈 없이 부모에게 돌아가기를 바라는 사람이랍니다, 돈만 받아내면요. 그래서 말인데, 한 번 더 기회를 드리기로 했습니다."

"그건 또 무슨 소리야?"

"이틀을 더 기다려 드리죠. 다시 잘 생각해 보세요. 게

다가 몸값을 2천만 엔으로 깎아 드리겠습니다. 어때요, 엄청 양보했는데?"

"얼마를 깎아 주건 돈을 낼 생각은 없어."

"그러지 말고 천천히 생각해 보세요. 대답은 지난번처럼 신문 광고를 통해서 해 주시고요. 만일 이번에도 좋은 대답을 듣지 못하면 독약을 더 많이 먹일 작정입니다. 후후, 히히. 그럼 이만."

뭐라고 대꾸하려는데 전화가 끊겼다.

뭐야, 이틀을 더 기다리겠다고? 2천만 엔으로 깎아 줘? 웃기고 있네.

하지만 웬일인지 화가 별로 나지 않았다. 오히려 조금 흥분을 느꼈다. 나는 그 즉시 전화를 걸었다.

"스즈키입니다."

지난번에 통화한 중년 여성이 받았다.

"여보세요. 접니다."

내 목소리를 기억하는 듯, 여자의 입에서 "아⋯⋯," 하는 소리가 새어 나왔다.

"광고가 실리지 않았더군. 몸값을 낼 생각이 없다는 뜻이겠지?"

잠시 숨을 고르는 듯하던 여자가 입을 열었다.

"혀, 협박에 굴복하지 않기로, 그, 그렇게 결심했어요. 의연한 태도로 맞서기로요."

"와, 정말 훌륭한 마음가짐이군."

내 얼굴이 일그러지는 것을 스스로도 느낄 수 있었다.

"하지만 그 훌륭한 마음가짐 때문에 귀여운 아이가 죽어야 한다면 어떨까. 별로 기분이 좋지는 않을 텐데."

무의식중에 말투가 끈끈해졌다. 가학적인 쾌감이 일었다.

"내가 아이에게 독약을 먹였거든."

"네에?"

여자의 목소리가 뒤집혔다.

"그, 그럼 아이가 주, 주, 죽었나요?"

"걱정할 건 없어. 치사량은 아니었으니까. 그저 괴로워하는 정도랄까."

"어떻게 그런 짓을……."

"그쪽에게 한 번 더 기회를 주려고 죽이지 않은 거야. 몸값을 2천만 엔으로 낮추지. 이틀 안에 대답하도록. 다음번에는 정말로 치사량을 먹일 테니까."

거기까지 말하고서 나는 전화를 끊었다.

이틀 후, 전화가 걸려 왔다.

"이번에도 지시를 무시하셨더군요."

그 남자였다.

"아이를 죽이려고 작정했어요?"

결정한 사람은 내가 아니라 스즈키라는 여자였지만 그렇게 말할 수는 없었다.

"돈을 낼 수 없다고 했잖아! 이쯤에서 그만하지 그래."

"저런, 불쌍해라. 당신의 그 고집 때문에 아이가 또 독약을 먹었네요."

"……죽인 거야?"

"아니요, 그럴까 하다가 마음을 고쳐먹었어요. 지난번보다 독약을 조금 더 먹였을 뿐이에요. 그러니까 죽지는 않을 겁니다. 물론 축 늘어져서 움직이지 못하지만요. 얼굴색이 까매지고, 머리카락이 빠지고……."

"이런 악마 같으니라고!"

"저, 살인마라고 말씀드렸잖아요. 하지만 댁도 참 박정하네요. 그깟 돈 몇 푼이 아까워서 어린아이를 못 본 척하다니."

"2천만 엔이 그깟 돈이야?"

"그깟 돈이죠. 하지만 큰맘 먹고 조금 더 깎아 드리지요,

천만 엔으로요. 사람 목숨이 천만 엔이라…… 싸다, 싸. 내일 하루만 더 기다릴게요. 좋은 대답을 기대하겠습니다.”

남자와의 전화를 끊은 후 곧바로 여자에게 전화를 걸었다.

“……그래서 아이에게 독약을 더 먹였지.”

내 말에 여자가 긴장하는 기색이 느껴졌다.

“아니, 어떻게 그런 짓을…….”

“죽지는 않았지만, 얼굴이 회색으로 변하고, 피부가 짓무르고, 머리카락이 몽땅 빠져 버렸어. 요괴처럼 변했지 뭐야.”

조금 각색을 했다. 꼴깍, 여자가 침을 삼키는 소리가 들렸다.

“천만 엔이야. 더는 안 돼. 내일 중으로 대답하도록. 알겠지?”

다음 날에도 ‘다로. 인연이 맺어졌으니…….’ 하는 광고는 실리지 않았다.

“오늘도 아이한테 독약을 먹였지요.”

예상대로 밤에 그 남자에게서 전화가 걸려 왔다.

“구토와 설사를 계속해서 이제는 뼈와 피부밖에 남지

414

않았어요. 종양 같은 것도 생겨났고요. 이대로는 오래 버티지 못할 것 같아요. 하지만 맥이 생각을 고치면 아이의 목숨을 구할 수 있습니다. 900만, 900만 엔으로 마무리하시죠. 부디 긍정적인 대답을 해 주셨으면 합니다. 부탁입니다."

그와의 전화를 끊고 나도 전화를 걸었다.

"아이가 야위다 못해 두개골 모양이 드러났어. 온몸에 종양도 생겨났고. 살아 있는 게 신기할 정도라니까."

그리고 몸값을 900만 엔으로 낮춘 후 전화를 끊었다.

이런 일이 며칠 더 되풀이됐다.

유괴범이 잡혔다는 뉴스를 텔레비전에서 본 건 회사 사원 식당에서였다. 감금되어 있던 남자아이가 스스로 탈출했고, 그 아이를 발견한 사람이 경찰에 신고했다고 한다. 텔레비전에 나온 범인은 그토록 대담한 일을 저지를 것 같지 않은 중년의 자그마한 남자였다.

"요시오 짱은 외상도 없고 건강하다고 합니다. 그런데 경찰의 발표에 따르면, 용의자 야마다는 요시오 짱의 부모를 협박한 것이 아니라 요시오 짱과는 아무 관계가 없는 오하시라는 사람을 협박했다고 합니다. 그 점에 관해

용의자 야마다는, 부모를 직접 협박하기가 양심에 찔려서 그랬다고 말했습니다. 협박할 때 용의자는 몸값이 준비되면 '다로. 인연이 맺어졌으니 연락 바람.'이라는 광고를 신문에 내라고 지시했지만 광고는 실리지 않았다고 합니다."

라면을 먹던 나는 목이 막혀 코에서 면발이 튀어나왔다. 정신을 차리고 다시 텔레비전을 봤다.

저 사람이 내게 전화를 건 녀석이란 말인가.

아니, 저 녀석이 전화한 상대는 오하시라고 했다. 그럼 이게 어떻게 된 일인가.

나는 무릎을 쳤다. 사건 전모가 이해됐다.

오하시라는 녀석이 내게 전화를 걸었던 것이다. 그놈도 나처럼 자신에게 덮친 재앙을 남에게 떠넘기려 했던 게 분명하다.

아니, 잠깐만.

내게 전화를 건 남자가 오하시라는 보장이 없다. 어쩌면 오하시의 전화를 받은 사람이 같은 방식으로 내게 전화를 걸었는지도 모른다. 아니, 그 사이에 또 다른 사람이 끼였을 수도 있다.

나는 고개를 절레절레 저었다. 그만 생각하자. 생각하

자면 한이 없다.

하여간 오늘 밤부터는 전화가 걸려 오지 않을 것이다. 그것만은 분명하다.

그런데.

전화가 걸려 왔다. 그 남자였다.

"가와시마 씨죠? 오늘도 광고를 안 냈더군요. 불쌍하게도 그 아이는 이제 죽은 목숨이나 다름없어요. 300만 엔만 내세요. 그 돈이면 아이를 살릴 수 있습니다."

남자의 말투는 어제와 다름없었다. 그렇다면 그 범인 과는 별개의 건인가. 아니다. 우연의 일치로 보기는 힘들었다.

어쨌건 내가 선택할 길은 하나였다. 나는 지금까지 그래 왔듯이 스즈키라는 여자에게 전화를 걸었다.

"여보세요. 나다."

내 목소리에 여자가 놀라는 기색이 역력했다. 그럴 리 없다고 생각한 모양이다.

나는 평소와 다름없는 말투로 여자에게 말했다.

"그쪽이 아무 반응이 없길래 아이에게 독약을 더 먹였어. 살리고 싶으면 300만 엔을 준비해."

그렇게 지시하면서도 한편으로는 내 자신이 뭔가에 조종당하고 있다는 느낌을 받았다.